W0184583

Elegir un amor

Elegir un amor

Marti Leimbach

SALVAT

Diseño de cubierta: Ferran Cartes / Montse Plass
Traducción: Barbara Mcshane y Javier Alfaya
Traducción cedida por Editorial Debate

Título original: *Dying Young*

© 1994 Salvat Editores, S. A. (Para la presente edición)
© 1990 Marti Leimbach
© 1990 Editorial Debate, S. A.

ISBN: 84-345-5804-4 (Obra completa)
ISBN: 84-345-8986-9 (Volumen 6)
Depósito Legal: B-7243-1994
Publicado por Salvat Editores, S. A., Barcelona

Impreso por Printer, i.g.s.a. Marzo 1994
Printed in Spain - Impreso en España

Para mi madre, Mary Leimbach.
Y para Jay.

I

Por fin veo a Gordon: deja caer la puerta alambrada de la casa de su madre contra el marco lateral del porche y busca en su bolsillo las llaves de su Mercury. No sabe que le estoy mirando, que estoy sentada en mi automóvil con la radio puesta, gastando la batería, que me desperté al amanecer para verle —sólo para ver lo que una persona como Gordon hace a las siete y media de la mañana.

En la radio ponen «heavy metal» —«heavy metal» *cristiano*—. La cantante chilla *Jesús te ama* en un estilo repugnante y terco. Gordon me fascina por su aspecto, por la manera en que se mueve a los cuarenta y cinco minutos de haberse despertado, por la forma en que se acerca a su automóvil cerrado, en que encara la capa de escarcha que hay sobre el parabrisas.

Lleva pantalones vaqueros, una sudadera con el logotipo de un festival de jazz en el pecho, un «plumi» con la cremallera bajada, y un par de botas con cordones de cuero. Su ropa de invierno resalta su tamaño. Utiliza el picahielos y da golpes rápidos sobre el parabrisas. De pie, al lado de la portezuela de su automóvil, delante de una casa tan apropiada que podría figurar en un ensayo fotográfico sobre las casas típicas de Nueva Inglaterra, es una maravilla de normalidad, y yo me siento recompensada.

Puesta una bota sobre la alfombrilla del lado del conductor, Gordon llama: «Tosh, Tosh, ven aquí, perra», y espera a Tosh, que corre por el jardín hasta la portezuela abierta. Después se desliza por el lado del acompañante, y Gordon mira su reloj, luego a la casa, y vuelve a grandes zancadas por la puerta alambrada, entrando en la vieja residencia colonial gris y blanca de sus padres. En la radio, el grupo vocal canta, *Dios está por encima de ti, debajo de ti, a tu lado...*, la perra y yo nos miramos con curiosidad a través de los cristales.

Tengo la sensación de que ya que Tosh me ha visto en mi coche, es un presagio de que Gordon me verá también. Tosh comienza a ladrar, y oigo los roncos aullidos en el interior del coche, veo el vaho de su respiración en el cristal, y sus lisas orejas puntiagudas. A la perra le gustaría jugar. Me reconoce porque Gordon y yo la llevamos la semana pasada a la playa y probablemente cree que he vuelto para dejarla retozar en la arena escurridiza y recoger una pelota de tenis en el oleaje del océano.

Decido no mirarla. Bajo la radio, me tumbo en el asiento delantero, y espero a que Tosh deje de ladrar. Cuando aparece Gordon y la tranquiliza, pienso en la suavidad de su voz, que hasta consigue que una inquieta perra de pastor alemán se serene. Dice:

—¿Qué te pasa, Tosh? Túmbate, bonita, eso es...

Y por extraño que parezca, me siento en cierto modo consolada, como si me hablara a mí. Por un momento me imagino que me llamo Tosh en vez de Hilary, apoyo la cabeza contra el vinilo del asiento del acompañante, y dejo que la voz me tranquilice. Me pregunto, y no es la primera vez esta mañana, porque ando a hurtadillas, qué quiero provocar y por qué me obligo a levantarme tan temprano por la mañana para mirar a un chico caminando los cincuenta metros que hay entre su casa y su coche. No es que esté loca ni que esté enamorada de Gordon. Y, aunque me interesa cómo se presenta ante el mundo al despertarse, cómo están de hinchados sus ojos al levantarse y la manera tan presumida con que peina hacia atrás sus cabellos mojados, hay maneras más fáciles de descubrir esas características en un hombre. Tal vez lo que quería era empezar mi día observando a alguien que no fuera ni Víctor ni yo, una persona con una vida normal, a la que le gusta el lugar donde está, que ha venido aquí, a Hull, Massachusetts, con un propósito, y que se marchará sin más.

Escucho la voz de Gordon, dulce y desvaneciente, al cerrarse la portezuela del coche. Escucho que pone el coche en marcha. Oigo cómo pasa el embrague a marcha atrás, luego a primera. Y antes de que levante la cabeza, sé, por el ruido de los neumáticos, que Gordon se ha ido.

Pienso que en cada momento cambias tu vida —a lo mejor no deliberadamente—, pero que lo que haces altera para siempre el camino que tomas. Si yo no hubiera respondido al anuncio en el periódico, no habría conocido a Víctor, no me habría enamorado de él ni viviríamos en Hull. No habría conocido a Gordon. Tal vez hubiera encontrado a otro, enamorándome de él, y quizá tuviera una granja de caballos en Wyoming.

Lo pensaba ayer, mientras Gordon y yo paseábamos por el bosque que hay detrás de su casa, y recogíamos leña para la lumbre. Nuestras botas crujían sobre el camino helado, sobre las hojas trituradas y congeladas. Rompimos pedazos de hielo en las orillas de un arroyo medio helado. Fingíamos que eran témpanos de hielo que se derretían en la Antártida, que éramos testigos de la lenta destrucción del mundo —que pronto Florida, Cape Cod y Hull serían inundadas—. Recogimos un montón de leña, nos sentamos en el banco de secoya de la casa de sus padres, y escogimos las ramas que estaban lo bastante secas como para arder.

—Así que tu trabajo es ése, cuidar de Víctor, ¿no? —preguntó.

—No, lo era. Fue así como nos conocimos. Nos enamoramos.

—¿Pero la gente se enamora así como así? —preguntó Gordon—, ¿es que el amor tiene sus razones?

—Ya no trabajo para Víctor. Estoy con él porque quiero. No tiene nada que ver con su enfermedad —le dije a Gordon. Luego le pregunté—: ¿Qué clase de razones?

Gordon se puso de cuclillas en el asiento y rompió una ramita. Dijo:

—¿Quieres entrar conmigo a prender el fuego?

Fue la ocasión decisiva, el momento de cambiarlo todo. Al principio no le contesté. Me pregunté si me lo diría de nuevo, pero se calló. Levantó la vista hacia mí y me lo imaginé inclinándose sobre el hogar de la chimenea, empujando un tronco. Me imaginé el fuego que haríamos con nuestras ramas mojadas: una llama débil y ruidosa. Me imaginé haciendo el amor con Gordon junto a la chimenea, sintiendo el calor en mi muslo, mi hombro y un lado de mi cara. Y después, incorporándome para mirar las llamas, con Gordon a mi lado o detrás de mí, su rostro en mis cabellos.

Finalmente moví negativamente la cabeza.

Vivo en un inquietante intervalo de indecisión. Ayer rechacé a Gordon cuando me invitó y hoy le acoso como un pasado enterrado. Y, sin embargo, yo no sé si quiero tener algo que ver con él. Soy la novia de Víctor, lo cual me llena de orgullo y a la vez de ansiedad. Ando de un lado para otro, a la espera de sentirme fuerte, mientras caigo en la opaca rutina de mis días y de mis noches. Nunca pasa nada. Al parecer soy normal para el mundo exterior. Cuando llego a la lavandería soy una persona más, con una cesta llena de ropa sucia y un dólar para el Maytag. No parezco una mujer que acaba de estar acurrucada en la fría concha de un coche, sino que me dedico cuidadosamente a separar la ropa por colores. La lavadora es una de esas que funciona con monedas, y nunca cierra; en el linóleo se ven los cigarrillos aplastados de los clientes de anoche. Las paredes están pintadas de un color limón fuerte, salvo la de enfrente, que es enteramente de cristal.

Hoy no hay más clientes. Únicamente yo y las máquinas automáticas: de Coke, de chocolatinas, y una que vende varias marcas de detergentes, lejías y suavizantes. En la pared del fondo hay dos juegos de vídeo, uno es del negocio de Gordon, una compañía que comercializa juegos de vídeo y *software* para jóvenes. El juego se llama Alien Turf, y exige que el jugador entre en un mundo de robots, que blanden rayos láser, e intentan matar al jugador. También son mortíferos los animales domésticos de los robots, criaturas pequeñas que parecen bichos y que dan vueltas en torno a sus amos, protegiéndoles del fuego enemigo al destrozar los cohetes atacantes con sus antenas mágicas e intermitentes. Es interesante que los robots no empiecen a disparar hasta que los jugadores no les disparan, lo cual, según creo, es una nueva modalidad en los juegos de vídeo.

Espero mientras termina la secadora. Miro el suave revolver de los calzoncillos de Víctor, mi jersey de cuello de cisne, sus calcetines negros y los míos amarillos. Pienso: ¿cómo se me puede ocurrir siquiera abandonar a un hombre cuando su ropa se seca entremezclada, de un modo tan íntimo, con la mía? Las brillantes luces del Alien Turf parpadean hacia mí, tentándome para que juegue. Echo una moneda de veinticinco, y luego otra. Sigo jugando mientras la secadora da vueltas. He sido muerta doce veces por robots de todos los rangos antes de que se acabe la ropa. He sido muy mortífera con sus animalitos.

Es fácil mentirle a Víctor. Es un hombre seguro de sí mismo y turbulento, aunque confiado. No creo que Víctor sospeche nada de Gordon y de mí. Hace poco, sin embargo, he notado algo en su tono que revela ciertos celos o sospechas, aunque a lo mejor me halago a mí misma. No soy ninguna idiota. He pensado mucho en ello. No se necesita ser Freud para saber que si empleas tu coche para vigilar a un amante potencial es una señal de que tus relaciones del momento se están yendo a pique.

Pero Víctor duerme mucho. Si yo fuera lista podría tener una vida enteramente aparte sin que él lo supiera, y tal vez sea eso lo que tengo. Parece como si él estuviera siempre a punto de despertar, levantarse de la siesta, bostezar antes o después de descansar durante largas horas. Es como si estuviera preparando constantemente su vuelta a la cama. Se apresura en acabar algo —normalmente el capítulo de un libro— antes de dormirse de nuevo. Se ha pasado la vida esquivando las limitaciones de su enfermedad.

Llevamos tres meses viviendo en Hull. Tenemos una razón muy específica para estar aquí: Víctor deja que su leucemia se apodere de su cuerpo. No me gusta Hull. Antes de venir aquí busqué en el *Atlas mundial,* en los estados del este de EEUU, y lo encontré bajo la forma de un apéndice sano que cuelga de Massachusetts. Hull es más tranquilo que Boston: muchas de las personas que aquí residen en invierno son pescadores o jubilados. Al menos no ejercen sus derechos de vecinos con Víctor y conmigo. Víctor admite que Hull tiene sus defectos, pero señala que es un lugar discreto para morir. Y tiene razón. Vivimos en la tercera planta de una casa de estilo victoriano situada en una calle estrecha, pavimentada parcialmente, con una hilera de casas de ventanas condenadas durante el invierno. En temporada baja el alquiler es barato, y Víctor dice que el océano le sosiega y, por supuesto, la calle es muy tranquila, porque no vive nadie en ella.

Nos aislamos en esta casi isla. La península gira al norte desde su base, y en su extremo está solamente a cuarenta minutos por barco, por el Atlántico, hasta el puerto de Boston. Pero, sin embargo, el vínculo entre la ciudad donde vivía antes y yo parece tan tenue como el delgado istmo de la península en el mapa, como si cualquier movimiento de tierra, cualquier tormenta, cualquier cambio de presión, pudiera arrancar a Hull de la costa y me colocara para siempre entre casas deshabitadas y solares llenos de automóviles oxidados por la sal. Podría algún día mirar por nuestra ventana en forma de diamante y ver únicamente el océano verde y embravecido y ningún barco que me lleve a casa.

Vivimos en una habitación grande y convertida en ático con techo inclinado. Es una habitación tan sólo, pero grande y con una cocina aparte. Lo alquilamos amueblado y de esta manera vivimos en un extraño espacio de decoraciones dispares, sillas que no hacen juego y mesas de diferentes diseños. Muebles bonitos, hechos de nogal y caoba; el relleno del sofá es de crines de caballo. Pero todo se encuentra en mal estado, astillado, roto y con grietas. Tengo la impresión que alguna vez los muebles pertenecieron a un sistema de belleza y opulencia que ya ha desaparecido. Las rosas del quimón se han desteñido y su color ahora es orín, tan lóbrego como las tiendas de segunda mano o del Ejército de Salvación de donde los muebles proceden y adonde, inevitablemente, volverán. El armario huele a una mezcla de moho y naftalina y también a veneno antitermitas. Tiene una lámpara halógena, una pila de mantas del ejército, que no utilizamos, y latas de gelatina de alcohol metílico. En el armario también hay un montón de fotos que antes estuvieron en las paredes. Son retratos en blanco y negro de las madres, tías y abuelas de otros. Personas de aspecto majestuoso, muy dignas, con sus blusas abotonadas hasta arriba y rígidos cuellos grises. Cuando los quité de la pared me fijé que los espacios ocupados por los marcos tenían un tono más oscuro que el resto de la pared. Después de apilarlos y colocarlos en un rincón del armario me sentí extrañamente culpable, como si hubiera violado algún código antiguo.

Tenemos muchos floreros que a veces lleno de juncos y flores. Tenemos un espejo enmarcado en bronce, con un cristal distorsionado, y lámparas de pared con intrincados conmutadores en forma de extremo de llave. Hay una ventana con vistas al océano y una silla, de estilo reina Ana, colocada junto a ella. Y, por supuesto, están los libros de Víctor, colocados sobre tablas y sobre ladrillos de ceniza, que cubren una de las paredes de aquamarina que se está cayendo.

Víctor duerme cuando llego a casa, yace con un brazo, que es como una cuerda, doblado sobre el rostro. Veo el fácil mecer de las mantas con su respiración. Miro su rostro durmiente, sus brazos y piernas relajados. Luego suena el despertador, que llena el apartamento del sonido lunático de un silbato electrónico. Me inclino para apagarlo.

—¿Has puesto el despertador? —pregunta Víctor.

Mueve su boca, pero el resto de su cuerpo está totalmente quieto. Sus ojos están cerrados, y su respiración es regular y profunda. Bosteza, me mira, hace un esfuerzo para verme sin gafas. Sus ojos son gris olivo. Sin gafas sus ojos son tan hermosos que parece extraño que pueda utilizarlos para ver.

—No —le digo.

—Han debido ser los fantasmas —se moja los labios y coge sus gafas, que están sobre la mesa de noche—. Métete en la cama conmigo.

Me deslizo a su lado. Saboreo la sal y el humo rancio de sus cabellos. Tiene fiebre; he aprendido a calcular la temperatura sin termómetro y creo que tiene algo más de treinta y ocho grados.

—¿Dónde has estado esta mañana? —dice Víctor.

—Fui a la lavandería.

—¿Tan temprano?

—Es que tenía que salir a buscar café.

Víctor me besa y después chasquea sus labios. Dice:

—No, cariñito, no has tomado café. No te apartes, déjame agarrarte. Tienes el cuerpo fresco por haber estado fuera. Tengo tanto calor que podría derretirte. Tanto calor que a lo mejor te derrites en mis brazos.

—Di una vuelta con el coche. Fui hasta el mar.

—Podías haberme llevado.

—Estabas durmiendo.

—Cobarde —dice Víctor.

La brisa es fuerte contra la ventana. Me concentro en el ruido exacto que hace el cristal contra su presión.

—Tu respiración ha cambiado —dice Víctor. Su mano sube por mi espina dorsal y me rasca suavemente entre los hombros—. He leído que cuando la gente miente su respiración cambia.

El viento sacude el largo brazo de la rama de un arce contra la ventana. El ruido es como una llamada o un arañar. Hace vibrar la hiedra de la casa, molestándome, tengo ganas de romper las varillas de las ramas del arce o mardar lejos al viento.

Al cabo de una larga pausa, Víctor dice:

—Bajé muy temprano esta mañana para ver si el coche seguía ahí. Tú no estabas en la cama, y tuve la extraña sensación de que habías desaparecido. Como si nunca hubieras existido.

—Víctor... —dije, disculpándome.

—Por supuesto yo nunca me levantaría para dejarte así.

—No te he dejado, cariño.

—Claro que sí —dice Víctor.

Me levanto de la cama, y voy a la cocina. No vale la pena discutir con Víctor. He sido una estúpida al subestimar su intuición. Me siento enfadada y, al mismo tiempo, avergonzada. Sin embargo, no puedo soportar sus quejas. Sólo hay una manera de arreglármelas en esta situación, y es negarlo todo. En lugar de hablar de Gordon con Víctor, me inclino para mirar en los armarios bajos de la cocina, fingiendo que busco una sartén. Hago mucho ruido con las cacerolas y los moldes de gelatina para no tener que escuchar a Víctor, que despotrica en la otra habitación.

—¿Me oyes, Hilary? —grita—. Te estoy hablando. ¿Puedes hacerme caso un segundo?

Vuelvo a la habitación y le miro con dureza. Él se sienta, doblando la colcha en su regazo, y me mira también con ira. Tengo un trapo de limpieza en las manos, que echo sobre el hombro. Me mira con una obstinación irritante y yo me cruzo de brazos. Víctor coge un cigarrillo y da golpecitos con un extremo en la mesa de noche. Se lo mete en la boca. Enciende una cerilla y la sostiene unos segundos, antes de aplicarla al cigarrillo.

—No espero que corras ningún peligro de ganar el premio Nobel —dice Víctor con palabras lentas y cuidadosas—, pero sí creo que eres lo bastante inteligente como para no mentirme.

—No te miento —digo.

Para mis adentros me digo: tranquilízate. Víctor está luchando; Víctor lo está pasando muy mal. Nos preocupamos por separado y hemos aprendido las señales de pánico momentáneo de cada cual. Han empezado los dolores de su enfermedad. Hay una pequeña cantidad de morfina en el cajón del escritorio. Al lado hay una receta para comprar más, un documento de aspecto oficial con el complicado garabato de un médico y una firma apresurada. Está a la espera, como la nueva página de un diario.

—¿Por qué están estas flores aquí? —pregunta Víctor y toca el jarrón de lilas que hay al lado de la cama.

—Porque son bonitas.

—¿Por qué las has puesto ahí? —pregunta.

—Aunque te resulte difícil entenderlo, Víctor, a la mayoría de las personas les gustan las flores.

—Pues a mí, no —dijo Víctor—. Odio esas flores. Llevan vivas una semana y media. Es antinatural que las flores vivan tanto. Me gustarían mucho más si estuvieran muertas.

Víctor se llena las manos con los tallos y echa la escasa agua del jarrón al suelo. Luego vuelve a colocar las flores en el jarrón seco.

—A ver cuánto tiempo duráis *así* —le dice Víctor a las flores. Se agacha y coge una botella de alcohol de frotar. Desenrosca la tapa y vierte una gota del líquido claro en el tallo de un clavel rosado.

—¿Quieres dejar de torturar a las plantas? —digo.

—Huele esto —dice—. Coloca su cigarrillo entre los dientes y me extiende el clavel. —¿Puedes olerlo?

Acerco mi nariz a la flor y aspiro profundamente.

—Huele a flores y a alcohol —le digo.

—Huele a hospital y a muerte —dice Víctor, lanzando un embudo de humo al aire.

Los dos nos quedamos en silencio. Víctor apaga su cigarrillo y hurga en algo que hay debajo de la uña de su pulgar. Luego cruza las manos sobre el estómago. Me mira con cautela. Voy a la cama y me siento con las piernas cruzadas junto a él, mi torso arroja una sombra en su cara. Se siente bastante bien hoy.

Cuando Víctor se siente mejor me critica más. La semana pasada hubo una gran explosión por los libros que yo leo. Sacó sus libros de los estantes, los arrojó en el sofá, y dijo:

—¡Para cambiar, lee algo decente! Kant, Schopenhauer, Wittgenstein, Nietzsche, Lacan, Jung, Freud, ¡por el amor de Dios!

Las palabras que dije en mi defensa le resbalaron. Jugué con mis cabellos y esperé a que pasara. Hay otros días mucho más tranquilos. Hay días en que se queda en cama.

Hubo un tiempo mejor con Víctor. Nos quedábamos sentados hasta tarde, y me hablaba de su vida antes de ponerse tan enfermo. Me contaba su infancia, los picantes detalles de una vida opulenta. Historias interesantes, pero de la forma que son interesantes los cuentos de hadas más trillados, contados por quien sostiene que son verdad. Yo no creía en la opulencia hasta que Víctor me habló de ella. No entendí nunca la capacidad de invención que acompaña al dinero, su capacidad de distorsión. A Víctor le ofrecieron el mundo como un enorme huevo Fabergé, como un regalo que tenía que disfrutar e ir descubriendo poco a poco. Tiene la voz y el estilo de un rico. Tiene una suficiencia impenetrable; eso que, supongo, la gente llama clase. En las horas que median entre las dos y las cinco de la madrugada, Víctor explicaba cosas que yo no sabía acerca de personas a las que los sueños duran más que la infancia, y de las grandes diferencias entre lo que yo creí verdadero y lo que existe como realidad en el mundo cómodo de un hombre rico.

En circunstancias normales, una persona como Víctor no estaría nunca con una persona como yo.

—Déjame meterme en la cama contigo —digo—. Me deslizo bajo las sábanas, siento el calor de la fiebre de Víctor, las manchas húmedas de otra noche de sudor. Víctor se vuelve tímidamente. Le atraigo hacia mí y le beso detrás de la oreja. Tomo unos pocos de sus cabellos entre mis dientes y tiro de ellos jugueteando.

—Lo siento —dice Víctor, por fin.

—No ha sido nada —digo, abrazándole.

—¿Cómo puedes aguantarme? —dice Víctor—. Espera, no me respondas. ¿Sabes, Hils? Me enfado contigo, y no sé por qué. Yo sé que es una locura, pero, no te enfades, quiero saber por qué olvidaste el helado la última vez que fuiste a la tienda. ¿Quieres que adelgace aún más?

—Claro que no. Es que me olvidé sin más.

—¿De verdad?

Tirita como cuando tiene fiebre.

—Sí —digo.

—Eres una buena persona, Hilary. ¿Sabes que, de verdad, creo que eres una buena persona?

—¿Sí?

—Sí —dice Víctor—. Y que yo soy bueno contigo también.

Empezamos a hacer el amor. Pero pasan varios minutos antes de que me dé cuenta que es eso lo que estamos haciendo, tan prolongado es cada movimiento. Parece como si fuéramos arrastrándonos hacia el amor hasta cuando lo hacemos. Como un acto no específico, como un acontecimiento gradual entre nosotros. Es como si pudiéramos parar del todo en cualquier momento. La pasión de Víctor es lenta, pero insistente. Nos revolcamos como imágenes en un sueño. Como si la gravedad se hubiera suspendido, como si estuviéramos bajo el agua. Esperamos para que nuestros cuerpos vayan el uno hacia el otro por su propia voluntad. Esperamos para que el pulso de nuestro amor llegue a su fin.

Más tarde, se duerme de nuevo. Camino sobre la colección de revistas, latas de refrescos y periódicos que hay junto a la cama. Por equivocación piso el teléfono, que arrastramos hasta el centro de la habitación. El cable está enredado con las demás cosas en el suelo. Sigo el cable hasta el conmutador, desenredándolo de las patas de las sillas, de páginas de libros y de pequeñas pilas de platos. Lo saco de una caja de leche, y casi derribo una lámpara al tirar desde detrás del escritorio. Vuelvo a poner el teléfono en su lugar, encima del mostrador de la cocina, y traslado el ramillete de claveles desde la mesa de noche hasta el cuarto de baño para llenar el jarrón de agua.

Están bien las flores sobre la pila. Es como un lujo tener flores en el cuarto de baño. Me quito la ropa y la pongo en el colgador. Miro el espejo, comparto el reflejo con las lilas y admiro cómo los claveles resaltan el rosado de mi piel. Al mirar al espejo he de confesar que, aunque me sienta mayor, no lo aparento. Soy llenita: mi corazón ha latido veintisiete años con sangre sana y plena. Tengo la tez clara y bonita, hombros cuadrados. Mis cabellos resplandecen como cuando tenía siete años, y tengo un rostro despierto.

Nuestra ducha es un rincón de funcionabilidad absoluta en un edificio que, por otra parte, es tecnológicamente desastroso. Todas las mañanas me recreo en su inagotable fuerza de agua caliente. Produce también unos ruidos espantosos que hacen imposible escuchar cualquier cosa fuera de sus estrechos dominios. Me lavo los cabellos con champú, enjabonándolos convenientemente, cuando, por encima del ruido del agua de la ducha, llega el colosal estruendo de dos disparos de escopeta. Salgo de un salto de la ducha, envolviéndome en una toalla, y le grito a Víctor. Luego voy a la ventana, donde está él. Está de pie, balanceando el cañón de su escopeta en el borde de la ventana. Tiene una antigua Remington de dos cañones, que llama su escopeta para las ratas, porque sólo la usa para eso. Tiene la radio puesta en una emisora de *country-western.* Al compás de la canción solitaria de amor de la vaquera, Víctor dispara proyectiles contra el jardín que hay tres plantas más abajo.

—Es demasiado temprano para matar ratas —le digo—. De verdad que es demasiado temprano.

La última vez que disparó contra las ratas aparecieron dos coches de la policía y un camión de bomberos. Creí que se lo iban a impedir, pero los policías quedaron muy impresionados por el arma, y los bomberos le animaron.

—¡Me parece que le he dado a una! —grita Víctor.

Mete para dentro la escopeta, y se queda frente a mí, su rostro lleno de animación. A su lado reluce el arma. Sus gatillos gemelos están amartillados para la próxima.

—¿Le has dado a una? ¿Dónde?

—Mira —dice, señalando con el dedo—. Tenía su escondrijo en el montón de leña que está junto a la empalizada. Las hijas de puta probablemente *se crían* ahí dentro. Las asusté con los disparos. ¿Ves ese montón de pelusa? Son de una impulsiva que decidió salir de su refugio y enfrentarse con la artillería pesada del enemigo.

—Eso es estiércol —dije.

—¡Estiércol! ¿Cómo va a ser estiércol? Pues sí que es estiércol. —Víctor hace pucheros—. Maldita sea, nunca le doy a nada.

—¿No podemos dejar en paz a las ratas? —pregunto. El aire que entra por la ventana es frío. Tirito bajo la toalla.

—Las ratas huelen mal, y son portadoras de enfermedades. Además, se comen a los bebés. Deberías sentirte orgullosa de que tenga una actitud agresiva hacia semejantes criaturas. ¿De verdad quieres salvar a unos animales que se alimentan de niños pequeños?

—Las ratas de nuestro edificio no comen bebés. No comen casi nada. Realmente son unas ratas que están muy mal nutridas —digo.

—Ya sé lo que es —dice Víctor tendiéndome la carabina—. Te toca a ti. Siempre quiero para mí la escopeta de ratas. Toma, ahí tienes.

—No quiero esa escopeta —digo—. Quiero que dejes de disparar contra los animales.

—Hilary, estos no son animales de los que se ven en un documental del *National Geographic.* Las ratas son una bazofia. Son como cucarachas gigantescas.

—Tienen *pelo* —digo.

—No tienes remedio —dice Víctor.

Se estira la ropa interior y vuelve a la cama. Equilibrando la culata de su arma contra el hombro, mira por el largo cañón y dispara de nuevo al aire.

Quito los vaqueros del radiador y me los pongo. Víctor aprieta los gatillos y dispara dos veces por la ventana. El ruido es enorme. Me tapo los oídos y busco un jersey. La carabina dispara de nuevo y oigo que Víctor grita: «¡Casi le doy!». Dispara una vez más y se desequilibra con la fuerza del disparo. La Remington es del calibre 16, un arma seria, y Víctor no es un tirador diestro.

Me quedo de pie en un extremo de la habitación, apoyada en la pared, y le miro. A mi derecha se encuentra el escritorio de Víctor, cubierto de notas y libros abiertos. Atravesando el monstruosamente grande *Old English Dictionary* hay una rociada de tinta de una pluma rota.

—Procura no darles a los hijos de los vecinos —le digo a Víctor.

—No tenemos vecinos —dice.

—Bueno, de todas formas ten cuidado.

Víctor levanta la mano y me saluda. Luego se vuelve para seguir disparando. Se arrodilla ante la ventana y amartilla la escopeta. Me parece que ni siquiera apunta. Deja que la carabina golpee su hombro. La abre y le pone nuevos cartuchos.

—Mira, yo creo que basta, Víctor —digo.

—Son ratas —dice.

—Vamos, para ya.

—Vete a mirar la tele, o algo por el estilo.

Voy hacia la ventana y doy a Víctor un golpecito. Me ignora, gira sobre sus talones y dispara de nuevo.

—Lo digo en serio, Víctor. Me molesta mucho.

—¡Y tú quién eres! —chilla Víctor. Baja la escopeta, tiene congestionado el rostro, los labios apretados y frunce el ceño—. Quieres que no mate ratas, ¿qué quieres que haga? ¿Redactar mi testamento?

—Vete al infierno —le digo.

Víctor abre la boca y viene hacia mí. Su rostro irritado me resulta extraño. Doy un paso hacia atrás, contra la pared. Me mira con dureza, vuelve a la ventana y levanta la escopeta.

—¿Por qué lo haces? —digo—. Lo odio. Cuando disparas contra cosas *te* odio.

—Mira, es un poco de disociación. Si fuera un hombre de la tribu nyanga bailaría y llevaría la máscara de un cálao. Pero, como soy de Nueva Inglaterra, mato ratas —dice.

—¡Pues déjalo! —le grito.

—¿Y por qué no puedes callarte? —dice Víctor, apuntando afuera, a las ratas, o donde no hay nada más que un cielo vacío. No lo sé.

Me lanzo contra la escopeta, empujo el cañón contra el techo. Víctor me esquiva y lucha por apoderarse de ella.

—¿Qué te pasa? —grita Víctor. Sus dedos asen el cañón. Utiliza sus hombros para empujarme a un lado.

—¡Quítate de ahí! —chilla. Tira de la escopeta, atrapa mi dedo contra el guardamonte. Grito y aparto la mano. El cañón choca contra la ventana y lanza cristales en todas las direcciones.

—¿No has terminado aún? —digo. Una lágrima de hielo derretido pasa por un agujero, del tamaño de un puño, y entra por el marco de la ventana.

—No.

—Bueno, mira lo que me has hecho en el dedo —le digo, levantándolo para que lo vea—. Tengo una hinchazón junto a la uña.

Posa la escopeta y mira mi mano herida. Luego toma un trozo triangular de cristal del suelo y, con un solo movimiento, clava el cristal profundamente en la palma de su mano, dividiendo la piel en dos bordes rosados. Se forma una línea roja dentro de la herida.

—¿Qué haces? —le pregunto.

—Nada. Sangro.

—Estás como una cabra —le digo.

La sangre mana en gotitas espesas, forma una media luna en su palma. «Me voy», digo, volviéndome. Cojo mi gabán, lo pongo bajo el brazo y busco mis playeras por la habitación. En la puerta me las pongo rápidamente, sin molestarme en atar los cordones.

—¡Hils! —dice Víctor cuando abro la puerta. Se me acerca, me toma por la muñeca y la besa—. Lo siento. No te vayas. No te vayas, por favor. Quédate conmigo. Quédate y haremos las paces. Haré lo que quieras. Arreglaré la ventana. Me disculparé con las ratas.

Miro mi muñeca. Donde él ha tocado, hay sangre. Sobre la boca de Víctor hay una mancha roja. Extiende su mano ensangrentada. En el suelo hay manchones de rojo brillante.

—No, me tengo que ir. Necesito irme. Me estoy volviendo loca. Te estoy volviendo loco a ti.

—Mira, no estoy loco —dice—. Soy un gilipollas. Hago gilipolleces, lo llevo en la sangre. ¿Por qué crees que yo pensaba pagar por vivir conmigo? Sabía que esto no iba a ser una excursión. ¿No quieres que mate ratas? Pues no mataré ratas.

—No, vete y mátalas —le digo a Víctor—. Mátalas a todas.

Encuentro a Gordon en el muelle. Está en un barco —un balandro de tres metros— que fue el regalo que su padre le hizo cuando salió el Alien Turf. Se inclina sobre una bomba, concentrado. Tosh está tumbada en el dique, enroscada sobre el impermeable amarillo de Gordon. Se muerde el rabo. Gordon hace equilibrios sobre una rodilla, pone en marcha la bomba. Sus mejillas están muy coloradas, y el agua ha dejado manchas negras en sus botas. Tosh es la que me ve primero, y deja de morderse el rabo un momento para menearlo. Luego, Gordon me mira y parpadea o sonríe. No sé cuál de las dos cosas. Apaga la bomba y se echa hacia atrás.

—¿Cómo has sabido que estaba aquí?

—Lo supuse.

—¿Cómo te ha ido?

—¿Cómo te ha ido a *ti*? —digo.

—¿Cómo está Víctor?

Miro por encima del muelle el azul veteado, la fila de barcos cubiertos de lonas, el desembarcadero astillado.

—¡Ah!, muy bien.

—¿Está durmiendo? —dice Gordon.

—Está matando ratas —digo—. Hemos tenido otra pelea.

—¿Rompisteis algo?

—Sí —digo—, la ventana.

Desde que vivimos juntos Víctor y yo hemos tenido importantes desperfectos en la casa, resultantes de nuestras peleas. Hasta el momento hemos roto una esquina de la repisa, agujereado la puerta del armario, desprendido una lámpara de la pared y arrancado el tubo de la aspiradora. He catalogado esos acontecimientos para Gordon, que los encuentra divertidos, pero, a la vez, tristes.

—Pensé en ti esta mañana. Tuve un presentimiento de que tú venías hacia aquí —la voz de Gordon sonaba confundida. Vacilaba en cada palabra, esforzándose para explicarse con precisión—. De alguna forma, te estaba esperando.

Me pregunto si Gordon juega conmigo, y siento la tentación de soltarle que sabía perfectamente que yo estaba con el coche esta mañana junto a su casa. Y que no debía de tomárselo muy en serio.

—Coincidencia, ¿eh? —dice Gordon. Su sonrisa es engreída, una sonrisa de jovencito.

Estoy segura de que Gordon no me va a decir que me vio en mi coche. Primero va a picarme para ver como reacciono. Me va a obligar a confesarlo, y me dan ganas de tirarle algo a la cabeza.

—Gordon —comienzo—, no es lo que piensas.

—¡Ah!, lo sé, no creo en esas jirimingueces de los problemas psíquicos —dice Gordon. Extiende la mano para acariciar a Tosh—. Ni siquiera puedo decir con precisión que haya tenido un *déjà vu.* Pero, sin que esto suene a abracadabra, o cosas por el estilo, lo que quería decirte es que pensé en ti.

Soy una mala persona: siempre pienso en lo peor. En esto Víctor y yo somos iguales. Víctor también hubiera pensado que Gordon sabía de sobra que yo estaba en el coche, y también hubiese buscado ese mensaje en el idioma que te dice que alguien juega contigo. Me siento culpable, porque creo que no me merezco la confianza que una persona como Gordon tiene en mí —quiero decir ¿por qué tiene que ser tan honrado, abierto y dispuesto a ver lo bueno en mí, cuando parece que voy a atacarle acusándole de malas intenciones?

Estamos sentados en una mesa, en el Cappy's Restaurant & Pub, uno de los edificios más antiguos de Hull. Fue oficina de Correos en el siglo XIX, y antes de ello una caballeriza. Su actual situación como restaurante es el resultado de los esfuerzos de su fundador, Cappy, que lo ha convertido en un lugar muy frecuentado por los turistas en verano. Ahora, sentada en una mesa frente a la bahía, siento algo parecido al optimismo que es propio de los meses veraniegos. Pero es noviembre; casi puedo sentir como el viento entra por los ventanales del restaurante de Cappy.

Cappy tiene tanto la forma, como la textura, de un huevo duro. Está completamente calvo, salvo un anillo de cabellos fibrosos de color acero, que se le enroscan en el colodrillo. Durante la temporada turística, Cappy casi nunca está aquí. Paga a su hijo para que se encargue del lugar, y se escapa a Martha's Vineyard. Pero durante los meses de invierno está siempre en su restaurante, que hace las veces de taberna del pueblo por las tardes. Se dedica a apilar cajas de cerveza, a mezclar los granos de café, y a hablar con los pescadores que llenan las pocas banquetas que hay junto al mostrador del bar a la hora del almuerzo.

—¿Qué le estás haciendo a la casa de tus padres? —le pregunta Cappy a Gordon. Lleva el delantal de su ex esposa, y tiene una jarra de café en la mano—. Toma, guapa, un poco más —me dice, y me llena el tazón. En el delantal lleva puestas las palabras: *Hot Mama.*

—Estoy haciendo unas reparaciones —dice Gordon.

—¿Ahora? ¿En pleno invierno?

—Volverán en primavera. Ahora es más fácil de hacer.

—Creí que tenías un trabajo regular —dice Cappy—. Creí que te dedicabas a cachivaches electrónicos.

Gordon dice:

—Ya no los hago yo directamente.

—Deberías estar ahí trabajando, y no haciendo el vago en casa —dice Cappy.

Me guiña el ojo. Estira un brazo liso y regordete detrás de sí y arrastra una silla de la mesa de al lado. Cappy llama a todas las casas de Hull el «hogar», aunque debe saber que hay mucha gente con residencia aquí que piensa que su verdadera casa está en la ciudad.

—Estaré aquí únicamente un par de semanas —dice Gordon. Tiene un plato de pan tostado, y unta con mantequilla una de las rebanadas.

—Pues me alegro de verte por aquí, chico —dice Cappy. Coge la jarra de café y lo derrama en el tazón de Gordon, aunque está casi lleno.

Me doy cuenta que un tremendo calor emana de Cappy, como si tuviera un horno en su pecho. A lo mejor es eso lo que ocurre cuando llevas tiempo viviendo en un clima frío. Tal vez desarrollas un mecanismo interno de calefacción, algo que se puede encender y apagar, una estrategia de supervivencia. Por supuesto, Cappy está muy gordo. Tiene que esforzarse continuamente por mantenerse erguido.

—¿Dónde está Víctor? —inquiere Cappy—. ¿Por qué no ha venido por aquí?

—No se siente muy bien —digo.

No me acuerdo si Cappy sabe lo enfermo que está Víctor. Siempre me olvido de quién lo sabe ya, quién debería saberlo y quién no.

Víctor vino a vivir a Hull para permanecer en el anonimato. Y hasta ahora ha sido así. Pero con lo que no contaba Víctor era con que los habitantes invernales de un lugar como Hull tienen sus maneras de entretenerse. Una persona como Víctor puede provocar un enorme interés y chismorreo. Y, cuando Víctor está de humor, habla sin parar de cómo espera la muerte, como suele decir. Pero no sé si se lo ha contado a Cappy. Debo estar segura. Probablemente Cappy ya sabe que Víctor está enfermo —pero no pondría la mano en el fuego, y no me atrevo a decírselo.

—Me dijo que no se sentía muy bien la última vez que le vi —dice Cappy—. Es una lástima. Le echo de menos. Es un buen conversador, un auténtico genio.

Gordon asiente, y mete la última rebanada de pan en su boca. Mira a Cappy con interés, y durante un momento, breve y extraño, me siento como se sentiría una madre joven cuando la maestra de la guardería cuenta a su marido lo listo que es su hijo.

—La última vez que pasó por aquí habló de los prisioneros en los campos nazis. Sobre las torturas que les hacían, quiénes fueron los responsables y cómo amontonaban los cuerpos en fosas después de gasearlos —dice Cappy.

Miro a Gordon y veo que ha dejado de masticar.

—A Víctor le fascinan las diversas formas de muerte y agonía. Dice que los campos eran cochiqueras y que los judíos no tenían ni agua, ni medicinas, ni comida. Y les obligaban a trabajar, y les pegaban, y...

—Ya, Cappy, *sabemos* todo eso —dice Gordon.

—Ya, pero no lo sabes como lo sabe Víctor. Sabe utilizar las palabras en alemán para las cosas. Te puede explicar las diferencias entre un campamento y otro: Treblinka contra Auschwitz.

—Habrás tomado apuntes, Cappy —dice Gordon.

Cappy se yergue. Mete la mano bajo el peto del delantal, y toca un bolígrafo que hay en el bolsillo de su camisa.

—He hecho algunas investigaciones desde que estuvo aquí Víctor. Quiero ver lo que él piensa sobre este libro que estoy leyendo sobre los criminales de guerra. ¿Qué piensa Víctor que debemos hacer con los criminales de guerra? —me pregunta Cappy.

—No lo sé —digo.

—¿Es un profesor o algo por el estilo? —pregunta Cappy.

—No —le digo—. Víctor no es un profesor. No tiene el doctorado. Estaba estudiando la licenciatura de filosofía cuando decidió dejar la quimioterapia.

—¿Te contó cómo se unieron todos los judíos?

—No —digo—. En realidad, me ha contado lo contrario. Me contó que en muchos campamentos las víctimas robaban trozos de tela de los uniformes de las SS y se los cosían a su ropa. Luego intentaban comportarse como los oficiales de las SS, daban órdenes, denigraban al judaísmo moliendo a palos incluso a los otros presos, hasta que los verdaderos oficiales de las SS los pillaban y los torturaban por burlarse de ellos.

»Me contó esta historia aquel día en que sintió tanta náusea por haber interrumpido la medicación, que vomitó en el asiento delantero de nuestro coche, luego en el cuarto de baño y, finalmente, en la cama. Me lo contó mientras yo calentaba una lata de sopa Campbell's para mi almuerzo, y dijo que su olor le había dado náuseas de nuevo.

—Bueno, lo que pasaba, ¿entendéis? —dice Cappy—, es que hasta cuando los judíos no tenían ni comida, ni agua limpia, ni nada para bañarse, ni para cubrir sus heridas, hasta en medio de aquel infierno viviente, lo compartían todo. A lo mejor daban a alguien la mitad de su pan, o un cigarrillo, por ejemplo.

»Dijo que a veces un hombre más fuerte trabajaba por uno más débil, que madres que habían perdido a sus bebés daban de mamar a hombres demasiado enfermos para comer alimentos sólidos.

—*Eso* no lo creo —dice Gordon—. Estoy seguro que no tenían ni siquiera leche. Estaban desnutridas.

—¿Tú qué sabes? Tú haces cachivaches —dice Cappy—. A callar y a beber tu café. Víctor es un genio. Díselo, guapa —me dice a mí.

Gordon y yo pasamos por un largo y embarazoso silencio.

—No construyo ni chismes *ni* cachivaches. Producimos deportes para vídeos —dice Gordon.

Cappy se inclina hacia nosotros, proyectando su sombra sobre dos tercios de la mesa.

—Compartían y sufrían juntos. Hoy en día ni siquiera levantamos un dedo por nadie, ¿no? Nos tumbamos como lagartos muertos para ver el sol levantarse y ponerse. Todos los días.

—¿Vas a echarnos un sermón? —dice Gordon. Pero Cappy no le hace caso. Está en vena.

—Será el final para nosotros —dice—. ¿Sabes por qué? Por algo que dijo Víctor: dijo que nadie que hubiera estado en esos campos, frente a la muerte, sobrevivió sin ayuda. Ayudarse era tan esencial para ellos como la comida, el agua, los medicamentos o Dios. Dijo él: «La supervivencia es un acto colectivo» —Cappy golpeó con el índice la mesa para subrayar. Si fuera juez, sería de los que hacen discursos literarios y aprovechan cualquier oportunidad para utilizar el mazo.

—Víctor lo leyó —señalo—. No le digo que Víctor tiene una camiseta con esa consigna en la parte delantera. Y en la de atrás dice: «Mantén la libre empresa libre».

Miro a Gordon y quiero protegerle. Luego no entiendo por qué debo protegerle. Nadie le ataca. Nadie ataca a nadie. Estamos charlando por la mañana de una cosa normal.

—No importa —dice Cappy—. Si hubieras peleado una vez en una guerra sabrías que tiene razón.

—Víctor no ha peleado en ninguna guerra —digo.

—Tienes razón —dice Cappy—. De todas formas, lo sabe. Vaya que lo sabe.

Al salir del restaurante de Cappy ya no estoy de buen humor. A veces, cuando conduzco por la calle, o a lo mejor compro bollos en la pastelería, me imagino a Víctor de pie, detrás de mí, sentado en el asiento trasero, o espiándome por una ventana. Es como si me acompañara siempre, aunque hasta hace poco ha estado siempre en la cama. Es como si llevara en mi mente su fotografía. En los momentos más inverosímiles su rostro se me revela. Y mientras Gordon y yo vamos hacia el muelle, donde tiene su barco amarrado, sigo viendo a Víctor. Me lo imagino apoyado en un taburete del mostrador de Cappy, con sus delgadas piernas cruzadas y un cigarrillo. Veo sus cabellos rizados que brillan a la luz de gas. Se echa hacia atrás, llena los pulmones de aire y se queda inmóvil, sin respirar, con los ojos semicerrados. Comienza a hablar, las palabras fluyen perfectamente de su boca, como niños bien enseñados. Le imagino mirándonos a Gordon y a mí caminando hacia el barco, el rostro enrojecido, la boca fruncida, la ira creciendo en su pecho. Y así es como me juzgan.

—¿Tienes que hacer recados hoy? —pregunta Gordon.

Me encojo de hombros y doy la vuelta a un montón de arena.

—¿Quieres deshacerte de mí? —pregunto.

—No —dice Gordon.

Se detiene en el muelle y me mira a la cara.

—No, quiero que te quedes conmigo. Pero pensaba lanzarte una indirecta. ¿Sabes cómo? Pienso para mis adentros: quiero quedarme con ella, pero luego me digo, bueno, probablemente tendrá otras cosas que hacer, y dirá que no puede. Por eso te lo pregunto. Te da la oportunidad de decirme algo cortés y coherente.

—Me siento culpable —confieso.

—No te pido que te fugues conmigo, simplemente si te gustaría algo diferente. Por ejemplo, ¿te gustaría hacer algo divertido?

—Soy incapaz de tomar una decisión —digo. Pienso en lo que Víctor dice de que no puedo tomar decisiones, la manera en que pone los ojos en blanco, y me siento como una niña de cuatro años—. ¿Qué podemos hacer que sea «divertido»?

Gordon se ríe, y me siento mejor. Hasta me río un poco. Me encojo de hombros y digo:

—Bueno, en serio. No, lo que es realmente divertido. De verdad, ¿sabes de algo que sea divertido y que lo podamos hacer?

—Sí —dice Gordon—. Creo que sí.

II

El *ferry,* que no he tomado nunca, sale de una parte del puerto llamada Pemberton y llega cuarenta minutos después a Long Wharf Pier, en Boston. He escuchado una mañana tras otra la sirena de ese *ferry,* y conozco su horario por lo que dura el intervalo entre los largos pitidos. Gordon y yo viajamos en el de las once, estamos de pie en la cubierta superior, que está vacía, y no es extraño, porque la brisa marina es tan fuerte que nadie en su sano juicio ocuparía las filas de asientos de plástico de vivos colores que forman dibujos en el suelo de madera. Gordon tiene las manos escondidas bajo las mangas de su jersey, y yo me he puesto la capucha de mi chaquetón de piel.

Compartimos una bolsita de M & M's que compramos en la cafetería, antes de embarcar, y yo soy la que tiene que repartirlas.

—¡Aj!, quiero una marrón —dice Gordon—. Toma tú la amarilla.

Aparta la vista y aspira el aire codiciosamente, disfrutando de él. Gordon encuentra placer en todos los aspectos de la vida al aire libre. Me ha contado que en primavera escala montañas. Hace *windsurfing* en la playa de Nantasket. El otro día, en la tele, pusieron un documental dedicado a las personas que hacen ala delta, y casi me pareció que vería a Gordon saltando desde la ladera de una montaña y tomando impulso bajo las alas titánicas de una cometa.

—¿No crees que es adorable Nueva Inglaterra cuando sale el sol? —dice Gordon.

Parpadea al mirar al sol.

—Por supuesto, cuando sale, lo que no es frecuente —digo.

—Ahora mismo hay sol. Mira el cielo, las gaviotas, el sol. Es hermoso.

El cielo está veteado de nubes. En el mismísimo momento en que Gordon dice: «Es hermoso», otra nube oculta al sol.

—Gordon, has hablado demasiado pronto.

—De acuerdo, pero mira lo espectacular que es ahora; el acero de la baranda contra un fondo de mar turbulento, las gaviotas que armonizan con el cielo oscuro, el faro, allá a lo lejos, el viento. Es una aventura —dice Gordon.

Miro a la proa del *ferry* y pienso en lo extraño que es ir de camino hacia Boston. Llevaba semanas, tal vez meses, queriendo ir a Boston. A veces me imagino las atestadas calles de Ba Bay, las luces a lo largo del río Charles, el Prudential Centre, Copley Place, los restaurantes donde yo almorzaba con amigos, tras el trabajo, y me pregunto qué estará pasando en este mismísimo minuto en la ciudad. Podría estar junto a un seto, ante la fachada de la casa, podando sus ramas rebeldes y arrancando las hojas secas y muertas, y preguntándome de repente qué color tienen las luces de Navidad, en el Common este año y si estará el estanque lo bastante helado como para poder patinar sobre él. ¿Han descubierto las personas que viven en mi antiguo apartamento la losa suelta en la cocina y la rotura de la red metálica de la ventana? ¿Siguen oliendo igual que antes los armarios del cuarto de baño?

—¿Tienes frío? —pregunta Gordon y, por supuesto, es así. Tengo grietas en mi labio inferior, una grieta en la piel, que no dejo de morder.

Gordon pasa su brazo por mis hombros y me abraza.

—¿Quieres ir abajo? Hay mesas, y se está más caliente.

No muevo un músculo. Desconfío tanto del brazo como el paciente de un hospital de un tubo intravenoso. Me quedo tan quieta bajo el peso del brazo de Gordon que me podrían tomar por un cadáver. Le digo:

—Toma más dulces.

—No me des de los rojos. Me han dicho que producen cáncer.

—Ya no hacen rojos. Además, todo produce cáncer —digo.

Estiro mi labio. Está tan agrietado, que escuece. Me vuelvo hacia Gordon. Le miro de frente.

—Una vez, Víctor y yo hojeamos un montón de libros sobre medicinas y nutrición, también artículos que encontramos en la biblioteca, e hicimos una lista de todos los alimentos y aditivos que, se supone, producen cáncer. Nos costó media semana. Realmente, creo que fueron cuatro días y aún así, la lista era incompleta. Luego hicimos una lista de los productos domésticos: cosas como champús y polvos para limpiar inodoros. Nos llevó dos días, pero es que ya teníamos mucha experiencia. ¿Sabes que aún tengo miedo de usar desodorante? Estoy convencida de que produce cáncer de mama en las mujeres.

—¿De verdad?

—¿Quién sabe? —digo—. A lo mejor las fibras de mi chaquetón me están produciendo ahora cáncer.

Gordon juega con la M & M's marrón que le he puesto en la palma de la mano. Sigue dándole vueltas, tocando el lugar donde están escritas, en blanco, las letras «m & m».

—¿Por qué no hablamos de otra cosa? —dice Gordon.

Hago un movimiento negativo con la cabeza.

—No, a mí no me molesta. Víctor y yo hablamos siempre de ello. ¿Tú no fumas, no? Por la noche me quedo hasta muy tarde, fumando cigarrillos.

—¿Durante el día no? —pregunta Gordon.

—Normalmente, no.

—Eres una fumadora clandestina —dice Gordon en tono jocoso y aseverativo.

Tuerce la mandíbula sonriendo ligeramente, y yo admiro sus facciones. Gordon tiene unas expresiones faciales maravillosas, tanto más maravillosas cuanto que son naturales. Tiene una boca larga, que se curva de un modo diferente en cada extremo, tez radiante, y una hermosa nariz arqueada.

—Víctor sabe que fumo.

—No me explico cómo tienes miedo de que los desodorantes produzcan cáncer y fumes cigarrillos —dice Gordon sensatamente.

—Una vez le dije a un médico que me explicara la mejor razón para dejar de fumar. Me contestó que un treinta y tres por ciento de cánceres se atribuyen a los cigarrillos. ¿Sabes lo que eso significa? —le pregunto.

Gordon mueve negativamente la cabeza. Le doy más chocolate, y digo:

—Eso significa que un sesenta y siete por ciento son fortuitos. Además no es verdad que tenga miedo de los desodorantes. Lo dije por decir.

—¿Cómo es —pregunta Gordon tímidamente— vivir como tú vives? ¿Sabes?, anoche estaba en casa, viendo una película en la tele, y apareció un anuncio, uno de cereales para el desayuno. Y vi a esa madre joven, que tendrá unos cinco años más que tú, en la mesa del desayuno, rodeada de sus hijos. Había un marido que se ponía la corbata, todos esos niños, y tal vez había un perro. Te figuras la escena, ¿no? Bueno, me pasé el anuncio pensando: pobre Hilary, ella no tiene ninguna de esas cosas. No tiene un saloncito para el desayuno, ni..., ya sabes..., cosas de cocina.

—¿Y por qué crees que las quiero? —pregunto.

—A lo mejor no las quieres —dice Gordon, y se ríe turbado—. Es que no entiendo de la forma en que vives, o por qué. Quiero decir, ¿cómo se vive así?

—¿Vivir cómo? La verdad es, Gordon, que el apartamento *tiene* algunos utensilios de cocina.

Gordon asiente, como si estuviera avergonzado.

—Si quieres te arreglaré la ventana —dice.

—No, gracias. Es un agujero. Víctor lo tapará con cinta.

Gordon aparta el brazo de mis hombros. Se frota las manos para calentarlas. Tiene un aspecto avergonzado y en cierto modo hundido, como si creyera que ha fallado en un examen importante. Apoya la barbilla en las manos y lanza un suspiro. Parece muy preocupado, lo cual me encanta y me desconcierta.

—Sería más fácil de entender si le hubieras conocido antes de ponerse enfermo —dice Gordon de una manera que sugiere un largo período de reflexión—. Esto sería perfectamente lógico. Pero le conociste cuando ya estaba enfermo. Sabías que se iba a morir.

Reflexiono sobre ello. Digo:

—Siempre pienso que puedo aislar los acontecimientos de mi vida, para que no me hagan daño. Víctor se muere, no lo sé. Supongo que me engaño. Los niños lo comprenden. Ellos no se engañan pensando que el programa de televisión o el cuento que escucharon antes de irse a la cama no va a cambiar sus sueños.

—¿Cómo puedes aguantar saber que se va a morir? —dice Gordon.

Tiene los labios apretados, me mira con fijeza.

—Bueno, sabes que a veces pienso en él como si no se estuviera muriendo. Está muy apegado a la vida. A veces me olvido de lo que realmente pasa e imagino que estamos llevando adelante un proyecto mutuo, lo cual, de alguna manera, es cierto. A veces creo que vamos a tener un niño.

—¿Vas a tenerlo? —pregunta Gordon, recalcándolo.

—Creo que no.

Miro al océano y compruebo que las sombras grises en la distancia son realmente edificios, y que por fin nos estamos acercando a Boston.

—¿Estás *segura*?

—No creo estar embarazada, Gordon, tranquilízate.

—Hilary, ¿tú y Víctor tenéis vida sexual?

El rostro de Gordon se inclina sobre el mío en un ángulo que parece como si me fuera a besar. Pero su rostro es serio, clínico. Me imagino a Gordon con la bata de un ginecólogo, con el estetoscopio colgado del cuello, y un modelo de plástico de los genitales femeninos sobre un estante de libros, frente a él.

—Sí —digo—. Por supuesto.

—¿Y no utilizas algún método de control?

—Pues no, exactamente. Tengo una manera de pensar sobre cosas como el nacimiento y la muerte distinta al resto de las personas, me parece. Para mí, sencillamente, ocurren —digo.

Lo que no le digo es que me entristece pensar en emplear un sistema de control. Deben imaginarse a Víctor cuando hace el amor. No es Víctor. Es otra persona a la que podría haber amado durante toda mi vida si la hubiera conocido antes. Víctor sólo puede hacer el amor cuando siente amor, no puede fingirlo ni hacerlo por otras razones. He hecho el amor con personas que lo hacen de la misma manera que toman algo entre comidas. Víctor no tiene energías como para emplear el sexo hasta hastiarse. Todas esas cosas que aumentan el deseo, querer ver nuestro propio cuerpo haciendo el amor con el de otro, las pequeñas luchas por el poder, el deseo de dominar o la posibilidad de ser dominada, ninguna de esas cosas aumenta el interés de Víctor en el amor. Son sus temas preferidos de conversación, pero la polla de Víctor no funciona como su mente. La controla otra cosa, una cosa dulce e interna, un Víctor interior al que saludo con alegría muy de vez en cuando. ¿Cómo podría yo, frente a un amigo así, recordarnos a los dos que mi vida va a seguir después de la suya, y tomar precauciones contra cualquier vida que le queda a él para darme?

—Me voy a poner junto a la barandilla para mirar —digo—. Quiero ver cómo nos acercamos a Boston.

Camino entre las filas de bancos, y me imagino brevemente cómo es esa cubierta gris y húmeda en verano, con los asientos llenos de gente en vaqueros cortados y camisas hawaianas; chicas con blusas y el vientre al aire y niños con gafas de sol demasiado grandes para sus caras. Miro desde la barandilla. Hay mar tendida y lugares aislados en el agua que hacen remolinos con el gran tirón del océano. El envoltorio de una chocolatina roza las crestas de las olas y, curiosamente, me siento encantada. A través del ruido del viento y el continuo tamborileo de las máquinas bajo cubierta escucho los pasos de Gordon, tan firmes e inevitables como el acercamiento del *ferry* a Boston. Se encuentra a mi derecha, y un poco detrás; sus ojos miran hacia adelante, como si calculara la distancia entre donde estamos ahora y los numerosos islotes que señalan el comienzo de la entrada del puerto.

Me he imaginado viajando en este *ferry,* y viendo esos islotes, mirando las medusas que oscilan junto al mar bajo la fina capa de agua contaminada. He soñado muchas veces atracar en Boston, escuchando mis pasos retumbar con un sonido hueco por el muelle, pasando el cartel en Long Wharf que invita a la gente a embarcar en *ferry.* Cuando Víctor y yo hemos tenido una semana especialmente mala, cuando está tan enfermo que no puede hacer nada por sí solo, o cuando peleamos mucho, se ha estropeado el coche y no hay más que aguanieve y los helados vientos del océano, he pensado muchas veces qué alivio sería tomar el *ferry* y marcharme. Cuando oía la sirena del *ferry,* anunciando su partida, pensaba que tal vez me llamaba, que podía escabullirme hasta Boston, retirándome como un pez que entra en el coral. Simplemente marcharme. Pero ahora, a bordo del *ferry,* al mirar el agua que pasa bajo su fuerte casco, las gaviotas suspendidas como campanas de viento en el aire, siento cómo se esfuma una sinfonía en su última nota.

—¿He dicho algo que te haya molestado? —dice Gordon.

—No, claro que no —le digo—. ¿Qué podías haber dicho?

Pero, por supuesto, ¿qué pudo decir bien? Le doy crédito a las palabras de Víctor, no a las de Gordon. He vuelto a conocerme según una situación que existe entre Víctor y yo y que nada tiene que ver con Gordon. Lo que quiero oír sale en susurros del otro extremo de una almohada, en un ático que he dejado atrás. Echo de menos a alguien que está muy lejos, en un lugar que digo que odio, lo cual suele ser verdad. Gordon está callado junto a mí, a la espera. Soy consciente de él de la misma tímida manera con que un extranjero, en una estación de ferrocarril, se da cuenta de su extranjería. Puedo ir a Boston, ver los paisajes familiares y caminar por las calles que tienen una historia para la nación, al tiempo que una historia personal para mí. Pero no puede ser como yo lo imaginaba. Esas calles pertenecen ahora a otros. La Freedon Trail está llena de tiendas y de edificios de oficinas; ¿quién piensa en los padres fundadores cuando va a trabajar en automóvil? Una visita es sólo una visita. La mano de Gordon sobre la mía es sólo una mano. El chapoteo del mar y el graznido de las gaviotas son sólo ruidos, y únicamente escucho a alguien que duerme en silencio en una cama, que ya es la mía.

Es fácil ir a una ciudad que amas, aunque estés con un hombre que apenas conoces. Finjo que los encantos característicos de Boston —las calles adoquinadas de Beacon Hill, el North End, con su interminable surtido de «cannolis» frescos y alegres escaparates con vestidos de novia, la sede del gobierno, Faneuil Hall—, todo lo que Boston tiene para convertirnos en una pareja a Gordon y a mí, nos presta una historia juntos que no tenemos. Caminamos entre las filas de carros de vendedores, hablando de qué tipo de personas comprarían una marioneta hecha de conchas; diademas, con antenas, para el pelo; latas de aerosol, con olor de Amor, para refrescar el aire, o ceniceros en forma de cangrejos, con ojos saltones, que dan botes. Damos un dólar a un ciego que toca un piano electrónico y que canta *Georgia on My Mind.* Compramos un globo. Un sorbete.

No me cuesta nada imaginar que Gordon y yo nos llevamos bien. Conocemos a los mismos músicos callejeros, el sistema del metro, restaurantes donde se toma sopa de almejas. Puedo fantasear pensando que las filas de carros representan experiencias compartidas entre Gordon y yo. Y, de alguna manera, lo son. Él se crió en Brookline, en un barrio bien cuidado, atravesado por calles con filas de árboles, con nombres solemnes como Chilton Way y Linden Circle. Yo era una de las mejores estudiantes de mi clase, en una escuela de tercera categoría, pero conseguí que me aceptaran en la universidad de Boston, una universidad privada, una gran niveladora, donde estudié ciencias, aunque ahora creo que debería haber estudiado filosofía como Víctor, que fue a una universidad mucho más prestigiosa. Pero el departamento de filosofía era inaccesible para mí. Creí que primero tendría que adoptar un nuevo vocabulario, mejorar mis erres en mi dicción, mostrarme digna de estudiar lo que una persona como Víctor piensa de modo natural que es su dominio legítimo.

Terminé como ayudante de veterinario en una zona residencial de Cambridge. Allí pasé dos años poniendo conos en los hocicos de los perros para que no se mordieran los puntos; sujetando gatos para que les pusieran inyecciones; metiendo muestras fecales en soluciones; limpiando las jaulas de conejos y crías de gatos.

Creo que hasta recuerdo que vi a Gordon una mañana en el metro. Podríamos habernos conocido entonces, amontonados junto al pasamanos mientras el vagón traqueteaba bajo Charles Street. O en cualquiera de los lugares por donde hemos pasado hoy. Gordon pudo tomar cerveza en el Black Rose, o estar cerca de mí en un grupo de personas que miran bailar el *break-dance,* o cogiendo manzanas en los carros, en Haymarket, los sábados. O entrar con Tosh en la clínica veterinaria, en una sala blanca como el detergente, donde he pasado, sólo Dios lo sabe, tantas horas de mi vida metiendo termómetros en los anos de animales indefensos y aterrorizados.

Miramos un mimo frente a un edificio de ladrillo, llamado el Marketplace. La multitud está fascinada por su invención de una habitación transparente, en la que se encuentra atrapado. Su ropa es blanca y negra, salvo un gorro de color verde limón llamativo. El mimo es silencioso y, sin embargo, siento como si estuviera a la escucha disimulada de una conversación. Su mundo mudo, de claros obstáculos que le hacen resbalar, le atrapan, que le crean dilemas, me parece privado, algo que no debemos mirar. Por fin, me doy la vuelta, miro al cielo, donde las nubes son tan finas como telas antiguas. El mimo termina su espectáculo y suenan aplausos. Sobre su boca hay una línea pintada. Totalmente negra. Sonríe cuando se levanta para recoger billetes de un dólar.

Nos sentamos en un banco pintado de marrón. Las pintadas hablan de amor: «Frank quiere a Julie», «Mimi desea a Ben», «T. J. más S. K.». Hay números de teléfono, corazones tallados rudimentariamente, una pegatina de un rostro sonriente. Bebemos limonada comprada en un puesto donde exprimen limones frescos. Se me hielan hasta los pies.

Robo cosas. Me preocupa un poco que Gordon meta sus manos en los bolsillos de mi chaquetón y encuentre las baratijas que escondo: un molinillo de oropel, una camiseta con patos y la palabra «Boston» grabada en blanco sobre el pecho, una bolsa de nuez de cajú caliente, un pisapapeles de hierro con la forma y el color de una langosta cocida. A una parte de mí no le preocupa, pero otra porción más profunda e insidiosa de mi psique lucha contra el miedo de que él descubra mi secreto y me abandone en la acera.

Siempre he robado. Hay cosas que no me imagino pagar, ya que las he robado muchas veces. Por ejemplo, todos mis pendientes. Mango especias en la tienda de comestibles. Robo revistas y chocolatinas Hershey. Plumas caras en las papelerías. Robo cosas que no quiero. Me pondría nerviosa comprar una cosa que quiero, algo que se dieran cuenta que falta. Pero cadenas doradas, que cuelgan de rejillas de plástico escarchado en el mostrador, lleno de bisutería, ¿quién las va a echar en falta? ¿O un despertador electrónico tan pequeño que se puede perder en tu bolsa? ¿Por qué no?

Pienso en eso, en mis delitos. Sé que no está bien, y me avergüenzo; pero cuando damos la vuelta a la esquina, junto a una pastelería, cojo un llavero de un carro.

Víctor lo sabe. Robé la camisa de otra persona en la lavandería y, por mala fortuna, estaba escrito el nombre de la dueña en el cuello. Tengo un cachivache nuevo, una copia con cuerda del dinosaurio de los Picapiedra, o un aparato para hacerte un sello con tu nombre, que sabe que yo no quería, y me pregunta si lo he robado. Mira la chocolatina que estoy comiendo, y pregunta: «¿Es un regalo?», y yo asiento con la cabeza.

El hábito de robar fue muy molesto para mis padres durante años, desde que mi madre encontró un paquete de chicle, que no pude justificar, en el bolsillo del gabán, cuando tenía cuatro años. Mi padre se quedó desconcertado ante mi afición al robo, en particular, mi costumbre de robar para dar a otros, lo cual le causó dilemas éticos cuando reflexionó sobre el castigo apropiado a una hija colegiala que había robado un encendedor de oro para el cumpleaños de su padre. Más tarde, después del divorcio, robé de las respectivas casas de mis padres, poniendo cosas de un piso en el otro. Coloqué la jarra de cerveza preferida de mi padre en la vitrina de mi madre. Metí la agenda de mi madre en la cesta para el correo que estaba sobre el escritorio de mi padre. Dejé su pasador de corbata en la estantería de libros de mi madre, la laca de uñas de ella en el armario del cuarto de baño de él, la loción para después del afeitado en la mesita de noche de mamá. Yo quería que volvieran a unirse, pero, en lugar de ello, mi padre volvió a casarse. Hasta se fue a vivir a una casa, a una casa de verdad, no a un piso. Cuando estaba casi terminando el bachillerato, robé un camisón de mi madre, y lo colgué en el armario de la nueva casa de mi padre. Su esposa lo vio y él me llamó iracundo por teléfono. Luego dejé de ir a ver a mi padre.

—¿Hilary? —dice Gordon, y me toca el hombro.

Nos vamos a Faneuil Hall, nos detenemos un momento en un cruce. Hago un esfuerzo para volver al presente y me disculpo por mi distracción. Gordon no necesita disculpas. Lo que él quiere es poner mis cabellos detrás de la oreja. Se muestra amable, me permite mis largos silencios como si fueran una condición necesaria para estar conmigo. Supongo que así es.

En la Unión Oyster House nos sentamos frente a frente a una mesa muy ancha. Tomamos sopa de almejas y cerveza. Jugamos a lanzar galletitas saladas el uno en el plato del otro. Fallo muchas veces, por lo que a él se le llena el regazo de migas de galletitas. Gordon me pregunta sobre mi familia, lo que esquivo diciéndole que me deje concentrarme en el juego de las galletitas. Luego insiste, de manera que le miento. Le digo que mi familia es muy grande, todas chicas, y que mi padre es el hombre del tiempo del Canal 4. Le digo que fui a España cuando tenía doce años y que desde entonces estoy loca por la paella. Le digo que paso los inviernos en Bonaire.

—¡Ah!, por favor —dice Gordon arrugando la frente. Me coge las manos, y dice—: me chifla saber cómo eres de verdad.

Vamos al acuario. La sugerencia ha sido mía. No es que me gusten mucho los peces, pero me proporcionan una manera de escapar de una conversación con Gordon —y poco a poco nos habíamos deslizado hasta el silencio inevitable de quien quiere hacer trampa. Creo que tengo que hablar claramente y confesar mi inquietud acerca de lo que parece un naciente asunto amoroso o callarme del todo.

Podría decir:

—Gordon, ¿quieres hablar? Vamos a hablar. A lo mejor *debemos* hablar. Me doy cuenta de que me gustas cada vez más y, como sabes, estoy viviendo con otro hombre.

Pero eso sería absurdo, porque es evidente que Gordon conoce mi situación, y sospecho que puede extraer sus conclusiones sobre lo que significa hacerse amigo de una mujer que está con otro.

Podría decirle:

—Mira, Gordon, tenemos que limitar el coeficiente romántico de nuestra relación, porque no pienso engañar a Víctor.

Sin embargo, si lo dijera me odiaría para siempre por mostrarme recelosa y defensiva. Por mostrarme melindrosa conmigo misma. No es siquiera seguro que Gordon desee acostarse conmigo, o que se acostaría conmigo si quisiera. La pasión existe, pero se la puede resistir. De cualquier modo, no me lo pide, así que ¿por qué dar un paso en falso y decirle nada antes de que ocurra? ¿Le diría de verdad que no? A lo mejor —creo que sí—, ¿pero qué posibilidad hay de que no le dijera nada y simplemente me pusiera a quitarme la blusa?

Cuando no hay palabras precisas o ninguna que sea compatible con el buen comportamiento, me callo. Centenares de palabras pasan por mi mente mientras caminamos entre los tanques del acuario, todas ellas desesperadamente inadecuadas. Formo las letras con mi lengua en el paladar. Formo P-O-R-F-A-V-O-R, sin saber con exactitud lo que pido, si quiero que Gordon me coja por los hombros y me haga reaccionar, me gane con promesas, o algo por el estilo —o si quiero que Gordon se escabulla como el atún gris en el tanque que está ante nosotros, que se ha ocultado y en este momento habita en el espacio entre dos rocas.

Gordon siempre me ha parecido excepcionalmente equilibrado: visita un acuario y observa los peces. Estudia los carteles que hay bajo cada tanque, aprende lo que los ictiólogos bostonianos han descubierto sobre la historia de los animales oceánicos. En este momento lee unos cuantos párrafos bajo lo que parece un pez prehistórico disecado, encapsulado en cristal. No es como yo, que llego a un acuario para intentar escapar de la interacción humana y luego me concentro, con la fuerza de un obseso, en lo que podría ser el próximo diálogo entre nosotros.

Expulso el aire con fuerza y decido intentar estar *aquí* ahora, estar en el acuario y mirar los peces, leer las explicaciones sobre las diversas especies que se pescan por deporte en aguas saladas, pensar acuáticamente.

Si Víctor fuera un pez, ¿qué clase de pez sería?

El tanque principal, colocado en el centro de un vestíbulo grande, en el que nos encontramos, tiene una tortuga marina, un pez espada, varias anguilas, una enorme raya que se agita, lo que a mí me parece una barracuda y un tiburón de aspecto bastante patoso. Víctor es demasiado delgado para parecerse al tiburón. A lo mejor a la barracuda. Me imagino el rostro de Víctor si adelantara su barbilla puntiaguda y de elfo y descubriera sus dientes inferiores, pero no soy capaz de verle como una barracuda. Y, desde luego, no es ninguna anguila. Las anguilas se agrupan en un extremo del tanque. Tienen cabezas cortas y cuellos largos y huesudos, bocas abiertas, con las cuencas demasiado grandes para sus ojos saltones, que miran con tristeza a través del cristal. Se parecen a monstruosos renacuajos, como espíritus que intentan que les hagan volver de la muerte, como fantasmas marinos.

Víctor no se parece en nada a eso. ¿Cómo iba a ser tan feo? ¿Cómo podría alguien como Víctor parecerse a eso? ¿Por qué meten criaturas tan espantosas en un tanque para exhibirlas?

—Gordon —digo—, ¿por qué no nos vamos?

Gordon está de pie en el otro lado de la sala ante una pared llena de tanques más pequeños.

—¿Irnos ahora? —dice Gordon y me mira.

Los peces en los tanques que hay cerca de él son pequeños y escurridizos. Desde donde estoy yo son únicamente colores que se funden entre burbujas.

La anguila de cuello más delgado abre tanto la boca que se le ven los tendones del cuello, y hasta parece más larga. La cosa podría estar bostezando, de abierta que tiene la boca. O podría estar aullando, el ruido de un gimoteo ahogado por el agua.

Cuando volvemos en el *ferry* a Hull tengo los pies tan fríos que le digo a Gordon que tenemos que sentarnos bajo cubierta. Se muestra de acuerdo, me coge por el brazo y me ayuda a bajar la escalera. Encontramos una mesa al lado de un ojo de buey, y Gordon dice que va a pedir café. Vuelve con dos tazas de plástico humeantes y desliza un paquete de M & M's hacia mí.

—Gracias —digo—. ¿Quieres abrírmelo? Tengo las manos tan frías que no puedo.

Gordon me coge las manos y las frota entre las suyas.

—Pobres manos —dice Gordon. Las frota enérgicamente, luego las sopla y las vuelve a frotar—, ponlas sobre el café.

Así lo hago. Durante unos segundos pienso que haría cualquier cosa que me pidiera Gordon.

Las cosas parecen funcionar para Gordon. Su coche, por ejemplo, funciona. Tiene un motor asombrosamente limpio y un cuadro donde anota las fechas exactas y el kilometraje de los cambios de aceite. Las vísceras del mío ni siquiera se parecen ya a las de un coche. Si levantas el capó, sin saber que es de un coche, lo único que podrías decir de la visión de tubos y metales torcidos y de la suciedad general es que «pertenecen a algún artefacto mecánico». Gordon, por otro lado, puede hacer que las cosas funcionen; es capaz de reconstruir la casa de sus padres, reparar una radio, hacer que arranque un coche, calentar mis manos.

También Gordon parece tener unas relaciones sociales directas y sanas, mientras que Víctor y yo vivimos en una especie de enorme confusión emocional, nunca muy seguros de qué son las cosas, y suponiendo siempre que no son lo que parecen ser. Lo evidente es demasiado evidente para nosotros. Tenemos que profundizar. Tenemos que interiorizar nuestras palabras. Gordon se lo toma todo con calma, suponiendo siempre lo mejor, no hurga nunca más allá de la superficie si la superficie parece bien. Puede parecer superficial, pero muchas veces es simplemente correcto. A mí me parece que Gordon, al contrario de las demás personas que he conocido, entiende la vida como una cosa buena, y quiere vivir acorde con ello. Si en este momento Gordon dijera: «Deja a Víctor y ven conmigo», contestaría: «¿Por qué no?».

Derrito las M & M's en nuestro café. Gordon mira con gran interés. Señala mi taza y dice: «Mira, una mancha amarilla.»

Dentro de la taza se ha derretido la chocolatina, dejando un anillo amarillento en su lugar. Miramos los otros colores: naranja, marrón, amarillo y verde mientras se desvanecen, y queda la dulzura del chocolate. Durante el viaje a Hull siento una ternura por Gordon que es tan invisible como el chocolate en el café.

En el aparcamiento de Pemberton Pier, Gordon se vuelve hacia mí. Es aún temprano, pero el sol ya se ha puesto tras el horizonte. Percibo el hogareño olor de la lumbre que arde en las distintas chimeneas. El aire huele a humo y a nieve, aunque la tierra está desnuda. Gordon se apoya en la puerta cerrada de mi coche, con los brazos cruzados. Mira su codo y dice:

—Una vez fui al trabajo en coche. Era por la mañana e iba a llegar tarde. No había mucho tráfico en la autopista y tomé la rampa de la salida a demasiada velocidad. Atropellé a una gata de color naranja atigrado.

Se calla y su rostro está apenado. Hace círculos en la grava con la punta de su zapato.

—Así que atropellaste a una gata —digo—, ¿y qué?

Gordon aparta la vista, la boca con rictus de desagrado. Luego me mira, respirando hondamente, y empieza de nuevo.

—Cuando me bajé vi que la gata todavía vivía. Movía el extremo de su rabo y tenía una mirada desesperada. Llegaba tarde a mis citas. Debí llevarla a una clínica de animales o matarla con una pala. Cualquier cosa. Pero no lo hice. Volví al coche y me marché. Mira, a lo mejor no es muy importante, pero pensé en esa gata todos los días durante meses. Todos los malditos días. En mis sueños la recogí mil veces.

Me imagino a la gata fijando su mirada aterrada en los claros ojos de Gordon. Me imagino al mundo tal y como ella lo veía, cerrado a su alrededor, transformándose en un pánico final que da vueltas.

—Pero ¿por qué me lo cuentas? —pregunto.

—Porque creo que te comprendo. Y porque quiero que algún día me cuentes cosas sobre ti —dice Gordon. Pone sus manos sobre mis hombros, como si fuera a besarme, pero no lo hace.

Subo a mi coche. Piso el acelerador y giro la llave, intento engañar al motor para que arranque. Gordon se queda fuera, con una mirada sabia, como si le preocupara. Él es como una invitación abierta. Me pregunto si seguiremos siendo amigos, si desaparecerá, se esconderá o reducirá su papel en mi vida. Me pregunto si seremos amantes. Salgo lentamente, a propósito, del aparcamiento del puerto, toco el claxon y digo adiós con la mano a Gordon, que sonríe y me hace querer sonreír, y luego me siento mal porque no puedo.

III

La otra inquilina de nuestro edificio es Olivia Birkle, a la que encuentro en la puerta. Es una negra larguirucha, que quizá tenga setenta años, angulosa y rígida como un abanico de papel. Lleva su pelo recogido en un moño en lo alto de la cabeza. Cabellos rizados peinados hacia atrás, que ha alisado con gel. Su sonrisa es cautelosa, siempre cautelosa, como si tuviera miedo de que yo pudiera hacer daño a su frágil y dulce naturaleza, como si algo hubiera ocurrido anoche y ya no fuéramos amigas.

Le sonrío ampliamente y ella se tranquiliza, desaparece su cautela. A veces sé muy bien qué hacer para que una persona se sienta a gusto.

—¡Hilary! —dice, y levanta una mano. Pronuncia mi nombre como si fuera una buena noticia—. Vamos a charlar.

Me coge por el codo, con su andar cauteloso y rígido y entramos en el apartamento de la primera planta, donde ella vive. Lleva puesto un vestido limpio y almidonado, con un lazo grande en el cuello, de rayas azules y doradas. Nos sentamos en el sofá y me explica que está muy contenta de verme, y que mi jersey es muy bonito; me pregunta por Víctor y me dice que es un héroe por matar a las ratas.

No le contradigo. No le digo que me parece que no ha matado ni una rata, sino que ha disparado al azar, al aire.

Me habla un poco de su hija, cuyo rostro joven resplandece en una fotografía que ya tiene muchos años, sobre la repisa de la chimenea. Dice que los nietos son bonitos como rosas.

Por fin consigo escabullirme ofreciéndole un montón de justificaciones de por qué debo marcharme. Y me conmueve en la puerta al cantar unos versos que hablan de que Dios protege a las jóvenes, y me da un beso tan rápido en la mejilla que suena como cuando se enciende una cerilla.

Mientras subo las escaleras, preveo las preguntas de Víctor. Probablemente se pasó la mañana disparando a las ratas, se quedó sin municiones, y luego lo habrá intentado arrojándoles piedras. A lo mejor hasta entró en el jardín, persiguiéndolas. Puede que quiera ahogarlas mediante el humo. Ojalá tuviéramos unos vecinos que protestaran. Yo misma he pensado en presentar una queja anónima a las autoridades del estado. Cualquier cosa. La señora Birkle era mi única esperanza y dice que admira la persecución de Víctor a las ratas, que es algo noble que hace por la comunidad. Yo creo que debe dejarlo antes de que vuele el garaje de cualquiera.

Después del homicidio de las ratas, supongo que Víctor se habrá pasado la tarde durmiendo, luego habrá tomado un bocadillo, habrá sentido náuseas, habrá leído un artículo y habrá mirado el reloj. Puede que quisiera ir a algún sitio hoy —al mercado o a dar un paseo en coche por la carretera de la costa para contemplar el océano—. A lo mejor sintió ternura hacia mí, o incluso pasión. Probablemente esté enfadado. Preguntará dónde he estado. Cortaré las patatas en la pila y él se sentará en la mesa de la cocina, con los ojos clavados en mi espalda, con una mezcla de odio y de envidia. Deseará poder pasar una tarde fuera, como yo, sin agotarse, sin necesitar un largo período de recuperación. Comerá en silencio, calculando el efecto que ejerce sobre mí. Cuando vayamos a la cama enredaré mi pierna en la suya y puede que se quede inmóvil y se aleje. O a lo mejor cede, acurrucándose como un gatito junto a su madre. A lo mejor hacemos el amor en silencio, o simplemente nos quedemos así, durmiendo a ratos, reorganizando las piernas y los brazos revueltos de vez en cuando, susurrando, olvidando nuestras desavenencias y aceptando las cosas sencillas que otro cuerpo puede ofrecer. Y por la mañana, como si fuera por magia, el rencor se habrá hundido en lo más hondo de nuestro interior, casi desaparecido.

Al llegar al último tramo de la escalera oigo ruidos en nuestro apartamento: la risa de Víctor, las patas de una silla que se arrastra por el suelo, la aguda exclamación de una mujer. Me sobresalta que haya una visita en nuestro apartamento. Mi mente pasa revista rápidamente a las posibilidades de quién puede ser. Víctor desprecia a casi todo el mundo. Gruñe a los bibliotecarios que le intentan ayudar a hacer un libro. Es descortés con la gente de Correos. Casi nos detienen una vez cuando le gritó a un policía de tráfico que me paró porque tenía caducada la pegatina de inspección.

Sin embargo, Víctor es mucho más refinado que yo, más inteligente, más garboso, más remoto. Víctor tiene una presencia con la que pocos pueden rivalizar. Su gran atractivo consiste en que hace que el tiempo cuente; de alguna forma te recuerda que la historia se está haciendo delante de ti, que las horas se entretejen en tu vida, y que tú las diseñas. Es un don tremendo y poderoso.

Me quedo puertas afuera respirando ese olor mohoso propio de las casas más antiguas que están muy cerca del mar.

Escucho a Víctor decir algo en griego antiguo y sé quién ha llegado, porque la única persona, además de Víctor, que entiende sus referencias a los antiguos es Estelle Whittier. Vive en Hingham, una de las zonas de más categoría al sur de Boston, donde su hermosa casa tudor es un prodigio de prosperidad y de buena fortuna. Y la propia Estelle es una persona rara y asombrosa. Tiene unas locas gafas de sol de color rosa, que lleva cuando se ve obligada, por alguna razón, a salir a la luz del día. Cuando está hablando, en medio de una frase, pasa al alemán o al italiano. Le gustan los jardines recortados y las jaulas antiguas, en las cuales tiene pájaros disecados profesionalmente, con plumas perfectas. Sé todo lo que se cuenta de ella, las diversas vidas que ha llevado con tres maridos distintos, ya difuntos, el hijo que se le murió de la forma más absurda y grotesca —a los tres años metió el dedo en un enchufe eléctrico.

Víctor adora a esta mujer y, aunque no tengo nada en especial contra ella, me desconcierta esa adoración. A lo mejor es porque le recuerda a su familia, una vieja familia bostoniana de mucho dinero, con la que no tiene nada que ver. Víctor dice que no echa de menos ni a su padre ni a su dinero. Que odia el dinero. Y que odia a su padre también.

Estelle ha convertido el casarse con hombres ricos en una carrera. Mima a Víctor de una forma maternal. Le revuelve el azúcar del café en los restaurantes, paga sus copas en los bares. Hay un vínculo entre ellos que yo no comprendo, pero es fácil imaginar a un Víctor niño, con suaves mofletes y brazos y piernas con pliegues, anadeando por la enorme casa de Estelle. Le veo frente a un enchufe de pared, extendiendo el dedo.

—¡Hablando del papa de Roma! —dice Víctor al franquear yo la puerta.

Viste una chaqueta de *tweed* con vaqueros, lleva los cabellos peinados hacia atrás y tiene en la mano una copa de vino. El alcohol se le nota en las mejillas y su rostro es de un rojo carmesí, lo que hace que su cara angulosa parezca demoníaca y dolorosamente atractiva. Veo que se ha curado su mano herida por el cristal. Sobre la palma hay una venda blanca.

—¿Dónde has estado, Hilary? —pregunta Víctor—. Ya sabes, hoy es el día de los veteranos. No sé cómo has podido pensar que celebraría el armisticio sin ti.

Estelle lanza una sonrisa resplandeciente a Víctor y dice:

—Ja, ja, ja, —con su extraña manera de reír. Luego me saluda con la mano, enviándome un beso—. Por Dios, Hilary, te sonrojas como una jovencita.

Estelle debe haberse teñido el pelo hace poco; la lámpara forma en él un reflejo de color rosa pálido. Lleva una pintura de labios que hace juego y está envuelta en un extravagante atavío que me imagino compró hace años, cuando hizo una excursión a la cima de una montaña en algún lugar de Latinoamérica. La falda, de dibujos de color fuerte, de lana, que se abrocha doblándola, le llega hasta los tobillos, y lleva un poncho que hace juego. Es una mujer pequeña, tan frágil como un encaje antiguo y similar a éste por su triste encanto.

—Espero que no te moleste que haya irrumpido sin avisar y te haya robado a tu hombre —continúa.

Ha venido con todas sus joyas, tres dedos de cada mano cargados con piedras que no están precisamente talladas ni engarzadas. Cuando me saluda con la mano me pregunto, y no por primera vez, cómo es que puede utilizar esos dedos pequeños y torcidos que llevan el doble de su peso en joyas.

—Es tan *encantador,* Hilary, y se preocupa tanto por ti. Hablábamos de ti, ¿no es cierto, Víctor? —dice Estelle.

—*Hablábamos* de ti —dice Víctor— de la misma manera que hablábamos de alimentos envenenados, de desastres aéreos y de la desaparición del ozono.

—¡Te está *tomando el pelo*! —dice Estelle—. Víctor, deja de hacer el tonto.

Me dice:

—Lo que hace es presumir de la maravillosa mujer que hay en su vida.

Víctor dice:

—Hilary, me gustaría besarte, pero si no te molesta prefiero quedarme sentado, ya ves, estoy ¿cómo podría decirlo sin parecer demasiado grosero? Es que, bueno, me he sentido enfermo todo el día. Horriblemente enfermo, y sería bastante terrible si, con la momentánea felicidad de un beso de bienvenida, me viniera abajo como un canario al que asesinan mientras canta.

Estelle está sentada muy recta, junta sus manos sobre el regazo, como una madre en una reunión de profesores.

—Lo siento, Hilary —dice burlándose de sí misma con sus ojos tímidos y abatidos—. Me parece que soy la responsable de la borrachera de tu Víctor. No sé qué otra cosa puede ser.

—No te preocupes —le digo a Estelle—, siempre es así.

Me pongo detrás de Víctor, me inclino sobre él, abrazándole por el estómago.

—Hola, cariño —le digo en su cuello.

—No estoy borracho. Intento que alguien me dé unos consejos serios sobre cómo no molestar a la gente con mi desagradable enfermedad. A la gente no le gusta que le recuerden que es mortal, ni que yo lo soy también ¿no te parece ? Se quedan un tanto desconcertados cuando te preguntan qué piensas hacer en las vacaciones del año próximo, y tú contestas: «Que me entierren.»

—¡Ah, vamos, Víctor, no me digas que te van a enterrar —dice Estelle blandiendo su copa de vino. Está muy maquillada. La lámpara ilumina la pintura bajo su cejas, y su frente resplandece—. ¡Qué espantoso! —dice, y tose—. ¡Qué mal gusto tienes! La incineración es mucho mejor. ¡Incineré a todos mis maridos! *Luego* les enterré. No dejé que les hicieran otra cosa.

—Cuando incineran, ¿lo hacen con o sin ropa? —pregunta Víctor.

Siento grima e intento pensar en otra cosa, en llamar para ver cómo va a estar el tiempo y escuchar esa cinta demasiado alta que se repite sin parar. Tiro mi gabán sobre una silla y me voy a la cocina a hacer un té. Víctor querrá tomar algo caliente y cargado de cafeína dentro de una hora. Si permanece demasiado tiempo borracho, se asusta. Sólo puede resistir el olvido de una borrachera durante cortos períodos, y después se asusta, como si estuviera a punto de ahogarse en unas sensaciones aturdidas.

Tengo mis teorías de por qué bebe Víctor. Sospecho que pone a prueba las aguas de la muerte. Cree que borra su mente consciente y hace que no funcione su control motriz. Luego se cuece en el vacío de todo ello, e imagina que la sensación de la muerte es algo así como estar borracho. Evidentemente es un estado de muerte a medias. Después de todo, no puedes pensar que por mucho tiempo que pases en la bañera estarás preparado para pasar un fin de semana de *surfing* en Honolulú.

Pero Víctor debe sacar algún provecho. A veces se emborracha mucho, se queda callado en su sillón, y casi puedo escuchar sus pensamientos. A veces quiero regañarle y digo: «Déjalo, Víctor, deja de torturarte. La muerte no va a ser así.» Pero entonces Víctor se vuelve, con una expresión parecida a la de los pacientes de las camas de una sala de urgencia. Me pide que le haga café o té fuerte. Entonces nos sentamos juntos con nuestra tetera, mirando a los negros cristales de la ventana, ni siquiera intentamos distinguir las figuras en la noche, los esbozos de las nubes, la luna. Estamos juntos, sin mirar nada, con nuestras tazas de té en la mano. Sorbo a sorbo, Víctor vuelve a mí, y al cabo de un rato yo señalo con el dedo algún reflejo lejano en el océano, y Víctor mueve la cabeza y dice: «Sí, es hermoso.» Y luego vuelve en sí, dispuesto a seguir.

Enciendo la cocina y oigo que Víctor dice:

—No, supongo que no debo empeñarme en que voy a morir en cualquier momento. Después de todo, debía haberme muerto hace meses según el diagnóstico. ¡Mira!, tengo la cabeza cubierta de pelo. He dejado la quimioterapia hace muchísimo y, desde luego, muerto no estoy. ¿Quién podría pensar que aún estaría vivo? Hilary no lo hubiera creído, ¿verdad Hils?

Me apoyo contra el mostrador de la cocina, a la espera de que hierva el agua.

—¡Hilary! —grita Víctor, y luego entra en la cocina arrastrando torpemente los pies, con la chaqueta mal abrochada. Me da un gran abrazo, empalagoso, y pone su boca en mi oreja.

Con su tono más dulce dice:

—¡Oh!, bonita mía, mi ángel...

Le beso en la mejilla. Le arreglo el cuello de su chaqueta.

—¿Quieres té, Víctor? —le pregunto.

—¡No, té, no! ¿Por qué té? ¿Por qué no vino? ¿Por qué no te emborrachas conmigo? ¡Vamos! —dice, y me arrastra hasta el salón—. ¿Por qué mi mujer no puede agarrarse una trompa conmigo?

—¿Tu mujer? ¿Estáis casados? —dice Estelle, alzando las cejas—. Qué monería. Qué divino y convencional.

—No, no lo estamos —digo.

—Es como si estuviéramos casados. ¿Qué dice el juramento: hasta que la muerte nos separe? ¿No es así, Hils? ¿Juntos hasta que la muerte nos separe? ¿No va a pasar eso con nosotros?

Veo que hay dos botellas vacías de vino en la mesita del salón, marcas caras que debió traer Estelle, deseosa de complacer a Víctor. No hay forma de que esta mujer, con sus manos artríticas y sus dientes postizos, pueda haber bebido mucho vino. Así que habrá sido Víctor, lo cual significa que debe estar *muy* borracho. Y sin embargo, cuando se esfuerza por mostrarse amable, cuando se queda de este modo, rodeándome con sus brazos, una pierna detrás de la mía, con su rostro muy cerca, no me importa que esté borracho. Le miro fijamente. Le aprieto la mano, le miro a los ojos.

—Es como si así fuera —digo.

Víctor me babea un beso en la mejilla, y luego se sienta frente a Estelle. Toma otra botella de vino y mete un sacacorchos.

Me siento en la silla, junto a la ventana. Oigo el océano que se esfuerza contra el rompeolas. Me pregunto qué puede sobrevivir en un océano tan poderoso. ¿Qué pez en el tanque del acuario podría soportar un mar invernal tan agresivo?

—Estelle, eres maravillosamente vieja, ¿no? —dice Víctor en un tono tranquilo y contemplativo. Se inclina hacia adelante, observándola.

—No demasiado vieja. Deseo la *ancianidad.*

—Menos mal que no has muerto joven —dice Víctor—. ¿Quién si no nos hubiera dado el ejemplo de envejecer con tanta desenvoltura?

—Exactamente —dice Estelle.

—¡Fíjate en las arrugas que tienes en la cara!

—¡Víctor! —le digo.

—¡Oh!, no seas tan melindrosa, Hilary, mira el rostro de esta mujer. ¿Ves cómo las líneas se curvan en su frente formando una serie de arcos sobre sus ojos? ¿No es espectacular? Imagina que tuvieras todas esas arrugas, piensa en el trabajo que tendría que hacer tu rostro para llegar a ser así, las miles de expresiones, los años y años que harían falta para que aparezca un solo surco.

Víctor descorcha la botella y sirve.

—Es una lástima —dice Víctor—, no sabré como envejeceré. A todos les dejan mirar cómo la naturaleza transforma sus cuerpos en algo extraordinario, y a mí sólo me han dejado treinta y tres años de envejecimiento. Eso no es envejecer. No es nada de nada. ¿Qué puedes decir de treinta y tres años? Has madurado, tu vida se ha realizado. Ya eres un adulto, con un cuerpo pleno y que funciona; eres capaz de matar o ser matado. Puedes reproducirte satisfactoriamente. Soy un salmón que nada corriente arriba y jadea.

Víctor se inclina de modo pronunciado, su hombro descansa en el extremo del sofá, sus brazos están fláccidos y respira agitadamente. Saca la lengua, sus ojos dan vueltas en sus cuencas y hace ruidos ásperos y chirriantes con la garganta. Luego se yergue de un salto. Sin una pausa se lanza a la frase siguiente, diciendo:

—Los salmones viven hasta que se hacen muy fuertes, tienen descendencia, y luego se mueren en seguida.

—¡Oh, sí! ¡Eso he visto en el «Reino salvaje», de la Mutual de Omaha! —dice Estelle.

—No tengo hijos. ¡Ni siquiera viviré para observar el complejo de Edipo de mi hijo! No estaré para inculcarle neurosis o enseñarle a utilizar el retrete. Qué horrible decepción. Siempre pensé que me convertiría en un viejo muy distinguido.

—¿Tu padre es un hombre maduro y distinguido? —pregunta Estelle con un interés dolorosamente evidente que me da grima.

—¿No sería mejor no hablar de mi padre? —dice Víctor, salpicando la pernera de su pantalón con el vino, al intentar llevar una copa adonde yo estoy sentada.

—Querido, vas a volver a ver a tu padre. Y pronto —dice Estelle—, lo sé porque he consultado los naipes.

En su bolso Estelle lleva una baraja vieja y pintada a mano de cartas de Tarot, que me intriga y asusta.

—No tengo la menor duda —dice Víctor, y comienza a reír, como si fuera muy gracioso—, ni la menor duda.

—Y no te preocupes de la muerte —dice Estelle. La tansición será muy fácil para ti. Recibirás mucha ayuda del otro lado.

—¡Por el otro lado! —dice Víctor, y alza su copa. Se la bebe de un único y ampuloso trago y luego golpea la copa contra la repisa de la chimenea. Estelle se sobresalta y se lleva una de sus manitas blancas al pecho. Miro a Víctor, que sostiene lo que queda de la copa en su mano. La remata una cresta dentada de cristal. Durante un momento parece como si Víctor estuviera a punto de levantar un rifle para luchar, o que fuera a anunciar su despedida para hacer un crucero alrededor del mundo. Pienso en Gordon en la proa del barco de Boston, su desgarbada actitud, apoyado en la barandilla, sus ojos alerta y sus mejillas curtidas por el viento, mirando al cielo gris, identificando los edificios en la línea del horizonte, pequeña y atestada.

—Víctor, ¿no vas a empezar a hacerte picadillo la mano, verdad? —le digo con los ojos fijos en la copa. Lo digo como si no me importara que se corte, como si creyera que cortarse es una pesadez y un engorro. Lo digo a sabiendas de que Víctor está pero que muy borracho, y que hasta la herida más pequeña que se haga me provocaría pánico.

—No estoy haciendo nada —dice Víctor—. Preparo la botadura para el otro lado.

La muerte no es dolorosa, nos dice Estelle. La muerte no es realmente muerte. No existe la muerte, sólo la transición. Nuestra vida no es más que una serie de transiciones corporales. Primero somos bebés, esclavos de nuestros cuerpos. Lloramos, echamos los dientes y vomitamos. Cuando somos niños parece que dominamos nuestros cuerpos, pero la pubertad les da la vuelta y de nuevo se escapan.

—Luego eres adulto y te sientes dueño de ti mismo, pero eso también desaparece. Estar preñada es una transición, perdemos el dominio. Al envejecer pasa lo mismo. Mi cuerpo ya no es mío. Cada vez que me miro me parece que voy a ver algo totalmente diferente. A veces miro al espejo y pienso: «¿De quién son esos brazos de piel tan fláccida?, ¿de quién son las arrugas que rodean mis ojos?»

—Es una parte de tu personalidad —dice Víctor.

—Sólo de forma muy remota —dice Estelle—. De todas maneras, la muerte no es más que una transición en el largo rosario de transiciones, nada más que eso.

Ella sorbe su té, dejando una media luna de lápiz de labios rosa en el borde de la taza.

Ya es tarde. Estamos todos cansados. Víctor dice que le duele la cabeza. Se inclina hacia atrás en el sofá y nos ofrece un bostezo de vez en cuando. La mesita de café está llena de paquetes de cigarrillos, servilletas arrugadas, vasos y platos con migas. Estelle se halla en el mismo lugar. Lo estrafalario de sus ropajes la hacen parecer más tapizada que vestida. Resulta que la ropa es de un pueblo indígena de Perú.

—¿En qué crees, Hilary? —pregunta Estelle.

—¿Te refieres a Dios, o algo así?

—No tiene por qué ser Dios. Alguna cosa. Deberías creer en algo.

Reflexiono sobre ello. Me lo han preguntado antes. Una vez tuve un trabajo temporal en un bufete de abogados, donde casi todos eran cuáqueros. En Harvard Square, durante el verano, hay gente que se sube a una caja para predicar los caminos de un señor u otro. A veces les tomo el pelo diciéndoles que no puedo entrar a formar parte de su iglesia porque yo estoy creando la mía. A veces les pregunto por qué no se hacen miembros de mi nueva religión. Con todo, nunca he perfeccionado mi particular sistema de creencias. Me parece que de verdad no creo en nada, aunque me avergüenza admitirlo. Me vuelvo a Estelle y me encojo de hombros, no tanto porque no tenga una contestación como porque no tengo una contestación fácil. No puedo decir el nombre de una iglesia o de un grupo con el cual comparta una visión del mundo.

—En nada —digo, por fin, y Estelle lo acepta.

—¿Crees en la vida después de la muerte? —pregunta ella. Le he escuchado muchos sermones a Estelle acerca de nuestras vidas anteriores y futuras. Víctor siempre está haciendo el recuento de las diversas vidas que, según ella, ha vivido. El tema es, para mí, de alguna forma, grotesco —y no sólo porque Víctor esté tan enfermo—. Me parece una forma de negación, una debilidad glorificada hasta convertirse en una religión o una filosofía.

—Yo no creo en nada de eso —digo.

Sostengo una taza de té esperando que se enfríe.

—Bebe cada gota de lo que te queda del té y luego vuelve la taza —me dice Estelle, con voz aguda—. Quiero leer tus hojas.

—¿Vas a leer el futuro en presencia de un moribundo? —pregunta Víctor.

Le da rápidas vueltas a su té en la taza.

—Querido —dice Estelle—, ya hemos hablado de esto antes.

Cuando Estelle habla, su cabeza tiembla ligeramente, los rizos rosados se mueven en su frente. Tiene que formar las palabras con una especie de uso deliberado de la boca. Sin embargo, las palabras son suaves. Estelle puede hablar durante horas de forma lenta y precisa. Me encuentro mirando con fijeza el blanco y amarillo de sus dientes de abajo, el arrugar de su labio superior al pronunciar la erre de «Hilary». He hecho lo que me dijo. He terminado el té y he dado la vuelta a la taza en su platillo.

—Hilary tiene un alma buena —dice Estelle—. Las hojas no te lo van a decir, pero sé que es cierto. Víctor, has encontrado una bellísima persona. Ha sido predestinada a estar contigo cuando tú te vayas. A lo mejor tú la ayudaste cuando tuvo una de sus transiciones en una encarnación previa. Ahora dame la taza, querida, y leamos las hojas.

—No sé por qué hago esto, no creo en augurios o en la buenaventura y, a veces, ni siquiera creo en el futuro —digo.

—Estar conmigo te hace descuidar el futuro —dice Víctor.

—Una vez, cuando era pequeña, vi la Olimpíada en la tele. Mi madre me dijo que se celebraban cada cuatro años y no podía creer que iba a vivir otros cuatro años para ver la siguiente.

—Quizá habías muerto de niña en una vida anterior —dice Estelle.

—Mi pobrecita Hilary —dice con sinceridad Víctor.

—Te sientes confusa —dice Estelle, escrutando mi taza—. Estás desorientada, aquí lo dice. Pero mira, hay una cabeza de caballo. Los caballos son muy buenos, querida. ¿Ves esa cabeza? Víctor, ¿puedes ver la cabeza del caballo? —Estelle inclina la taza hacia Víctor.

—No, ¿qué caballo? No veo ningún caballo. Lo único que yo veo son los restos del té.

El rostro de Estelle refleja incredulidad.

—Bueno, querido, está más claro que el día. Mira sus dos orejitas. Y ahí hay un conejo cerca. Un conejo significa buena suerte. Ahora este caballo sale de la casilla del establo, por eso sólo podemos ver su cabeza. Estás saliendo de algo, querida Hilary, estás empezando una nueva fase, y va a ser buena. ¿No habrás conocido a un hombre? —Estelle bromea—, ¿un hombre guapo?

—No he conocido a nadie —le digo.

—¿Estás segura? —dice Estelle, arqueando las cejas.

Miro a Víctor que da golpecitos con una cuchara de té en la mesilla del café, de forma molesta y petulante.

—Sí —digo.

No hay manera de que Estelle pueda saber nada de Gordon. No hay nada que saber. Nada ha ocurrido. Podría existir la semilla de un romance, pero no hay nada material en esa relación. Ni siquiera ha habido un primer beso ni palabras insinuantes; tan sólo pensamientos nada molestos, pura imaginación. Además, no existe ninguna razón por la que se deba confesar ante la sugerencia de unas hojas de té.

—Bueno, de todas maneras vas a tener un espléndido futuro —dice Estelle.

Me siento como si me hubieran instalado un ventilador eléctrico en el estómago. Miro a Víctor y parece ligeramente dolido. Intento inventar algo que pueda decir, algo que le tranquilice. Pero, de repente, él endurece su expresión de nuevo. Se vuelve a Estelle.

—Qué exasperante es encontrarse con alguien tan interesado en el mundo como tú, Estelle, que malgasta sus energías con las manchas marrones de una taza. Es una pena. Nadie puede predecir el futuro.

—Pues tú, Víctor, predices el tuyo a cualquier hora, ¿no? —dice Estelle.

Víctor chupa ferozmente su cigarrillo.

—La muerte no necesita predicción. La muerte es segura.

—Vale, muy bien entonces —dice Estelle con la expresión del presidente de un consejo que acaba de terminar felizmente una reunión—. Hemos realizado algo. Tengo que marcharme ya. Hilary, acompáñame abajo, por favor. Víctor, amor, vete directamente a la cama. Mañana por la tarde venid los dos a mi casa a tomar el té. No vengáis tarde, el té es a las tres y media.

—¿*Más* hojas de té? —dice Víctor—. No puedo aguantar más hojas de té.

—No —dice Estelle, y reprime una carcajada—. Ya hay bastante de esto para ti.

Me coge del brazo y se levanta del sofá. La acompaño lentamente hacia la puerta, escucho el chasquido de sus articulaciones mientras bajamos la escalera, paso a paso. En el segundo tramo se muestra más ágil, y durante un momento la impresión de una Estelle más joven. Una Estelle que podría tener mi edad o la de Víctor. En el porche la meto en el coche, y ella pone en marcha rápidamente el motor y se va a gran velocidad por nuestra calle. Espero hasta que el coche ha desaparecido y luego subo pesadamente de nuevo las escaleras.

Víctor tiene puestos los calzoncillos y se limpia los dientes. Me pongo a su lado en el cuarto de baño y tomo mi cepillo de dientes. Se aparta de mí y toco su hombro desnudo. Pero se niega a mirarme. Mira fijamente la pared y maniobra con el cepillo en su boca. Le pregunto qué le ocurre, y escupe en el lavabo. Le digo: «Ven, Víctor», y se limpia la cara con una toalla. Cuando me meto en la cama está dormido, o lo finge.

El *ferry* lanza seis toques de sirena al cielo matinal. He soñado que encontraban un monstruo en el océano; que lo sacaban, lo sentaban en la orilla hasta que el viento rompía su gruesa piel gris, hasta que sus branquias se agotaban y se cerraban sus grandes ojos. A mi lado, Víctor tiene una pesadilla. Aleja algo con una mano.

Víctor inclina su rostro sobre el mío. Al abrir los ojos mi primera imagen es un retrato grande y borroso de él, que nada sobre mí. Es media mañana; el sol forma un largo rectángulo en el suelo. Me pregunto cuánto tiempo ha pasado mirándome dormir, qué pensaba en los momentos antes de que despertara, qué imaginaba que yo soñaba. Estiro la mano para frotarme los ojos y rozo, con torpeza, la barbilla de Víctor. Coge mi mano y la lleva sobre la almohada. Pasa su dedo índice por mi cuello y clavícula, apretando en varios puntos, como si buscara una parte concreta de mí, un poco por debajo de mi piel, y durante todo ese tiempo estudia mis ojos.

—No has pasado nada de tiempo conmigo —dice Víctor, y se detiene—. Ayer.

—Anoche soñé con un monstruo marino —digo.

—Me sentía lo bastante bien ayer como para pasar el día contigo —dice. Me toca la piel sobre la faringe.

—Y yo no estaba aquí.

Intento una sonrisa pero se me escabulle. Me concentro en cómo me ve Víctor, en cómo puede percibir mi humor y las opciones subyacentes que lo hacen posible. Es una especie de drama, una forma de representar, para situar dentro de mi habla y mi expresión un poder de benevolencia, un signo de calor y una proyección de bondad. Intento también proyectar generosidad para Víctor, disfrazar su expresión en ropa de intimidad y solicitud, disponer la imagen que hay sobre mí como la imagen de un amante. Intento, de todas las maneras concebibles, escuchar sus palabras como dichas sin malicia, sin intención, únicamente a modo de secuencias de información.

—No —dice Víctor—. No estabas aquí.

Sus gafas se caen un poco sobre la nariz, pero no les hace caso. Me mira como si fuera el contenido impredecible de una cápsula de petri, como si en cualquier momento algo pudiera salir de mí, un signo, un medio de comprensión, una nueva sabiduría.

—¿Y hoy no quieres ir a ningún sitio? —digo.

Víctor se deja caer sobre su costado izquierdo y mete mi mano bajo la ropa de cama. Coloca mi palma sobre su esternón y luego mueve mi mano haciendo movimientos circulares sobre su barriga.

—¿Qué tienes que hacer hoy? —pregunta. Sostiene mi mano sobre su estómago—. ¿No me lo vas a decir?

—Sobre las cinco Cappy debía llevarme a un vivero en Scituate para escoger un árbol de Navidad.

—¿En noviembre?

—Tengo que escogerlo pronto o no quedará nada para nosotros.

—¿Por qué tienes que ir tan lejos? —dice Víctor—, ¿no venden árboles en este pueblo?

—Están cortados. Los de Scituate están vivos.

—¿Y si yo no quiero que el árbol de Navidad esté vivo? ¿Para qué quiero un árbol viviente en mi casa, quitándome el aire?

Le miro.

—Vale, muy bien —dice Víctor—. Es que no me dejas ninguna elección, Hilary.

Deja caer mi mano y se da la vuelta. Le froto el cogote, paso mis dedos por sus hombros, bajando a lo largo de su espalda. Víctor está tan delgado que cuando se desnuda sus músculos y sus vértebras aparecen alarmantemente al descubierto. Es fácil ver cómo cada centímetro de hueso forma su estatura total, la manera formal en que los omóplatos encajan en cada lado, la manera en que su piel es diferente al tacto por su cuello, su espalda, su espina dorsal; lisa en el músculo, suave en la grasa, dura en el hueso.

—¿Te acuerdas cuando nos conocimos? —dice Víctor al cabo de un rato.

—Estabas calvo —le digo. Pongo la mano sobre sus cabellos, cogiendo unas mechas y tirando suavemente de ellas—. Y no te iba. Te lancé una mirada fría, como un gigantesco pájaro bebé. Recuerdo que pensé que parecías un águila pescadora.

—¿Un águila pescadora? —dice Víctor, y hace un ruido parecido a una risa.

—Sí.

—Por lo menos no has dicho como un pelícano.

—No. Sólo un viejo puede parecerse a un pelícano.

—Cuando estaba en la planta de oncología no había más que viejos pelícanos —dice.

Sonrío. Me acerco tanto a Víctor que casi le tapo.

—Nunca volveré al hospital —afirma Víctor con desafiante satisfacción—. Cuando viste mi apartamento en Boston ¿qué te pareció?

—Me gustó. Pensé que debías ser artista porque tenías un sentido muy visual de las cosas. No había paredes desnudas como hay en otros apartamentos de solteros. Tenías grabados, diplomas, máscaras africanas, candelabros antiguos, una bandeja de dulces tallados en cristal. Me gustó tu cocina; la forma en que usabas tus ollas de cobre, que estaban ennegrecidas y eran piezas únicas. Me gustaban las fotografías de tus parientes, en marcos de plata. Me gustaba la cuchara de plata que tenías en tu azucarero con un ángel sentado en el mango.

—¿Y mis libros?

—Me daban igual tus libros —digo.

—Por eso es por lo que no hubiéramos podido formar una pareja en la vida real —dice Víctor. Espera.

—Esta es la vida real —digo.

—No —declara Víctor categóricamente. Lanza un suspiro—. Dime qué pensabas de mí la primera semana que me trataste. ¿Era yo interesante? ¿Te fijaste en mí sin más, o porque estaba enfermo?

—En ti.

—Pesaba más, entonces.

—No tanto. A lo mejor no más.

—Has visto las fotos. Sabes cómo era antes —dice Víctor.

—Sí —digo. He estado sentada en su sala de estar de Boston, con las páginas de su vida extendidas sobre mis rodillas.

—¿Cuál de mis amigos te hubiera gustado más?

Pienso un momento. Docenas de fotos pasan por mi mente; grupos de personas festejando en restaurantes, fotos tomadas en fiestas, pescando en Montauk, mirando las altas naves que entran en el puerto. Le he oído hablar tanto de sus amigos y de cómo los conoció, cómo se enemistaron, cómo se marcharon a trabajar a otros estados, a otros países, que creo que podría hablar íntimamente con casi todas las antiguas amantes, los profesores, los compañeros de infancia, como si el tiempo que ocuparon en la vida de Víctor fuera el mismo que ocupé yo, como si no hubiera existido una historia en mi vida o en la de Víctor antes de que empezáramos a hacer historia juntos.

—Gregg —contesté por fin—. Me hubiera gustado Gregg.

—Gregg es un buen chico; vendrá al funeral —dice Víctor—. Allí le conocerás.

De repente capto el sentido de *aquellos* acontecimientos, las cosas que ocurrirán más tarde, que seguirán la línea del tiempo tras la muerte de Víctor. Todos esos rostros sonrientes en los álbumes llenos de fotos cobrarán vida en ese acontecimiento. Tengo, de repente, un abrupto estallido de *¿qué?* No de memoria, porque aún no ha pasado nada. Pero me doy cuenta otra vez que esa gente del álbum existe en una historia, y habrá un futuro. El mundo sigue dando vueltas cada día, enviándonos hacia adelante, hasta cuando nos atrincheramos y resistimos. Algún día veré los rostros de los álbumes de fotos, y Víctor habrá desaparecido.

—No hables así —digo—. No quiero conocer a Gregg.

—Es muy guapo —dice Víctor—. Los hay mucho peores que Gregg.

Imagino los álbumes de fotos cayendo del anaquel, una ducha de rostros.

—Víctor —digo—. ¿Por qué no nos deshacemos de la escopeta de las ratas?

—¿Qué? ¿Venderla?

—Sí, o regalarla. O tirarla. ¿Pueden los que recogen la basura llevarse las escopetas?

—No vamos a *tirar* mi escopeta de ratas —dice Víctor en tono que indica que habla en serio.

Miro su mano lastimada. La pongo en la mía y siento el calor de la infección o de la cura, no estoy segura.

—Eres demasiado guapo para tener una herida. No te va nada —digo.

—¿Te parece que era guapo? Quiero decir en las fotografías. ¿Te parecía guapo? —dice Víctor.

—Sí. Creo que eres muy guapo.

—No me tomes el pelo.

—Estoy diciendo la verdad —digo.

Cuando Gordon y yo paseábamos por el Long Wharf admiré su porte, la belleza de su andar, sus pasos largos y rápidos que comen el terreno debajo de él. Pero también siento una punzada de remordimiento por Víctor, cuyos movimientos nunca van hacia adelante. Víctor anda erguido, con el equilibrio perfecto de un bailarín, un andar celestial. Como si hubiera una cuerda conectada con el cielo que tirara de él.

—Creo que eres hermoso —le digo.

Víctor aspira un poco y contiene el aliento.

—Cuando la gente te pregunta si tienes novio, Hilary, ¿dices en seguida que no, o que «sí, pero se está muriendo»?

—La gente no me pregunta eso.

Víctor se vuelve de costado y me mira.

—Te pregunto, Hilary —dice—. ¿Tienes un novio?

—Tú —le digo. Lo digo alegremente, aunque con miedo. Me siento horrible, odiosa, sucia.

—¿Soy el único?

Asiento.

—A veces, Hilary, me gustaría que me respondieras otra cosa. Siempre me parece como si te hubiera pedido prestada al mundo y tuviera que devolverte. Pero nunca lo haré. Te lo pondré difícil. Tendrás que sufrir conmigo.

Asiento, no tanto para mostrar mi acuerdo como para afirmar que comprendo.

—Preciosa —Víctor me lo dice y me rodea con sus brazos—. ¿Qué he hecho yo?

IV

Después de mi trabajo como auxiliar de veterinario, y antes de presentarme al anuncio de Víctor en el *Globe* de Boston, hubo una corta temporada en la que viví con mi madre. Ella tenía un apartamento situado en el área derecha de un edificio bajo, cerca del aeropuerto de Boston, con la forma de una caja de zapatos. Había cuatro unidades idénticas arriba y tres abajo. Odio la «unidad» de mi madre, pero siempre me recordaba que tenía un dormitorio sobrante, y que debía ahorrar dinero y no despilfarrarlo pagando un alquiler. Así que me trasladé allí, estipulando que un mes sería el límite máximo de mi visita. Fue, desde el comienzo, sólo temporal.

Tenía una vaga esperanza de asistir a clases nocturnas, estudiar un curso superior de química y volver luego a pedir el ingreso en la escuela de veterinaria, esta vez con los requisitos apropiados: química avanzada y varios años de aprendizaje en una clínica de animales. Seguía con mis dudas habituales, nada específico, porque nunca fui deficiente en nada en particular, pero no me libré jamás de mi desconfianza intuitiva de ser inadecuada para la escuela de veterinaria o para cualquier otra institución de élite. Pensaba, y aún lo sigo pensando, que esas actividades son para otros; que estoy inherentemente inadecuada y excluida, por así decirlo, de nacimiento.

Mi madre se impuso un régimen de tareas encaminadas a hacer más cómoda mi estancia. Comidas ricas, la ropa limpia, notas en mi escritorio recordándome las fechas tope de admisión en la escuela de veterinaria. Recibí el mejor edredón, una nueva lámpara de lectura junto a mi cama, un cepillo de dientes nuevo de color cereza. Una amplia gama de vitaminas que debía tomar cada día.

El trabajo de mi madre en Correos exige de ella que ponga el franqueo correcto en todos los paquetes y cartas, y compruebe que se ajustan a las normas postales. En los últimos nueve años ha cometido únicamente dos errores. Se levanta cada mañana a las siete en punto y mientras me tuvo entre sus garras, se empeñó en aconsejarme acerca de la importancia de un «buen comienzo» matinal, aunque nunca fui capaz de entender qué conllevaba ese buen comienzo. Me insinuaba que estuviera alerta, aunque no sé muy bien qué quería decir con eso. Realmente no sé a qué debía estar alerta. Deseaba decirle: «Madre, no creo que pueda saber a qué te refieres», aunque nunca lo hice.

Recortaba artículos sobre mujeres que hacían importantes carreras y los pegaba en el espejo del cuarto de baño. Los artículos, inevitablemente, iban acompañados de una fotografía de una elegante de ojos astutos y cara de Nueva York. Siempre era una mujer que yo no podía conocer; una persona que, si es que existía, era de un mundo diferente al mío, o que existía de manera invisible.

Pero el empeño de mi madre era que yo me convirtiera en una de esas mujeres historiadas de las páginas de las revistas. Me preguntaba cuál era mi meta profesional, qué me proponía, cuál iba a ser mi próximo «paso». Interrumpía lo que estaba haciendo para hablar de «cuestiones cruciales», como ella les llamaba.

Sacudía la cabeza, frunciendo el ceño, cuando me pillaba mirando «Jeopardy» en la televisión. Me acosaba hasta en la *bañera,* desvariando sobre lo que hacían las hijas de otras madres, con quién se casaban, lo extraordinarios que eran sus hijos. Preguntaba qué iba a hacer yo, cuál *era* mi plan. Mi madre también me preguntaba cómo podía permitirme el lujo de comprar el caro perfume que había junto al lavabo, a sabiendas de que lo había robado.

Me imaginé que podría vivir en su casa hasta el comienzo del semestre siguiente, que podría pasar por alto sus exasperados intentos de «mejorarme», al menos hasta entonces.

Unas tres semanas después de haberme instalado allí estaba sentada en la mesa de la diminuta cocina, con sus artefactos hechos para ahorrar espacio (una cafetera colgada de la parte de abajo del armario, un frigorífico en miniatura y armarios llenos de bandejas giratorias), escuchando los estallidos de crítica de mi madre acerca de cómo otros se pasaban la vida insinuando que podrían haber hecho cosas mejores en los años anteriores que pasarlos con vecinos, examigos, parientes lejanos, como si sus sesenta y cuatro años no fueran una vida en absoluto. Daba vueltas por la cocina, del fregadero al frigorífico, y yo sabía que en cualquier momento iniciaría una diatriba sobre mis defectos; sobre cualquier aspecto de mi ser que me ate a la clase de apartamentos donde habíamos vivido, cerca del aeropuerto, bajo el vibrante sonido de los reactores.

Estaba leyendo la sección de anuncios del *Globe* de Boston y esperaba, con la fe de quien reza para que le curen, una respuesta a mi supuestamente «malgastada» vida, cuando encontré el anuncio de Víctor; pequeño, escueto y preciso en su descripción. Buscaba a alguien que le pudiera acompañar en una enfermedad, alguien que buscara un lugar para vivir y un pequeño sueldo a cambio. Así que mientras mi madre se erguía ante mí, sacudiendo la batidora de huevos y advirtiéndome que todo se terminaría en seguida, que mi vida se acabaría sin dejar huella, decidí que vivir con otra persona, enferma o no, sería mejor que vivir con ella. Así ocurren las cosas.

Víctor, en ese momento en el que nuestras vidas por fin se entrecruzaron, llevaba una semana en casa después de una estancia larga y al parecer traumática en la sala de oncología del Massachusetts General Hospital. Reorganizaba su vida de manera que pudiera evitar para siempre cualquier nueva atención médica. Estaba harto de luchar contra su enfermedad y se sentía desanimado; cada año tenía que pasar más tiempo en hospitales. Se lo explicaba a sus amigos, pero ellos se empeñaban en que continuara el tratamiento. Intentaban convencerle y sus discusiones llegaban a tales *crescendos* que de vez en cuando las enfermeras entraban corriendo porque pensaban que ocurría algo. Sus discursos no alteraron la decisión de Víctor, aunque su empecinamiento consiguió alienarle hasta el punto de que no permitió más visitas.

Qué era lo que pensaba exactamente Víctor mientras yacía en el hospital y planeaba abandonar su tratamiento, no lo sé. Pero me explicó una vez que por fin escogió interrumpir su participación en el estar enfermo, ceder a la evolución natural de la enfermedad en lugar de «existir como enfermedad», como decía. Sus diversas hospitalizaciones habían provocado en Víctor el sentimiento de que su cuerpo pertenecía al hospital, a las salas blancas, a los tubos transparentes y al conjunto de médicos cuyos estetoscopios colgaban de sus cuellos y revelaban su situación, igual que el cuadro médico de Víctor indicaba la suya. Por fin tuvo la voluntad de ganar, de vencer a aquellos médicos blancos y extraer su cuerpo de su dominio, hasta a costa de su supervivencia. La cuestión, tal como la veía Víctor, es que el instinto de conservación únicamente existe cuando uno cree que tiene que conservar el sentido de sí mismo.

Después de dejar el hospital, Víctor cambió su número de teléfono y pidió mantenerlo secreto. Dio a la sección de antiguos alumnos de la universidad unas señas falsas y quitó su nombre del buzón. Realmente no sé lo que significó dar un paso semejante, una incursión solitaria en la incertidumbre, administrada por una voluntad muy inventiva. Pero Víctor llevaba mucho tiempo enfermo. He olvidado cuándo decidió que tenía leucemia, pero fue durante sus años universitarios, cuando creía que se podía dominar el mundo con tal de proponérselo, cuando creía que las células sanguíneas mutadas eran tan superables como el curso de física de primer año o las resacas de las mañanas del domingo.

Una noche, cuando estábamos sentados al lado de una hoguera en la playa de Hull, Víctor y yo organizamos los acontecimientos que dieron como resultado nuestro encuentro.

—Lo que me gusta de ti —dice Víctor— es que no intentas dominarme. Que me dejas hacer lo que quiero con mi enfermedad. Mis padres intentaron dominarme durante toda mi vida. En realidad, las únicas veces que pelearon fue para decidir qué método concreto de dominación debían seguir. Mi madre llevaba ventaja, porque no tenía que trabajar. Además, poseía un gran sentido del humor; su voz tenía una especie de cadencia y parecía siempre que estaba a punto de reír. También un ingenio que le permitía conseguir casi cualquier cosa, incluida mi colaboración. Papá estaba siempre metido en reuniones con abogados o contables. Tenía un trabajo que le exigía mucho para conservar lo que ya teníamos. Dinero, propiedades, acciones, un *trust* muy complicado. No sé. Después de morir mamá empezó a beber. Peleaba con sus contables y con los inspectores de hacienda. Cuando me puse enfermo gastó dinero como loco, compras absurdas. Compró un helicóptero...

El padre de Víctor comenzó a inmiscuirse en su vida, intentó interesar a Víctor en la casa, en el dinero o en las fiestas a las que les invitaban. Quiso que se relacionara con la gente bien de Boston, Marblehead, Hingham, donde Víctor podría haber vivido de no haber decidido aislarse de ese mundo. El señor Geddes iba al armario de Víctor a medir su ropa para poder comprársela. Echaba pestes de que el gran amor de su hijo fueran los libros, y no acertaba con los títulos que debía comprarle.

—Era espantoso —explicaba Víctor—. Siempre me miraba con aquellos ojos apenados y yo sabía lo que pensaba. Vigilaba mi aspecto para encontrar signos de decadencia. Me miraba con extrañeza como si yo pudiera evaporarme ante él. Me harté de eso y dejó de tener cualquier influencia sobre mí. Sencillamente, le detesté. Nuestro enfriamiento no fue en verdad un enfriamiento, sino algo gradual y permanente. Se mostraba más que insistente en que yo continuara con mi tratamiento: era un sargento de instrucción. Si yo quería realmente dejar el tratamiento, tenía que eliminarle de mi vida.

Llevábamos sudaderas y vaqueros, comíamos pollo asado y tirábamos los huesos a la hoguera que encendimos en la arena. Era una hermosa noche, con una brisa suave que soplaba sobre la hoguera, avivándola. Ninguno de los dos queríamos hablar en serio, pero me habló de la vieja mansión donde se había criado, con sus tres plantas de habitaciones sin alegría, el ático espectral que contenía reliquias de sus parientes que habían vivido en la casa décadas antes. Yo miraba nuestra hoguera en la playa y evocaba con cierta claridad las mesas bajas de roble en las que únicamente cabía un jarrón de flores o una lámpara de luz mortecina. Me imaginaba a Víctor niño, gateando bajo las patas de tallas intrincadas de las mesas de salón y las sillas de comedor traídas de Inglaterra. Víctor, con su rostro aplastado contra el vidrio pintado, rodeado de cortinas de encaje de un blanco apagado, alfombras viejas y deshilachadas sobre suelos crujientes. Víctor, debajo de armarios de porcelana azul, de puntillas, tan tieso y erguido como un perro de Staffordshire, mientras su madre explicaba las diferencias entre platos que se usan y que no se usan, la historia de los vasos de agua, de las tacitas de café, de la transmisión de reliquias heredadas de una generación a otra. Soñaba con la risa cadenciosa de su madre, su pecosa piel inglesa —que Víctor había heredado—, y pensé en ella buscando a la luz manchas en sus copas de cristal, sosteniéndolas contra el sol.

Me imaginaba al señor Geddes, abandonado por su hijo, solo en habitaciones vacías con sus polvorientas mesitas, irritado por la sangre maligna de Víctor. Pensé en él como «eliminado», como Víctor decía, y miré el mar entintado de Hull. Pensé en la arena que se pierde en cada embate del mar, que la parmanencia llega siempre de modo gradual y que todo, incluso al lado de nuestra alegre hoguera, se va para siempre.

—Me encanta oírte hablar —le dije.

Me incliné sobre él y sentí su sudadera contra mi cuello. Una botella de cerveza, demasiado cerca del calor, estalló en seis pedazos. Rodeó mi estómago con sus brazos.

—No pude expresarme con palabras como tú —le dije—. A veces, en una conversación, me parece que no estamos en pie de igualdad.

—Ahí dentro —dijo, señalando mi sien— eres muy elocuente.

Tengo la sensación de que el tiempo se hace más veloz y arrasa las cosas como los tornados, siguiendo un curso que sólo él conoce. Este pánico se produce en cualquier momento con un fervor e insistencia que apenas puedo describir, salvo diciendo que estamos en una de las zonas más complicadas de Star Market, en la sección de comida especial, y siento como si mis músculos fueran a reventar bajo mi piel, cada vena levantada para pasar por encima de la superficie de mi cuerpo, y mi corazón se hincha de tal manera en mi pecho que comprime mis pulmones.

Víctor no se da cuenta de mi angustia. Está muy ocupado en su elección de mostaza. Examina el contenido de dos recipientes transparentes, comparando como un experto los ingredientes y composición de cada uno. Víctor tiene siempre cuidado con la comida que elige, probablemente porque pasa mucho tiempo cocinándola y es un cocinero bastante bueno —aunque tiene un apetito insustancial.

Un chico con delantal apila latas de chile en la pared del fondo. El carnicero está detrás de un cristal envolviendo carne en paquetes limpios y blancos.

Miro a Víctor elegir su mostaza y empiezo a tener una agradable sensación de bienestar. Me siento a salvo, como cuando hacemos juntos la cena, cuando pelo las zanahorias en la pileta y él aliña con especias la comida. Gracias a esos momentos —cuando Víctor está de buen humor y no intenta discursearme acerca de por qué la democracia es una farsa, o por qué el sistema educativo impide cualquier esperanza de futuro progreso, o por qué el medio ambiente será destruido por mucho que se haga— puedo estar contenta con Víctor.

Me hablará de los acontecimientos de su niñez, de la evolución de los acentos en Nueva York, de cómo los hawaianos mataron al capitán Cook, y me sentiré feliz. Sencillamente feliz. Quizá estas cosas le suenen como aburridas a otras personas, quizá la mayoría de las parejas prefieran salir a cenar y no cocinar en casa y tener amigos con los que se hacen cosas. A veces yo también lo quiero. Pero los momentos con Víctor son preciosos por raros. Verle caminar por la sección de comestibles, mirarle, me hace volverme hacia mí misma, como un paracaidista a través de kilómetros de cielo que se acerca a una calma.

Toco la espalda de Víctor y él me sonríe; luego vuelve su atención a un estante lleno de botes de mostaza de varios tamaños.

—Me gusta la idea de la mostaza amarilla que viene en esos botes que se aprietan —dice Víctor—. Nunca compro mostaza sin marca. Pero, ¿sabes?, en eso hay algo muy americano. A lo mejor debe ser como los miles de personas a las que les gusta la mostaza amarilla.

—¿Cómo te sientes? —le pregunto. Pero realmente me pregunto a mí misma. ¿Cómo te sientes, Hilary Atkinson? ¿Sufres un ataque de ansiedad, quieres un vaso de agua? ¿Quieres echarte?

—Bien. ¿Sabes?, aunque compre mostaza corriente debemos comprar también de otra clase, porque no creo que sea capaz de comer mostaza amarilla. Únicamente quiero ponerla en la estantería como signo de mi disposición a comerla —Víctor me enseña varios botes de mostaza para que yo los juzgue—. Me siento desconcertado ante tantas posibilidades. Me someto a tu elección —dice para hacerme reír.

Sonrío, me siento más a gusto, casi generosa. Una mujer con una espesa cola de caballo y un niño pequeño colocado en la parte delantera de su carro pone un bote de jalea de menta en su cesta. Su hijo lleva playeras con Snoopy dibujado en ellas. Tiene sujeta a su muñeca una cuerda con un globo azul.

Estoy a punto de decirle a Víctor que debemos comprar todas las mostazas, todos los *chutneys*, los pepinos y las especias que le apetezcan. Pero me callo bruscamente al ver a un hombre con unos cabellos asombrosamente parecidos a los de Gordon, que está delante del departamento de vinos, a unos tres metros al norte del empleado que apila las latas de chile. Recoge una botella, mira la etiqueta, la devuelve al estante y toma otra.

—¿Estás bien, Hilary? —pregunta Víctor.

—Sí —digo. El hombre vuelve la cabeza y reconozco el recto perfil de Gordon, su larga nariz que se curva ligeramente hacia arriba, su pesado labio superior. Gordon lleva un gabán de vestir de color gris, con unas solapas anchas que se despliegan sobre su cuello, haciéndole parecer más ancho y dando a su joven rostro una cierta delicadeza clásica. «Vamos a la carnicería», digo. Me figuro que si Gordon va a comprar vino se le puede ocurrir también comprar comida especial, lo que nos pondría a Víctor y a mí directamente en su camino de comprador.

—¿Y el paté? —dice Víctor—. ¿Pimientos en rodajas, *pepperoncini*?

—Ni siquiera sé lo que es eso.

Cojo a Víctor por el codo y empujo el carro hacia la parte de atrás de la tienda.

—Si lo hacemos aprisa deja de ser divertido, Hilary. Ya sabes que me gustan las tiendas de comestibles. Al menos podías permitirme este pequeño y único placer. ¡Sabes de sobra lo que es *pepperoncini*! —Víctor me hace dar la vuelta para que le mire a la cara. Me observa con severidad y me sacude el brazo como si estuviera castigando a un niño—. ¿Hilary? —dice.

Miro por encima del hombro de Víctor para ver a Gordon que me clava sus ojos tranquilos, con una botella de Burdeos en la mano. Durante unos momentos me llega esto de Gordon: «¿Por qué te escondes?» Luego aparta la vista. Toma una segunda botella del estante y se aleja en dirección contraria.

Coloco los comestibles sobre la cinta transportadora. El bote de mostaza está en el fondo del carro; la violencia que sentí ante las estanterías de la mostaza está ya lejos, pero sigo nerviosa, como ocurre cuando has estado a punto de tener un accidente de automóvil, o cuando vas a gran velocidad por la autopista y pasas ante un policía que por una razón desconocida no te multa. No es que haya hecho algo, pero me podían haber pillado; no es que sea una delincuente, pero podía haber sido acusada de un delito.

Vuelco mi atención en los comestibles, colocando cada cosa en la cinta transportadora y sumando la cuenta en mi cabeza mientras lo hago: yogurt, 1,69 dólares; champú, 2,15 dólares; guisantes congelados, 85 centavos; tomates, 89 centavos medio kilo...

—Déjame adivinar por qué no querías que compráramos pimientos y aceitunas. Déjame... —dice Víctor y simula que intenta pensar. Se frota la barba y hace una mueca como si le costara pensar tanto—. ¡Ya lo sé! —dice, como si hubiera hecho un descubrimiento—. Tu familia era demasiado *pobre.* Los pimientos y las aceitunas te recuerdan tu niñez necesitada. ¿Quieres que mi corazón se desgarre?

—Víctor... —cargo un litro de helado en la cinta transportadora, una lata de chile y papel de aluminio.

—No Victah, Víctor —me dice, corrigiendo mi pronunciación.

Pronuncia la *erre.*

—Déjalo —digo.

Víctor permanece tras el carro, mirándome con la misma atención que podría prestar a una partida de ajedrez. Casi puedo sentir el nacimiento de una nueva crítica en su garganta. Mientras coloco una caja de galletas de queso entre el jabón de lavar los platos y las galletas Chips Ahoy, espero su comentario.

Víctor se vuelve de lado y me mira desde ese ángulo mientras lleno la cinta transportadora con cajas, latas y recipientes de plástico de comida especial. Me pregunto qué es exactamente lo que va a encontrar mal en mi aspecto o en lo que estoy haciendo. ¿Dirá que tengo el pelo desordenado, que llevo desatados los lazos de mis zapatos, que soy fría e insensible, que soy demasiado emotiva? Víctor es un genio a la hora de buscar las cosas que no van bien. Me halaga que dude antes de reñirme.

—Debes colocar las cosas pesadas primero, como los detergentes, las latas de sopa Campbell o la leche —dice Víctor finalmente—. Si no, los huevos y los tomates se espachurrarán en el fondo de la bolsa.

No puedo remediarlo. Me echo a reír.

—Vamos, ríete, Hilary —dice Víctor—. Siempre tienes que hacer algo desagradable, ¿no?

—Oh, vamos a dejarlo, Víctor —digo.

—Te gusta fastidiarme, ¿verdad?

—Tú empezaste —digo, aunque no estoy segura.

—Te he hecho una sugerencia, nada más. Sugerir: provocar en alguien cierta idea. Indicar, insinuar. Que alguien piense hacer otra cosa.

Evocar. Tener una cosa vaga semejanza con otra a la que recuerda. Dar a entender. Hacer concebir. ¿Algunas de esas definiciones sugiere —uf, otra vez esa palabra— que te llama la atención algún tipo de guerra radical interpersonal? —dice Víctor.

Me siento molesta cuando empieza así, definiendo sus términos, escupiendo cualquier cosa que suene a autoridad. A veces me dice las etimologías completas de las palabras que usa, a veces cita a Platón. En momentos como esos me pregunto qué estoy haciendo con un hombre así, lo horrible que es en realidad, lo poco que hay de admirar en un ser tan mezquino, y espero no ser nunca como él. Estos pensamientos dominan mi risa durante unos instantes y permanezco muy seria frente a él, esperando lo que va a venir luego. El rostro de Víctor se congestiona aún más y comienza de nuevo.

—¿Qué te pasa? —pregunta—. ¿No entiendes que únicamente quería darte un consejo de amigo?

—De amigo —digo.

Me lanza una penetrante mirada, más propia del capitán de un equipo enemigo.

—No vale la pena pelear contigo, Hilary. Ganas siempre. Estás predestinada a que al final seas la ganadora. ¿Por qué vamos a tomar zanahorias? Sabes que las odio.

—Porque a mí me gustan. Me parece que son riquísimas.

—Mejor será entonces que te las comas todas de una maldita vez.

Bueno, eso me pone a cien. Me río, me desternillo de risa y giro sobre los talones tapándome la cara con la mano. Eso es demasiado; a los otros clientes de la tienda les llama la atención mi risa y casi me duele cuando Víctor me coge por los brazos y me sacude. De repente me siento humillada y me callo. Amas de casa con sus bebés se detienen cerca de las cajas y me miran con mirada reprobadora.

El asunto es éste: me gustaría pisar a Víctor, tirarle alguna cosa o darle un puñetazo en el estómago. Me gustaría hacerle mucho daño físico; de verdad, me gustaría pegarle en los dientes. Pero tan pronto como lo pienso, en el mismo instante en que pienso en hacerle daño a Víctor, me siento culpable, mal y despreciable porque está muy enfermo y últimamente adelgaza; me he dado cuenta también de que el blanco de sus ojos ya no es tan blanco y que la piel de las bolsas bajo sus ojos tiene un color rojo púrpura. Me gustaría protegerle de todo, hasta de su cuerpo enfermo. Me gustaría aplastarme contra él para pasarle mi salud. La ironía de nuestra existencia es materialmente evidente: soy la personificación de la buena salud (mejillas rojas y brillantes, piel transparente; ni siquiera tengo los labios agrietados). No soy ninguna belleza, pero soy tan perfecta e imperfecta como el día en que nací. Desear hacerle daño a Víctor es, de alguna manera, el peor de los crímenes.

Gordon, que está en otra caja, vacía su cesta y me mira. Su expresión es ambigua; no creo que haya visto cómo me agarró Víctor. Es absolutamente guapo y tentador, por supuesto me siento atraída y horriblemente avergonzada.

Así que beso a Víctor. Me aprieto contra sus labios irritados y sobresaltado da un paso atrás, suelta mis brazos y luego lentamente suaviza con dulzura su boca. Ahora le toca a Víctor sentirse avergonzado. Se aparta de mí y camina con rapidez hacia la puerta de salida. Me quedo sola con dos bolsas de comida. Lamento haberme enfrentado así con Víctor. Espero que acabe, que Víctor me perdone mi crimen mudo de desearle el mal, de querer hacerle daño, aunque él no puede saber lo que pienso, aunque es irracional que yo lamente algo no hablado. Estoy segura de que sabe que le he hecho daño. Estoy segura de que presiente a Gordon, como un pájaro presiente una tormenta. Ni siquiera miro a Gordon, aunque sé que él me mira. Lo único que quiero es desaparecer, que desaparezca todo. Ojalá que nunca hubiera empezado una historia entre Víctor y yo, o que nunca termine. Y durante un momento elaboro el definitivo crimen mental, que nos muramos Víctor y yo, porque es lo único que queda y los dos lo merecemos.

V

Para llegar a casa de Estelle tenemos que atravesar varios puentes por una carretera costera, pasar una posada histórica que ahora es restaurante, la galería de billares mecánicos que está cerrada en esta estación y una tienda donde se encuentran todos los aparatos imaginables para jugar a los dardos. Luego seguimos serpenteando tras una licorería y tomamos por la carretera 228 hasta Hingham. Estelle vive en lo alto de una colina empinada y que me obliga a meter la primera a mi viejo coche y a dar varios botes. El coche apenas corre. Pagué cuatrocientos dólares a un jovencito que me dijo que su abuelo lo conducía muy de vez en cuando. Es un Oldsmobile blanco, cuyo mosaico de orín hace que parezca que ha sufrido un tiroteo. Por encima de la rueda delantera de la izquierda está dibujada una enorme rata hecha con un rotulador de tinta indeleble. Hay pegatinas que no puedo quitar en el parachoques trasero. El chico del coche cortaba en pedazos las pegatinas para recombinarlas luego en absurdos mensajes. Adonde voy, la gente que va detrás de mí lee «Rompo brazos», «Toca la bocina si estás muerto», «Los marines agradecen los abrazos de la contra», «Las motocicletas son para navegar», «Paren a Jesús». He quitado todas las que he podido, pero todavía resulta incómodo conducir.

Víctor está muy elegante. Lleva una camisa de algodón, pantalones gris oscuro y una corbata con diferentes colores y dibujos que se reajusta varias veces en el retrovisor antes de dejarla descansar tranquila en su pecho. Está muy inquieto, juega con los botones de sus puños y dobla las patillas de alambre de sus gafas para que queden fijas en su nariz. Mete la rodilla cada dos por tres en la caja de cambios. Su chaqueta azul, que necesita pasar por un tinte, está doblada en su regazo, sobre el gabán. Sospecho que tiene fiebre, porque si no tendría puesta la chaqueta, pero no digo nada. Fue bastante que llegáramos a casa y guardáramos la comida en paz. No cerró la puerta con estrépito y no molí el café para no tener que escucharle. Por supuesto, no hablamos ni una palabra. Se quedó tumbado en casa casi todo el tiempo. Yo cogí mi colección de conchas marinas de un recipiente en el armario de la cocina y la coloqué en el mostrador. No sé nada de conchas, pero las recojo en la playa y las guardo. De vez en cuando las miro y me pregunto qué animales las habrán dejado atrás.

Víctor se vuelve muy tranquilo durante el viaje. No toca la ropa, guarda sus gafas en el bolsillo de la camisa y tiene las manos cruzadas sobre el regazo. No me molesto señalándole unas bandadas de patos que se posan en el río Weir, batiendo el aire y el agua con sus alas. No le pregunto si el ruido que hace el motor significa que debo llevar el coche al taller.

Esquivo los baches, paso entre trozos de hielo, rozando con mi mano la rodilla de Víctor cada vez que cambio de marcha. Está sentado de cualquier manera en el coche, su cabeza cuelga contra la ventanilla, con los ojos cerrados, y me preocupa su posición encogida. Podría preguntarle cómo se encuentra, pero no sé qué contestaría. Vamos en silencio, aunque no es como si hubiera silencio, porque hay mil cosas que puedo pensar decir y mil respuestas que me imagino que daría Víctor. A veces creo que le conozco tan bien que podría montar una conversación entera entre nosotros en mi cabeza con una precisión total. Sin embargo, otras creo que no le conozco en absoluto, que nadie conoce a otro de verdad y que el estar juntos es simplemente uno de esos accidentes que hay en la vida, tan confuso como lo es el que el hielo te pueda quemar, que puede llover cuando hay sol o que los hijos mueran antes que sus padres.

—Aquí —dice Víctor—, es ésta a la izquierda.

Paso por un portalón alto de hierro que lleva a casa de Estelle y voy poco a poco entre los sicomoros que flanquean el largo camino de cantos rodados. Es una enorme casa de estilo inglés Tudor, cubierta de hiedra, con un tejado gris de laja y un sendero de ladrillo que sale de dos grandes puertas de madera. Sé algo de la casa por algunas conversaciones que he tenido con su dueña. Partes fueron traídas pieza a pieza de Kent, Inglaterra. Las grandes vigas de la cocina y del recibidor son de una casa de verano del siglo XVI y el tejado fue colocado por varios techadores ingleses que se pasaron un mes viviendo en remolques para coronar la casa Tudor con rectángulos de granito.

La casa está basada en una idea fantástica que inventó Estelle y que vuelve a formular cada poco tiempo. La idea es que la parte de piedra de la casa, el patio de abajo y el supuesto *pub* inglés formaban una parte «original» de la mansión rural inglesa, propiedad de una familia un tanto aristocrática allá por 1550. El salón, con un secreter de nogal William y Mary de doble cúpula y estanterías de libros clásicos, habrían sido añadidos junto con el lado sur de la casa, cuando la familia (ficticia) aumentó un tanto en número durante los siglos XVII y XVIII. Los muebles son más o menos del siglo XIX, aunque, por supuesto, las chimeneas y los portales están tachonados con elementos de hierro antiguo, recordándonos los «orígenes» de la estructura. Aparte de las vigas y la techumbre, es por completo una casa del siglo XX. Esa casa se ha convertido, más que cualquier otra cosa, en la firma de Estelle. Tiene tres maridos de tres épocas diferentes de su vida enterrados en el jardín.

Y después de todo, la casa es divertida. Me encanta el camino de cantos rodados. Me encanta cómo hace al coche retumbar y dar tirones. Me gusta el profundo verde sombreado de los pinos y de los setos, la manta de hiedra que cubre la enorme fachada de la mansión Tudor, haciéndola accesible y hogareña. Me gusta el palio de sicomoros que lleva a una de las dependencias, que tal vez fue antaño una cochera, donde paro el coche y escucho para ver si el ambiente de la gran casa de Estelle tiene un sonido especial, igual que tiene un aura. Me abruma su vastedad, su exotismo, que sigue existiendo aunque haya sido trasplantado a un familiar suelo americano. Me siento atraída por su falsa fantasía, el mito de su ama y creadora. Me vuelvo a Víctor, que me mira con fijeza, que tiene su mano bajo la barbilla, como si estuviera pensando en algo. Está de nuevo alerta, erguido y perfecto en su hermosa ropa. Se frota con la mano la curva de la mandíbula.

—¿Puedo decirte una cosa? —pregunta Víctor. Da un largo suspiro—. Quiero decirte que si no me estuviera muriendo dedicaría una vida a aprender cómo amarte.

Estelle, nos dicen, nos espera en el porche trasero. Se llevan nuestros abrigos y nos conducen por enormes pasillos bajo asombrosas vigas antiguas y paredes del tamaño de una pantalla de cine pintadas a mano en colores rosa y melocotón. Estelle está sentada en un porche encristalado, quieta en su asiento como si esperara que alguien le sacara una fotografía. Se ha teñido sus cabellos de nuevo con lima fresca y adopta una expresión de expectación y buen humor. En su regazo tiene unos recortables de flores de papel. Dos perros enormes, de una raza que no he visto nunca, se levantan nerviosamente cuando entramos Víctor y yo. Tienen fauces caídas y orejitas que se levantan. Sus bocas forman anchas uves invertidas. Estelle dice:

—Queridos, no os preocupéis. Son amigos.

Los perros están inquietos; uno mueve las patas para ponerse de pie y recibe un cachete en el hocico.

—¡Siéntate! —dice Estelle abruptamente—. Annabel, querida, ¿por qué no te llevas a estos dos bribones?

Annabel está de pie, muy decorosa en un uniforme gris y blanco. Coge un collar en cada mano. Las garras de los perros rayan el suelo de madera y los medallones de sus collares tachonados resuenan con el vaivén de sus cuartos traseros. Uno de ellos vuelve su cabeza grande y cuadrada y me mira con un interés fortuito antes de que Annabel les arrastre por la puerta.

—¡Qué *guapos* estáis! —dice Estelle, coqueteando con Víctor y conmigo.

Su perfilador, de un matiz parecido a sus cabellos de extraño color cítrico, forma una línea irregular por el borde inferior de sus fuertes ojos y lleva unos polvos malamente aplicados que se notan demasiado. A pesar de todo, es encantadora. Su rostro, exóticamente pintado, la vuelve aún más encantadora, haciéndola parecerse a un presente que espera ser abierto o a una cesta de huevos de Pascua.

—Es un día de lo más precioso para tomar el té, ¿verdad? ¡Hasta tenemos algo de sol! Pensé que podíamos tomar el té en el porche y disfrutar del sol mientras dure.

—Sería maravilloso —dice Víctor.

Ladea sorprendida la cabeza; Víctor no usa nunca una palabra como «maravilloso». Suena ridículo oírle decir «maravilloso». El tipo de palabras que usa Víctor es «horrible», «espantoso», «avinagrado», «inane», pero nunca «maravilloso». ¿Por qué cree que debe usar las palabras de ella ahora? Yo me dedico a utilizar *victorismos* en mi discurso. Ojalá pudiera hablar como Víctor, no sólo eliminar mi acento bostoniano, sino también disponer de las palabras como él. No es que se exprese perfectamente, sino que su manera de hablar refleja honradamente su complicada personalidad. Mi conversación, por otro lado, es engañosamente simplificadora, mi mente almacena palabras que no utilizo.

—¿Cómo estás, querida Hilary? Siéntate —dice Estelle.

Me siento ante una mesa baja, donde está colocado sobre un mantel de lino un juego de té de plata. Hay una larga bandeja de pequeños *sandwiches* triangulares, rodeados por una galaxia de aderezos multicolores: rábanos, perejil y rodajas de naranja en forma de media luna. Me ponen nerviosa, sentados sobre su bandeja de plata con tanta confianza. Espero que estén bien mis cabellos: los llevo recogidos en una trenza francesa. Planché mi falda hasta que el vapor salió por sí mismo.

—Nuestro Víctor tiene mal aspecto. ¿Le cuidas bien?

—¿Cómo? —digo, llevándome la mano ahuecada a la oreja—. No te he entendido.

Me distrae el césped de un enorme jardín y el grupo de estatuas de piedra, una fuente para los pájaros, un conejito y un ángel. Hay un mirador cubierto de hiedra al lado de un estanque helado y un laberinto grande y cuadrado, del tipo que tenían los reyes y reinas de Inglaterra, con altos arbustos que separan los senderos.

—No has cuidado bien a Víctor. Tiene un aspecto horrible, ¿no es cierto, Víctor? Víctor, no te quedes de pie como un idiota. Siéntate.

Estelle es imperiosa en sus exigencias. Administra sus instrucciones con indiferencia y expectación, como si fueran las órdenes de una emperatriz.

—Realmente estás enfermo, ¿no? ¿Quieres tumbarte?

—No. Estoy bien. Lo único que me pasa es que tengo mucho calor —dice Víctor. Hay una línea de transpiración sobre su labio—. Si no te importa, me quitaré la chaqueta.

—¿Te sientes bien, Víctor? —digo.

Voy al cuarto de baño. Vuelvo en un minuto —dice Víctor, y entra disparado en la casa.

—Dios, *no está* bien —dice Estelle. Su rostro se ablanda con la preocupación y durante un momento veo a Estelle como una madre o esposa. Dura muy poco, en seguida se desvanece. Después ella vuelve a su posición de majestuosidad ante mí, su lugar entre fábulas y lugares del mundo que únicamente he visto en fotos y en las páginas de las enciclopedias.

—Estaba bien hace poco. Me parece que cansado. Siempre cansado. Fue muy pesado lo del supermercado.

—¿Té? —dice Estelle, y luego llena una taza de porcelana pintada de los mismos colores que las flores que está haciendo. Sirve con mucha delicadeza, levantando la espita sobre la taza.

Luego carraspea, me echa una mirada de inteligencia y dice:

—El problema es que si él está con una persona de tu juventud y salud querrá hacerlo todo. Intentará hacer la compra o cualquier recado como si estuviera tan sano y fuera tan capaz como tú, lo cual, por supuesto, no es así. No podrás impedirlo, querida Hilary, es su virilidad la que ve en peligro. En cualquier caso, es una responsabilidad demasiado grande para ti.

Admiro la larga falda de Estelle, un tartán de lana que debe ser inglés o escocés. También la blusa de color perla es muy hermosa y casi hace más soportable sus cabellos de color lima, como si fuera natural, de la manera con que los ojos a veces son violeta o amarillos.

—¿No añoras otras cosas? —dice Estelle. Toma un *sandwich* redondo, sin corteza, del tamaño de un dólar de plata, de la bandeja y me lo da en un plato.

—¿No le ocurre a todo el mundo lo mismo? —pregunto. Cruzo las piernas. Intento aparentar *normalidad.*

—¿Sabes?, eres una mujer notable —dice Estelle.

—El té está muy bueno.

Estelle mira por encima de mi hombro y sonríe abiertamente.

—¡Ah, acaba de llegar nuestro otro caballero!

Me vuelvo y veo a Gordon con una chaqueta de *tweed* y con una corbata, llevando una botella de Burdeos y algún licor —una cosa oscura e imponente— bajo el brazo.

—Sé que es la hora del té, pero he traído una botella de oporto —dice—. Y vino para cuando nos cansemos del oporto.

—Tú sabes lo que me gusta, ¿no, querido? —dice Estelle, y pone la mano sobre la manga de Gordon—. Hilary, querida, quiero que conozcas a mi sobrino Gordon.

Yo estoy... atónita.

Gordon dice:

—Te he visto una vez, ¿dónde fue? ¿En un supermercado?

—Ah, sí —tartamudeo.

Me siento como debe sentirse un portero cuando una pelota aparece por el sitio más inesperado.

—No sabía que tenías un sobrino, Estelle —digo.

—Oh, la verdad es que Gordon no es mi sobrino. Es uno de los asiduos de este sitio. Conozco a Gordon desde que era un niño en la playa. Así que es como si fuera un sobrino, mejor dicho, un hijo.

Me vuelvo para ver a Víctor, que entra por el pasillo. Estelle fija una sonrisa en el rostro y le mira hasta que se une a nosotros en el porche. Estoy desconcertada pensando si ella sabrá algo de Gordon y de mí. ¿Será posible? Hemos pasado muy poco tiempo juntos en las dos escasas semanas que él lleva aquí. ¿Dónde pudo vernos? ¿En la playa? ¿Estaba sentada en uno de los restaurantes que dan a la costa mirándonos alguna tarde mientras corríamos con Tosh? ¿Le vio en mi automóvil en alguna señal de *stop*? ¿Nos habrá visto a través de las ventanas del *pub* de Cappy o al subir al *ferry* de Boston? ¿Le habrán *contado* lo nuestro? ¿Le habrá dicho algo Cappy? ¿Cómo pudo él enterarse? ¿Hay en realidad algo que saber?

Víctor entra. Gordon se levanta y se dan la mano.

—¿Conoces a Gordon? —pregunta Estelle—. Hilary parece que sí le conoce.

—Pues yo no —dice Víctor, y lanza una breve sonrisa—. ¿Desde cuándo conoces a Gordon? —me pregunta.

—Nos hemos encontrado una vez —digo— en un supermercado.

—Ah —dice Víctor—. De compras.

Dejamos el té por el oporto. Se produce un poco de conversación muy aburrida. Víctor le pregunta a Estelle dónde compró el interesante candelabro de hojalata que cuelga en la entrada principal, y ella dice que es una imitación de otro que cuelga en la capilla Berkeley de la catedral de Bristol. Víctor se ha fijado también, dice, que una criada limpiaba una colección de jarras y recipientes vidriados. ¿Es cerámica Harvest? Sí, responde Estelle, y arquea una ceja ante los conocimientos de Víctor. Data del período de algunas de las demás antigüedades, muestra cierta admiración por sus adquisiciones y ella parece bastante contenta por sus hallazgos.

—Gordon, este oporto es excelente —dice Víctor, y mira dentro de su copa—. Pero detesto el oporto.

—Toma vino, Víctor —dice Estelle—. Hay vino.

Víctor encuentra a Annabel en el pasillo y le pide que le prepare un *whisky* solo. Annabel lo trae en una bandeja.

Víctor dice:

—Annabel, ¿cuánto tiempo hace que conoces a Gordon?

—No lo sé. ¿Un año? —dice Annabel. Tiene una sonrisa que hace desaparecer cualquier otra sonrisa.

—Te daría más dinero que te da Estelle para que te tomaras una copa con nosotros.

—Annabel no es una *esclava,* Víctor —dice Estelle, y aparta la vista, indignada.

—No bebo —se disculpa Annabel.

Estoy de mala leche. Víctor se está haciendo amigo de Gordon, o enemigo. No estoy segura. Le elogia su estúpida chaqueta de *tweed.* Le pregunta por su sastre, le dice que es un fanático de Alien Turf —mentira.

—Espero el momento adecuado para comprar un ordenador —dice Víctor—, pero siempre salen con uno nuevo.

—Es cierto —dice Gordon, asintiendo. Toma sin mucha fuerza su copa, que se balancea sobre su rodilla. Su rostro está en la niebla del humo de un cigarrillo de Víctor.

—Y creo que necesito un sistema de más capacidad que un ordenador personal de IBM.

—Puedes comprar uno de 386 bits, un multimegabite de disco duro, un VAX... —le sugiere Gordon, inclinándose hacia él.

—No estoy seguro de necesitar una máquina propia, sino realmente un universo entero donde pueda arreglar mis datos, mi sistema de redes..., ya sabes.

—Los datos no son problema con la tecnología de hoy. Y todo el mundo tiene acceso a las redes.

—Por supuesto —dice Víctor. Golpea con su palma en la mesa, haciendo retemblar la bandeja de té—. Tienes razón, Gordon, pero todo es demasiado lento. La conexión frecuente con galaxias muy lejanas puede, por ejemplo, conducir a inesperados retrasos.

—Me estás tomando el pelo —dice Gordon.

—Como quieras —dice Víctor, moviendo la cabeza en dirección a Gordon—. Me caes tan bien que voy a tomar un trago de tu horrible oporto.

—Muy honrado.

—Te pondrás enfermo —dice Estelle al servirlo.

La vista desde el porche es asombrosa. Miramos el inmaculado césped de Estelle. Hay unas cuantas estatuas en las que no me había fijado antes. Un ciervo de imitación, que parece comer hierba junto a una cascada artificial, ahora helada, al borde del estanque. Hay un grupo de lo que Estelle llama «animales de tierra». Esto es, una ardilla listada, un erizo, un puerco espín y una ardilla.

—¿Por qué no un oso hormiguero? —pregunto.

—O un conejillo de Indias —dice Gordon.

Víctor se vuelve a Gordon:

—¿Un conejillo de Indias? —dice.

—Me gusta mucho el jardín —nos dice Estelle, después de hacer un recorrido por su casa. Volvemos a nuestros asientos en el porche. Estelle me sirve otra taza de té. Estoy nerviosa, así que como, limpiando la bandeja de todos sus *sandwiches*.

»El jardín es el único lugar de la casa que realmente cuido —dice Estelle—. Hay dos maridos bajo los arbustos de azalea. Uno está entre aquellos dos abetos. Todo cenizas, por supuesto.

—La situación es la clave —dice Víctor—. Me sentiría humillado si, por ejemplo, me pusieras bajo el comedero de los pájaros. Pasa un momento, un minuto y después Estelle entiende. Menea la cabeza, chasqueando con su lengua entre los dientes.

—Es bastante sorprendente encontrarse con un verdadero jardín inglés, ¿no os parece? Siempre me han atraído. A lo mejor tuve uno en una vida anterior —dice Estelle. Ha vuelto a doblar sus flores de papel. Dobla una esquina de un pétalo de fucsia con la uña de su pulgar.

—Es hermoso —le digo.

—Desde luego —dice Víctor.

Annabel acerca otro vaso en una bandeja y Víctor le dice que traiga la jodida botella.

—Esta casa está llena de sorpresas —dice Víctor—. Me encantaría tener una casa así.

Gordon mira hacia afuera y luego fija sus ojos en Estelle.

—Yo exigiría que alguien dejara de mortificar a los animales de tierra. Es absolutamente criminal que los hayas convertido en piedra, como ésos —dice.

—Toma una flor —dice Estelle, y le da una rosa.

—Hay laberintos en los palacios, ¿no? —dice Gordon.

Víctor dice:

—Me parece que sólo hay recaudadores de impuestos.

—Te burlas del aspecto que me gusta más de mi propiedad —dice Estelle, haciendo pucheros.

—Oh, Estelle —dice Víctor con su voz más resuelta—, es un laberinto precioso. Cuánto me alegro de verlo por fin. Muy impresionante. Muy intemporal.

—Lo plantaron hace veinticinco años. ¿Quién ha oído hablar de un laberinto Tudor a finales del siglo XX? Sería como un baño de remolinos en el dormitorio de César. ¡Imposible! Pero eso es lo más maravilloso del presente; podemos cambiarlo. ¡El laberinto existe!

—Me encanta tu Glenfiddich —dice Víctor. Gordon se ha perdido en el laberinto—. ¿No es cierto, Gordon? —y le da unos golpecitos en la mano.

—Hace años. Estamos hablando de hace *años* —dice Gordon.

Víctor mira el jardín. No tiene que hablar. Ya sé que está calculando la dificultad del laberinto Tudor de Estelle.

—No parece *tan* complicado —dice.

—Es que lo estás viendo desde arriba, querido —dice Estelle—. Puedes ver todos los senderos, así que por supuesto parece fácil. Debe parecer fácil cuando lo miras desde arriba. Pero una vez que bajas y te metes entre esos muros verdes, te perderás fácilmente, querido, te lo aseguro.

—No lo creo —Víctor hace girar su copa.

—Pues inténtalo entonces —dice Estelle—, prueba suerte. Parece que te gusta jugar con desventaja.

—Creo que lo haré —dice Víctor. Acaba su copa y la posa en la mesa. Lanza una larga mirada al despliegue del laberinto al otro lado del césped y me pregunto si intenta memorizar sus senderos. Luego remete su camisa en los pantalones y dice: —¿Vienes, Gordon?

—Me quedaré aquí e intentaré seducir a estas dos —dice, hablando de Estelle y de mí. Rodea con su brazo el respaldo de mi silla.

—¡Confiesa! —dice Víctor, riéndose—. Te has envenenado con ese asqueroso oporto.

Da unos golpecitos a Gordon en el hombro y Gordon hace como que se defiende.

—¡Cuidado! —dice Gordon cuando por poco da un golpecito en la mano vendada de Víctor.

Víctor abre la puerta exterior y entra con fuerza un viento frío. Al cerrar la puerta, grita «¡Al asalto!», como despedida.

—Hilary, ¿quieres más *sandwiches?* —pregunta Estelle. Miro la bandeja que he vaciado y con una vergüenza repentina niego con la cabeza.

—Entonces más té —dice Estelle—. Recoge los capullos de las flores de papel y los coloca en filas. Luego hace un montón ordenado de tallos de color verde paja antes de coger la tetera.

Miro a Víctor, que da grandes zancadas por las laderas del césped de Estelle. El viento riza la parte trasera de su camisa. No lleva ni el gabán ni la chaqueta. Cuando pasa por la entrada del laberinto me levanto de un salto de la silla, tirando el té de la raza que Estelle quiere darme.

—¡Tu falda! —dice Estelle.

Miro abajo y veo una larga mancha en la parte delantera. Gordon me mira con una expresión que no comprendo muy bien. Puede ser de lástima o deseo.

—Víctor no lleva gabán —digo.

—Oh, Dios, es cierto —dice Estelle—. ¡Mírale, serpentea entre los arbustos como un experto! Víctor es astuto. Es un joven muy listo. Me encantaría tenerle conmigo sólo para ver la manera en que se las compone en el mundo.

—¿Dónde están los gabanes? —pregunto.

—Annabel se los ha llevado, querida; siéntate y le diré que los traiga, si quieres —Estelle toca la campanilla.

—Traiga los abrigos de Hilary y Víctor, ¿quieres, querida Annabel?

—El mío también —dice Gordon.

—Eres muy galante —dice Estelle. Gordon mira para otro lado.

Estelle dice:

—Va a ser bastante inútil que intentéis encontrarle. De todos modos, él tiene la culpa de haber salido casi desnudo.

No quiero armar un gran escándalo por esto, no quiero ser una aguafiestas. Pero me preocupa que Víctor coja frío. Me preocupa cuando se siente enfermo. No me importa lo que piensen los demás, aunque creo que me pongo demasiado nerviosa. Quiero decir, que sí me importa, pero estoy tan acostumbrada a la desaprobación que no voy a dejarlo por eso.

Víctor está en la esquina suroeste del laberinto, va por un pasaje entre setos. Saco una foto mental del laberinto e intento conservarla. Cierro los ojos y pienso en los senderos y luego los abro de nuevo y comparo mi visión mental con el laberinto que tengo delante.

—Eso no vale para nada —dice Estelle—. Querida, he visto a tantas y tantas personas hacer lo mismo. Hace dos décadas que tengo el laberinto. Todo el mundo intenta memorizarlo, conocerlo y entenderlo de verdad. Hacen mapas, pero siguen sin comprenderlo. Cuando bajas, cuando te enfrentas con sus senderos, todos esos planes racionales y trabajo mental se te escapan y lo atraviesas corriendo como cualquier criatura de Dios, como un ratón o un conejo.

Fuera, el viento baja la capucha de mi abrigo sobre mis espaldas. El sol brilla mucho y tengo que guiñar los ojos mientras bajo por la cuesta hacia el laberinto. La hierba de la cuesta es exuberante, al contrario que en la mayor parte de los céspedes secos y helados de los jardines de Hull, y creo que siento que cede bajo mis pies la tierra blanda. Luego me doy cuenta que el césped no es de verdad, sino una especie de *astroturf,* como el que se pone en un campo de fútbol. El césped, como el pelo de Estelle, es completamente artificial.

Gordon anda a mi lado. Es tan largo que recuerda a ciertas arañas, sus piernas son muy largas.

—¿Se notaba tanto? —pregunta Gordon.

—¿Qué?

—Casi no resisto —dice—. Te deseo mucho.

Caminamos en silencio hasta el pie de la colina.

—¡Víctor! —grito cuando llegamos al muro del laberinto. Pero el viento recoge mis palabras y las lleva, así que cuando llega a la segunda sílaba ni siquiera yo puedo oír lo que estoy diciendo. Gordon sacude el seto del laberinto para llamar la atención de Víctor. Grita su nombre y me llama la atención lo extraño que suena cuando él lo pronuncia.

Entonces dejo a Gordon y entro por un lugar del laberinto que podría ser la entrada principal, aunque no hay forma de saberlo. El suelo es una confusión de barro, agujas de pino y hojas muertas. Los setos son altos y espesos, forman un refugio contra el viento. Oigo, no muy lejos, los pasos de Víctor y me siento aliviada y bastante tonta.

—Víctor —digo—. Tengo tu gabán y tus guantes aquí. Dime dónde estás y te los llevaré.

No responde. A lo mejor oí los pasos de Gordon. Me pregunto si Gordon busca a Víctor de verdad o si está fingiendo para complacerme. Luego dejo de pensar en Gordon.

Comienzo a caminar por el sendero, intento atisbar la manga de Víctor, el reflejo de sus gafas o de su reloj a través de los agujeros en los setos. Miro la parte de abajo de los setos a la busca de sus mocasines, o la nube de polvo que podría levantar en el sendero. Pero no veo nada. El viento aumenta y oigo con fuerza el sonido de hojas secas y ramas.

Intento saltar lo bastante para alzarme sobre los setos, pero no puedo. Cierro los ojos y recuerdo la imagen que me tracé del laberinto cuando lo estudié desde el porche encristalado de Estelle. Los senderos forman cuadrados y algunos de estos cuadrados giran, así que aunque parecen tales cuadrados realmente desembocan en otros. Tienen aberturas hacia otras partes del laberinto, salvo algunos sin salida y otros que salen hacia afuera del laberinto, no hacia su centro. Víctor estará buscando del centro y, por supuesto, lo encontrará, porque es de ese tipo de gente que logra dominar cualquier prueba mental, como rompecabezas, anagramas y, supongo, también laberintos. No tengo ninguna razón para creer que yo soy capaz de orientarme en un laberinto, ya que nunca he hecho más que un crucigrama sencillo, y eso con ayuda.

Me irrita no encontrar a Víctor y una vez más tengo que buscar. Parece que en mi vida, y especialmente en mi vida con Víctor, siempre avanzo hacia algo, pero nunca llego del todo. Vuelvo a casa y Víctor está en la cama. Pero en realidad nunca está allí. Es como si en el momento en que paso por la puerta el *estar* de Víctor se evaporara. Fuese quien fuese antes, es sustituido por alguien que creo que es. Y pasa lo mismo cuando estoy sola en casa (cosa rara). Puedo encontrarme leyendo o cocinando. Cortándome las uñas de los pies. Pero en el momento en que Víctor pasa por la puerta ya no estoy allí. Me desplaza como el agua. Súbitamente floto. Nos atraemos mutuamente y damos vueltas el uno en torno al otro, como lunas. Anoche, antes del amanecer, se levantó de la cama. O se sentía demasiado enfermo como para dormirse o pensaba en ponerse enfermo, no puedo decirlo. Toqué su hombro mientras él miraba la negrura de nuestra ventana y volvió la cabeza. Miré sus labios pálidos y la manera con que me buscaban sus ojos. Me miró fijamente, pero parecía seguir buscando. Por fin encontré un medio de conexión cuando vi en su rostro el reflejo de mi pánico.

—¡Triunfo! —oigo y allí está Víctor delante de mí. Tiene una sonrisa pícara, como un deportista o un gángster. Echa su cabeza hacia atrás y se ríe como si haberme encontrado fuera una cosa muy divertida.

Sé que tengo un aspecto ridículo; mi chaquetón se combina absurdamente con mi falda manchada de té, mi trenza francesa se ha aflojado y está ladeada. Sé que se ríe por lo en serio que me tomo todo, de mi histeria por su paseo por el laberinto. Y aunque estoy segura de que mi propósito de llevarle el gabán estaba bien fundado y se basaba en un afecto y cariño sinceros, también sé que las buenas intenciones y «ternezas» tienen muy poco valor a los ojos de Víctor. Y si yo realmente creyera que esas cualidades valían algo, no tendría nada que ver en absoluto con Víctor.

—Bueno, ríete —digo—. ¿Cómo vamos a salir de aquí?

—¿Qué te pasa?

—Toma tu gabán, ya estoy harta.

—¿Qué he hecho yo? —dice Víctor, y hace un gesto conmovedor con las manos—. Hilary, ¿qué bicho te ha picado? ¿Qué pasa? Te iba a decir lo hermosa que estás. ¿Y ahora qué? ¿Lloras? Estás tan guapa cuando lloras...

Encontramos a Gordon fuera del laberinto, esperando, a su manera, paciente. Me siento aún perturbada, aunque mi histeria se ha convertido en cavilación ocasional. Cuando llegamos al porche, Víctor y Gordon se ríen. Gordon cuenta cómo pasó una hora perdido en el laberinto cuando tenía trece años y cómo más tarde sus amigos y él organizaban carreras por él.

Me siento con un resoplido, estoy irritada; aparto la vista de todos. Exijo un vaso de *whisky.*

—Hils va a tomar un *whisky* —anuncia Víctor—. Odia el *whisky.* Para ella, beberlo es una forma de autotortura.

De repente me siento avergonzada, no tanto por el comentario de Víctor como porque mi comportamiento provoque semejante comentario en el porche de Estelle. También me siento enfadada porque él tiene razón.

Miro el juego de té de plata, las tazas delicadas, decoradas con rosas, las diversas clases de platitos, tenedores y cucharas, y me percato de cuán extrañamente se yuxtapone mi cólera a esos artefactos hechos para agradar. Estelle ha colocado el ramo de sus flores hechas a mano en una cesta, donde realmente están muy hermosas. Víctor se sienta muy rígido; su delgadez le da una sofisticación que hombres más gruesos no pueden tener. Evidentemente, Víctor se siente avergonzado por mí o, más bien, avergonzado *para* mí porque nunca piensa en nosotros como pareja, de modo que nunca se siente responsable de mis acciones. Sin embargo, Estelle parece muy contenta, como si escuchara los números premiados de la lotería y se encontrara con que cada uno se corresponde con los suyos.

—Está enfadada conmigo, Víctor —dice Estelle. Inclina su rostro hacia el sol y estira su cuello como un gato—. Enfadada.

—Víctor, demos gracias a Estelle por el té. Deberíamos irnos ahora, se está haciendo tarde.

—¿Iros ahora? —dice Estelle—. ¿Y por qué ahora? Hace una tarde espléndida y lo estamos pasando muy bien, ¿no? Tu humor cambiará, Hilary, querida. Ya verás.

Hay algo en mi expresión que hace cambiar de opinión a Estelle.

—Bueno, si de verdad tenéis que iros.

Gordon me mira —es tan claro— que me gustaría tapar sus ojos. Estelle se estira la falda y coge su cesta de flores de papel.

—¿Quieres ver si éstas irán bien junto a tu ventana?

Cojo la cesta y le doy las gracias. Me pregunto —cuando Estelle se acomoda de nuevo en su silla y comienza a trabajar con una nueva flor— cómo será la vida aquí, en esta casa tan grande, sola ¿Cómo será Estelle de diferente cuando nos vayamos todos?

—¡Qué amable! —dice Víctor—. Qué encantador por su parte, Estelle.

—Bueno, Hilary es una chica maravillosa. ¿No es cierto, Gordon?

—Sí —dice Gordon, y asiente—. Lo es. Lo es.

—Hilary, tienes un aspecto completamente ridículo ahí de pie —dice Víctor—. Siéntate y pórtate bien. Toma el té e intenta comportarte civilizadamente.

Le voy a matar. Te voy a matar, Víctor. Eres un monstruo, horrible, gruñón. Estoy harta. Si dices una palabra más te ahogaré con desinfectante. Una palabras más y te picaré el escroto con el triturador de verdura.

—De verdad, creo que prefiero irme, Víctor. ¿Quieres venir conmigo? —digo.

—Ya que lo has dicho, no. Me parece que voy a quedarme y pasarlo bien. Además, ¿no has quedado para comprar algo?

—Ya sabes que sí. Voy a comprar un árbol de Navidad.

—Por supuesto. Un árbol. Qué bien —dice Estelle. Me dice que mandará después a Víctor a casa y me insiste en que vuelva pronto de visita.

Le doy las gracias y hago un movimiento de cabeza hacia Gordon.

—Encantado de conocerte —dice Gordon. Sonríe y echa la silla atrás como un muchacho—. Me alegro de conocerte, Hilary Atkinson.

—No olvides las flores —dice Estelle, y señala con la cabeza la cesta de capullos de rosa de papel. Aparece Annabel en la puerta y Estelle le dice que me acompañe hasta la puerta.

Sigo a Annabel hasta el pasillo y de repente me doy cuenta de que Víctor viene conmigo. Me detengo y le miro. Está muy cerca de mí.

—Si quieres marcharte, vete —dice Víctor—. Pero va a ser muy difícil para ti demostrar que hice algo odioso que te ha hecho daño.

Intento pensar en una respuesta. Intento imaginarme como la dueña de esta enorme casa, una mujer que posee autoridad, como la posee Estelle. Qué maravilloso debe ser tener la confianza necesaria para teñirte el pelo de rosa o verde y llevar viejos abalorios mexicanos, tener poder.

—Te odio, Víctor. Siempre te portas como un cerdo. Has sido descortés con Gordon.

—¿Y a ti qué te importa? De todas formas, me cae bien. Sientes vergüenza porque dejaste caer té en tu falda. ¿Tengo razón? Vamos, Hils, ¿tengo razón o no?

Claro que tienes razón, pienso. Para lo que te sirve tener razón.

—Me voy, Víctor.

—Oh, vete —dice, y se vuelve.

Sigo a Annabel por el pasillo, pasando junto a las baratijas que Estelle nos enseñó durante nuestra excursión. Pasamos al lado de rejillas de porcelana Spode, una procesión de copas victorianas que se exhiben junto a la ventana, un reloj antiguo junto a la escalera. Miro la espalda de Annabel, el lazo blanco y tieso contra su vestido gris. Pienso en lo estrecha que es la parte inferior de su espalda, qué mujer bien formada y atlética está bajo el soso algodón gris. Y honradamente pienso en lo simpática que *es,* aunque sé que únicamente cumple su trabajo. Lo que no hace es demostrar que ha pasado algo entre Víctor y yo. Su educada desaparición cuando Víctor habló en el pasillo es doblemente apreciable. Se muestra amable conmigo, pasando por alto que estoy nerviosa, que mi falda está mojada y que mis cabellos se han soltado de su cuidadosa trenza.

—Annabel —le digo, ella se detiene y se vuelve hacia mí. Me fijo en sus ojos, que están muy hundidos y son muy oscuros. Lleva rimmel y sus pestañas se curvan en manojitos muy finos. Es más joven que yo, pero no mucho. Podría haber sido la hermana pequeña de mi compañera de habitación en la universidad, o una persona conocida en las gradas del campo un día de partido. Podríamos tomar un café juntas, y que ella me contara cosas de sus novios y su familia. Pero, en lugar de eso, me acompaña por la casa de Estelle, y no significamos nada la una para la otra. Realmente no debemos hablarnos, y ahora que está ante mí no se me ocurre nada que decirle—. Muchas gracias por tu trabajo de hoy —consigo balbucear, por último.

—No ha sido nada —dice, y sonríe con una deliciosa sonrisa. Vuelve a caminar de nuevo. Sus cabellos son largos y oscuros bajo las horquillas que lo agarran en un moño. Puedo ver, por sus formas, que estaría espléndida en vaqueros y camiseta. En cualquier cosa, o sin nada. Me pregunto cómo serían ella y Gordon como pareja, o ella y Víctor.

—Oye, Annabel —comienzo de nuevo—, ¿tú vives por aquí?

—Vivo *aquí* —dice y apunta al suelo—, en esta casa.

—¿Estás contenta? —digo, y luego pienso que me puede interpretar mal—. Quiero decir, ¿te gusta?

—Tengo una habitación grande.

—¿Tu familia vive por esta zona?

—Brockton —dice—. Estoy ahorrando dinero para volver a la universidad.

—Cuánto me alegra —le digo—. Es decir, lo de la universidad.

Después de dar un par de pasos, digo:

—¿Tienes mucho trabajo?

—No, no, que va. Trabajo únicamente cuatro días a la semana, y paso otros tres en Boston, con mi novio.

Suena bien que la hermosa Annabel tenga un novio. Hay un hombre que aprecia lo cuidadosamente que pone rimmel en sus pestañas, que son largas y espesas, y que no parecen de imitación. Me siento muy contenta de que Annabel desembarque en Long Wharf y la abracen, de que las parejas puedan quererse de una manera sana, de que haya jóvenes tan hermosas como ella, de que tenga una habitación grande, un talle estrecho y un paso atlético; de que tenga un nombre como Annabel, tan bonito.

—Bueno, es estupendo —digo cuando Annabel abre la puerta principal.

Nos damos la mano. Tiene unas manos muy delicadas, ese tipo de manos que siempre me han gustado, manos finas, de dedos largos y uñas ovaladas. Y sabe dar la mano, un apretón adecuado y firme. Luego subo al automóvil y ella me despide agitando la mano. Mientras bajo por el largo camino para coches, pienso en Annabel y sonrío. Pero tan pronto como vuelvo a Hull, por la ventosa carretera que lleva a la costa y a la calle donde vivimos Víctor y yo, me lleno de malos sentimientos hacia Víctor. Pienso que probablemente me va a castigar con su silencio, en cuán desdichado es conmigo, cuán desgraciado le hago, cómo he conseguido que me odie, a pesar de mi esfuerzo para que me amara, y lo poco que me domino a mí misma y a mis afectos. Me pregunto si fabriqué esa escena entre Víctor y yo para provocar la inevitable destrucción de nuestra unión, antes incluso de su presumible fin. También me pregunto si intento que Víctor se porte mal conmigo para justificar un asunto con otro hombre, legitimar el abandono, validar una decisión que nunca debe ser validada; porque es una decisión privada, porque no existe ni el bien ni el mal en la política interpersonal. Y porque nuestra clase de relación, por su propia estructura, no tiene ley.

VI

Tan pronto como entro por la puerta de nuestro apartamento me desabrocho la falda y la dejo caer al suelo. El sitio está desordenado y frío. Pongo la calefacción, encuentro un par de pantalones vaqueros y uno de los jerséis de Víctor. Doy vueltas por el piso pensando en lo que debo hacer. Recojo las cosas que debo guardar, un plato del desayuno, una chocolatina Hershey a medio comer, un anuncio de muebles, un cenicero rebosante. Luego no sé dónde ponerlos exactamente, así que los dejo junto a la pila. Coloco las flores de Estelle cerca de la silla de Víctor, imagino el aspecto que tendrán a la luz de la mañana. Vuelvo a dar vueltas. Pienso en qué más tengo que hacer. Recojo lápices tirados, cucharas sucias, bolsas de plástico de galletas saladas. Lleno un recipiente de barro con cajas de cerillas y llaves inidentificables.

Estoy totalmente sola; puede pasar cualquier cosa. Puedo ir a la ferretería, comprar cuatro latas de pintura de color naranja y transformar nuestro apartamento en Marte. Puedo comprar un litro de helado y muchas galletas Oreo y atiborrarme de comida. Podría comprar productos químicos y hacer cosas irrevocables con mi pelo. Podría mirar las pertenencias de Víctor y buscar las claves de su vida anterior.

Pero no hay nuevas claves.

Víctor muestra su vida como un melón abierto. Lo sé todo. Me siento durante una hora en la silla de Víctor, junto a la ventana, mirando.

Víctor guarda una pila de libros al lado de su silla. Tiene una pequeña colección de primeras ediciones. Algunas empiezan a echar moho. Recojo un ejemplar de *Obras básicas,* de Heidegger, y lo hojeo, intentando descifrar las crípticas notas que Víctor ha escrito en los márgenes cuando estaba aún en la universidad. Miro la página de cortesía y leo: «Víctor Geddes. Por favor devolver». Debajo están las señas de Commonwealth Avenue. El número es bajo, lo que significa que está cerca de Boston Garden. Debe de ser la casa donde Víctor se crió y donde vive ahora su padre.

Cinco cosas que yo sé del padre de Víctor. Está seguro de que cuando algo empieza a romperse, se rompe de todas todas. Es por lo que prefiere cambiar su coche averiado por uno nuevo en vez de arreglar la bomba de agua. Se sienta en un estudio grande en su casa, ante un escritorio atestado de toda clase de documentos y hace patos, ranas y saltamontes de arcilla para niños. Cuando Víctor tenía cinco años su padre le dejó comer spaghetti en la mesa con una paja. En el último cumpleaños de su madre, antes de su muerte, le compró a su mujer una radio de pilas. Cuando Víctor era niño dejó a su animal de peluche favorito en el parque, y su padre lo buscó bajo la lluvia con una linterna hasta las once de la noche. Víctor me ha contado todo eso.

Me acerco al escritorio y abro el cajón de arriba. Busco entre los bloques de notas, listas de compra, tijeras con una cuchilla rota, dos ovillos de hilo que se deshacen, un diente de tiburón, un Slinky en miniatura, una linterna nueva desechable, sin desempaquetar, y el papel oficial de la universidad donde Víctor estudió. Encuentro un montón de cartas que Víctor ata con una gomita, y busco el remite que tenga las señas de Commonwealth Avenue. Lo que encuentro sobre todo son tarjetas enviadas a Víctor durante su última estancia en el hospital. Hay también una invitación para una boda del pasado septiembre, el anuncio del nacimiento de un niño, un aviso de cambio de dirección y un billete de lotería. Por fin encuentro algo de Commonwealth Avenue. Es un sobrecillo azul con letras borrosas y de imprenta, con las señas del viejo apartamento de Víctor en Boston. Dentro hay una hoja doblada de papel de cebolla con una breve carta de su padre. La letra apenas se lee y está plagada de errores tipográficos. La carta describe la pelea de Víctor y su padre en el hospital después de que Víctor anunciara que ya no quería seguir recibiendo tratamiento. Contiene un estridente llamamiento a la racionalidad y a las ilimitadas posibilidades que puede dar la esperanza. Después, el tono se suaviza e implora a que Víctor reconsidere su actitud y que llame a casa para que sepa dónde está. La última parte dice: «Víctor, durante toda mi vida, cuando me sentía desgraciado, pensaba en ti, en la alegría que me proporcionaste. Tal vez la razón por la que no quieras proseguir el tratamiento sea porque no has sentido esa misma clase de alegría. ¿Por qué no me llamas? ¿Por qué no probamos de nuevo?».

Sé de sobra que Víctor nunca contestó a esta carta, y me asombra su deliberado olvido. Hurgo de nuevo en el cajón y saco una hoja de papel —nada elegante, blanca, sin más— y escribo un breve mensaje al padre de Víctor. Digo:

> «Querido señor Geddes, no me conoce, pero ayudo a cuidar a su hijo. Está bien. Quizá le llame, si puedo convencerle.
>
> *Hilary Atkinson»*

Casi no es una carta. Pero al menos sabrá que está bien. Agradecerá la nota, y en cierto modo yo me siento una persona buena y honrada cuando la doblo para meterla en un sobre liso y le pongo las señas y el sello. Miro la carta en su sobre y me siento orgullosa. Pero después algo me pasa; mi confianza desaparece. Durante un largo rato permanezco sentada en el escritorio, preguntándome si debo enviarla.

Me llama la señora Birkle. Su voz es muy débil por teléfono, un susurro en la lejanía. Dice:

—Lamento molestarte, querida, pero si pudieras ayudarme...

No le dejo terminar la frase. La interrumpo con una avalancha de seguridades de que estaré con ella en un momento.

Bajo la escalera y me abre la puerta. Su piel lisa y de color arena se hincha en torno a los ojos. Ligeramente enrojecida.

Tiene los labios apretados. Dice con una vocecita:

—He hecho estallar la televisión.

Desde luego, en la sala de estar hay un televisor en el suelo, con la pantalla sobre la alfombra, rodeado de trozos rotos de digo cristal.

—¡Oh, cuánto lo siento!

Mis palabras salen en forma de *staccato,* como los signos del código Morse.

—Estaba limpiando la alfombra, y la aspiradora chupó el cable de la tele. No quiero que te cortes, pero ¿puedes ayudarme a dejarla en el pasillo para que los hombres se la puedan llevar?

Me pregunto de qué hombres estará hablando, ¿los basureros? ¿Creerá que los basureros van a ir a su casa a recoger el televisor roto?

—Sí —digo—, claro que sí.

Cojo por detrás el televisor y me dispongo a enderezarlo. La señora Birkle se empeña en ayudarme. Se inclina sobre la tele y le digo:

—No, siéntese. Está bien así —le ruego, le digo que no se esfuerce. Le digo que he movido televisores el doble de grandes.

—¿Es un televisor grande? —pregunta la señora Birkle.

—Sí —le digo—. Es un televisor grande. Maravilloso.

Lo arrastro hasta el pasillo, desparramando cristales, bombillas y cables. Después de barrer los últimos cristales de la alfombra de la señora Birkle ella pone una mano lisa y fría en mi mejilla. Desaparece en la cocina durante unos segundos y sale con medio pastel de chocolate blanco, rogándome que lo coja.

La última cosa que quiero hacer es ir con Cappy a comprar un árbol de Navidad, pero por fin decido prepararme. Deshago la trenza y cepillo mis cabellos ante el espejo del cuarto de baño. Me lavo la cara y me pongo un poco de Chap Stick por mis labios. Luego pienso que a lo mejor me pongo rimmel, como lo hace Annabel, busco en el armario, lo encuentro y me lo paso cuidadosamente por las pestañas. Por supuesto, no se parecen a las de Annabel. No se curvan hasta mis cejas ni sombrean mis ojos. Pero tengo mejor aspecto. Estoy lo bastante bien como para ponerme perfilador de ojos, y a lo mejor de labios. Pero no tengo ni perfilador de ojos ni barra de labios. Tengo un lápiz de color gris claro, con la punta gastada, pero no afilador. Tengo sombra de ojos de un verde malsano que me dieron como muestra gratuita. Tengo también una pequeña cantidad de colorete, suficiente para sólo una mejilla. A la porra con mi cara, pienso. Me concentro en los cabellos.

Mis cabellos sufren las consecuencias de la trenza de la tarde: es un lío de rizos. Lo levanto y pienso si hacer un moño. Pero sería mucho lío, y además la forma en que los rizos se apretujan en torno a mi rostro añade un toque dramático a mi aspecto. Me gusta tanto que no lo peino. Miro al espejo e intento imaginar que mi reflejo no es tal, sino que es otra persona. Intento engañarme, como si fuera otra persona, como si fuera una extraña. Pienso, ojos interesantes, grises, con una mota marrón cerca de la niña del ojo izquierdo. Pienso que la mota parece un error, como el dibujo en el libro de pintura de un niño que ha cambiado de opinión acerca de qué cera emplear. Pero mis cabellos, con todos sus rizos, resultan graciosos. Mis cabellos son bastante bonitos a su manera descuidada.

Me quito el jersey de Víctor y busco uno mío, un jersey fino que no da bastante calor pero es más elegante. Luego cambio mis vaqueros por un par de pantalones de lana, con forro y con pliegues y cinturón. Me doblo los bajos y me pongo calcetines a la moda. Llevo zapatos que me empequeñecen los pies. Me pongo una pulsera. Me miro de nuevo en el espejo y decido que no estoy nada mal. Tan bien que podría hacer algo más fino que ir a comprar un árbol de Navidad. Podría ir a tomar copas con amigos, visitar a un viejo pariente, o tener una cita.

Hago como que las calles interminables y oscuras de Hull son como las brillantes intersecciones de la calle Newbury en Boston. Entro en una tienda donde hay de todo y compro un paquete de cigarrillos y un encendedor con los colores del equipo del Boston Red Sox. Fumo un cigarrillo tras otro, encendiendo y apagando el mechero. Estoy medio embriagada por la nicotina cuando veo un buzón en la acera. Me detengo, muy indecisa, y luego echo la carta del señor Geddes por la ranura. Al oír el sonido hueco de la ranura al cerrarse pienso: bien hecho.

En el coche saco otro cigarrillo, bajo la ventanilla y no me molesta el frío. Enciendo la radio y canto las canciones en voz alta. Giro los botones de la radio, buscando un «rock and roll» que se te suba a la cabeza. Giro el sintonizador intentando conseguir el sonido más claro. Paso delante de la redonda cúpula del depósito de agua pintado de color lima, oscurecido bajo la luz mortecina de la tarde. Lo sostienen ocho patas como un pulpo gigantesco y le saludo con la mano.

Sé ya antes de llegar a la puerta del restaurante y mirar por la ventana cuál es el sentido de lo que he hecho. Cuando entro con un bolso en vez de una mochila, con mi chaqueta bajo el brazo en vez de llevarla puesta, me vuelvo hacia Gordon y hago como si no supiera que iba a estar allí. Sonrío; digo:

—Hola.

—Bien —dice Gordon.

—Bien, bien —gorgojeo.

—Pareces... —Gordon gesticula de una manera que me invita a terminar la frase.

—Gracias —digo.

—¿Dónde está Víctor? —dice Gordon—. ¿No seguirá en casa de Estelle, verdad?

—Supongo que sí. ¿Cuándo te fuiste tú?

—Un poco después de ti. Me ofrecí a llevarle. Me gusta Víctor —dice Gordon, como si eso le sorprendiera.

Oigo el ruido de alguien que apila sartenes y recuerdo que Cappy está en la cocina. A través de la ventana triangular de la puerta con batientes veo a Cappy con su delantal, arremangado. Ha sacado un montón de ollas maltrechas de dentro de la pila y las está amontonando.

Me gustaría irme a hurtadillas con Gordon. Me gustaría ir a un restaurante, a uno bueno, y tomar algo exótico. Un restaurante extranjero. Un restaurante donde se coma con las manos. Me gustaría beber en exceso, conducir a lo loco en una ventisca, cualquier cosa, cualquier cosa de la que te puedas reír y de la que te puedas recuperar. Y me gustaría hacerlo con Gordon: sentarme en una mesa frente a él y después hablarle sobre la almohada.

—Estelle lo llevará a casa más tarde —digo.

Miro a Gordon, que todavía lleva su chaqueta de *tweed* y cuyos cabellos caen ligeramente sobre sus cejas, y me siento como una niña que todavía quiere abrir un último regalo de Navidad.

—Estoy aquí porque Cappy y yo vamos a ir a comprar un árbol. Necesito su camión para llevarlo a casa. Pero no tengo por qué hacerlo ahora —le digo—. Puedo irme.

—¿Por qué no quieres comprar tu árbol?

—Vamos a tu casa —digo. Parpadeo intencionadamente y siento el rimmel en mis pestañas, un peso ligero que me hace pensar en Annabel. Miro a Gordon y finjo que mis ojos tienen el mismo color marrón que los de Annabel, que cuando Gordon me mira ve a alguien parecida a ella, igual de animada y alegre. De esta forma comienzo a sentirme atractiva. Empiezo a imaginarme a Gordon sin camisa.

Y así salimos. Soy la pasajera, de modo que me toca la incomodidad del silencio sin objeto. El conductor siempre puede concentrarse en la carretera o hacer como que se concentra. ¿Cuál es la tarea del pasajero? Estar cerca, nada más, o mostrarse ameno. Pero no puedo mostrarme amena. No me interesa la conversación. No hablo, porque si lo hago me temo que el acuerdo tácito entre Gordon y yo desaparecerá, como una niebla que se levanta, y nos encontraremos de nuevo en la claridad de nuestra condición de seres separados y en los límites temporales de nuestro afecto.

Y a lo mejor Gordon se siente igual. A lo mejor piensa que debe callarse, que es un acto que llevará a cabo en silencio, como un verdadero secreto, sin mencionarlo nunca, ni siquiera durante su desarrollo.

Gordon saca una cinta de su casete y la vuelve a colocar en su estuche de plástico. El movimiento es tan abrupto en la cápsula del coche que mi estómago da un vuelco. Parece casi como una noticia, como algo que se debe comentar o, al menos, reconocer. Pero yo soy constante. Miro por la ventanilla a los postes telefónicos que pasan volando. Durante un momento parece como si el mundo se moviera a la velocidad de esos postes telefónicos que desaparecen rápidamente y que Gordon y yo estuviéramos totalmente inmóviles, como piedras en el agua.

Somos como un grupo temerario. Víctor ha decidido no seguir con la quimioterapia. Yo decido pasar una tarde con Gordon. En algún lugar del universo, un hombre con hijos decide entre suicidarse y no suicidarse. Nace un bebé que nadie quiere. Una secretaria deja su trabajo para montar un negocio con el que siempre ha soñado. Un jovencito toma una guitarra por primera vez.

Podría decirle a Gordon que me llevara hasta el muelle; cogería un barco a Boston, y de ahí un avión que me llevara, digamos a Phoenix, y nadie en Phoenix sabría nada de mi pasado. Podría convertirme en una persona totalmente diferente en el Oeste. Podría dedicarme a pasatiempos que no he tenido antes, y decirle a todos que los tengo desde hace tiempo. Podría ser sexualmente libre y hacer como si siempre hubiera sido así. Podría decir a los hombres: «No me gusta tomármelo a la ligera. Cada vez que lo hago es una experiencia de entrega vital, completa.»

¿Cuándo fue la última vez que hice el amor con Víctor? Hace una semana. No, fue hace seis días. Recuerdo que estaba en la cama, profundamente dormida, tanto que al principio *me volví* a dormir. Él quitó las sábanas y me tocó los pechos. No me miraba a mí, sino fijamente a mis pezones, observando la reacción de éstos bajo las yemas de sus dedos y su lengua. Y luego su mano se puso entre mis piernas y yo me desperté, pero no del todo. Luego entró dentro de mí y de repente me sentí muy alerta, como una alarma contra incendios, cuando acercó su rostro al mío, me miró desde arriba y movió lentamente su cadera:

—Cariño —dijo, y pasó su mano por mis cabellos—, mírate.

Silenciosamente empecé a moverme con él, pero él bajó su mano y sujetó mi pelvis, diciendo:

—No hagas nada.

Me miró y continuó mirándome, como si intentara hacer una foto mental, como si intentara desarrollar un recuerdo.

Recuerdo que sentí como si la habitación se quedara inmóvil, que la noche no se oscurecía ni se aclaraba como al amanecer, que el tiempo empezó de nuevo en el momento en que Víctor se corrió, un orgasmo silencioso y sin esfuerzo. Y cuando cayó sobre su costado, con su brazo descansando sobre mi estómago, deseé que volviera a montarme, que el tiempo se pudiera detener de nuevo, que pudiéramos seguir girando desde la noche a la mañana, como la manecilla del reloj a medianoche. Ya ves, siempre pienso en Víctor como algo que no puedo sujetar, como agua en mis manos que se evapora o se cuela por los huecos entre mis dedos. Pero en aquel momento sentí como si formara parte sólida de mí, tan constante como una huella dactilar. Ese vislumbre, cuando estábamos juntos, era como si yo fuera Víctor o Víctor fuera yo, y que a través de nuestra fusión nos hubiéramos librado de una ley física y fuéramos capaces de deshacernos de las otras. Que todo se había puesto inmediatamente al revés. Víctor se durmió. Miré su rostro dormido. Pensé. Mírate.

Gordon extiende el brazo y yo me sobresalto, no tanto porque me toque como por no haberme dado cuenta que el coche se ha parado, y por haber pensado durante un segundo que había simplemente soltado el volante y que nos íbamos a enchufar contra el próximo poste telefónico. Pero ahora veo que estamos en el camino hacia su garaje, el mismo camino por donde le he visto bajar muchas veces en las últimas dos semanas y media. El motor está apagado y puesto el freno de mano. Gordon aparta mis cabellos a un lado y me besa en la nuca. Tiene labios fuertes; me pregunto si sus besos dejarán señales rojas en mi piel. Me pregunto si besará mi boca de la misma forma. Especulo: ¿qué debo hacer ahora? ¿Cómo debo tocarle? ¿Cree que vamos a hacer todo eso en el *coche*? De repente hay mil cosas que quiero preguntarle. Quiero saber el nombre de la escuela secundaria adonde fue, los nombres de sus amigos, sus libros preferidos, cómo ha pasado los últimos diez años. Quiero *conocerle.*

En algún lugar hay un cachorro que se escapa de su nueva casa, y no le encontrarán nunca. Un barco de vapor está embarcando pasajeros que se despiden saludando con la mano. Un nuevo piloto está nervioso en su primer aterrizaje. En la NASA están al borde de un descubrimiento.

Pienso que algún día, después de que me muera, iré a algún lugar y me sentaré en una mesa de juegos frente a otra persona muerta, jugando al *whist,* y diciendo:

—Cuando yo tenía veintitrés años quería ser veterinaria, pero no me admitieron en la facultad... A los veintisiete años me enamoré de un hombre llamado Víctor y luego me encontré con otro llamado Gordon...

A veces creo que nunca podré contar la historia de mi vida con precisión porque la vida sigue y no hay manera de describirla objetivamente. Podría intentarlo, pero es como intentar coger un cristal interminable —ni siquiera puedo asirlo. ¿Cómo voy a saber si hago lo que debo cuando dejo cerrar estrepitosamente la puerta del porche de la casa de Gordon? A lo mejor cuando esté muerta mi alma se sentará en un sitio y hará un recuento de lo que hice y sabrá exactamente qué fue lo que estuvo mal. A lo mejor en otra vida —en una de las vidas que Estelle promete que tendremos—, descubriré el secreto de lo correcto, de hacer las cosas bien, de saber que *se pueden* hacer las cosas bien.

Para mí es realmente difícil tomar una decisión. Las decisiones son únicamente momentos en el tiempo; no existen criterios de valoración. Con Víctor las decisiones son fáciles. Sé que se muere, las autoridades médicas lo han asegurado, y el propio cuerpo de Víctor demuestra que esa seguridad se hace gradualmente verdad. Víctor me ha dado una manera de medir. Conozco el final.

Pero ahora, con Gordon, ¿cómo pienso que se va a terminar y que cambia ahora mientras me arrastra sobre él, junto al tocadiscos? Escuchamos viejos *blues* por un sistema de estéreo tan alto y tan maravilloso, con su intimidante alta tecnología, que se yergue como un monumento en el pequeño dormitorio.

La alfombra de su dormitorio es de un verde azulado intenso. Las cortinas hacen juego con la alfombra y las sostienen impecables lazos azules. El papel de empapelar tiene dibujos de mariposas, de color negro y naranja, en filas. La habitación merecería que hubiera un tablero de juegos, palitos de colores, o la construcción de una casa de Lincoln Logs, y no dos personas que se desnudan mutuamente, que se revuelcan y doblan y desdoblan brazos y piernas. Él me besa, y yo soy una actriz que hace con su lengua todos los movimientos de una amante. Y luego, de repente, *soy* una amante. Estoy tensa y cojo la cremallera de sus pantalones vaqueros. Me quito el jersey levantándolo sobre mi cabeza de un tirón. Alargo el brazo y desabrocho mi sostén. Oigo un gemido y luego me doy cuenta que he sido yo. Gordon dice: «¡Hilary!», pero no respondo. Luego Gordon me coge por las muñecas. Tira de mis manos hacia él y le miro. Aprieta con fuerza.

—Poco a poco —dice, y me suelta. Luego me besa. Besa mi cuello. Empezamos de nuevo.

Hay una persona que aparece con frecuencia en mis sueños. Una muchacha que tal vez tenga once años. Cabellos rizados de color plomizo que dan sacudidas mientras camina. Gafas cuadradas muy ajustadas, un diente roto. «Creo que es la hija que tendré algún día», le digo a Gordon. Nuestro hacer el amor me ha dejado agotada. Hablo con lentitud y farfulleo, como si estuviera drogada.

—Cuéntame más —dice Gordon. Me está dando un masaje de primera categoría por el cuerpo. Estoy tumbada boca abajo en su alfombra azul, escuchando música folklórica peruana. Es un álbum antiguo, con rayas y saltos, pero su estado no puede ocultar las notas largas y dulces, la resonancia de los instrumentos de viento artesanales. Una flauta. Un arpa de boca. El sonido doloroso de la montaña solitaria, de anhelo, de amor.

—Bueno, en casi todos mis sueños necesito algún tipo de ayuda. Está perdida en una ciudad, por ejemplo, o se encuentra en un coche que no tiene volante o frenos.

En la mano de Gordon hay aceite infantil, una botella transparente e inocente, con un tapón de color rosa pálido. Deja caer gotas de aceite desde la punta de mi hombro hasta mi muslo. Lo frota en mi piel, apretando sus dedos por mi espalda.

—¿Tiene músculos dorsales muy fuertes? —pregunta.

—¡Ah!, ella no soy *yo* —vuelvo la cabeza y miro a Gordon. Lleva puestos unos calzoncillos cortos y limpios. Los músculos de su brazo se han tensado con el movimiento de sus manos.

—Muy bien, muy bien —dice—, pero siempre se mete en líos y, *¿qué* necesita? ¿Protección?

—Protección, no realmente. En mis sueños no la puede ayudar nadie. Me necesita específicamente a mí.

Gordon se inclina. Me besa el reborde de las orejas. Frota mi nuca con su barbilla. Luego me mete los brazos por debajo.

—¿Ella necesita, Hilary, a alguien más, de vez en cuando?

VII

Pongo el despertador para medianoche, pero no será necesario. No me quedaré dormida antes de que Víctor vuelva. Llevo horas en cama, escuchando el zumbido del frigorífico, la calefacción que se enciende y se apaga, el sonido de los reactores que retumba en el cielo. Repaso lo que acaba de ocurrir, fijándome en cada detalle. Quiero entenderlo. Lo intento con todas mis fuerzas.

Llegué a casa un poco después, sentía dolor, culpabilidad y estaba hambrienta. Tontamente había metido mi ropa interior en un bolsillo. Diez centímetros de nieve habían caído en grandes copos. Permanecí un largo rato con los pies hundidos hasta los tobillos, esperando que se mojaran bien para poder decirle a Víctor que había dado un largo paseo. Rodeé el televisor roto de la señora Birkle y subí las escaleras sin hacer ruido. En nuestro piso abrí un poco la puerta, para escuchar su respiración. Pero Víctor no estaba en casa. Tiré mi ropa en la parte trasera del armario, y en la ducha me pasé una esponja jabonosa por todo el cuerpo. Me lavé el pelo, el cuero cabelludo, las orejas. Me froté hasta el entumecimiento. De pie ante el espejo escudriñé mi rostro a la busca de rozaduras de barba. Me eché un poco de la colonia para después del afeitado de Víctor, y luego me la puse en el estómago y los muslos.

Me vestí con la chaqueta de un pijama y unos calzoncillos y esperé en la cama, escuchando el gruñido ocasional de la sirena contra la niebla de Pemberton Pier. Necesitaba a Víctor en ese momento, con todas mis fuerzas. Le necesitaba como la gente necesita la sombra en Marruecos.

A veces, la necesidad de Víctor es una sensación tan primaria que no puedo recordar un tiempo en que no formara parte de mi ser más profundo, cuando no ocupara un lugar en mi mente como ahora, cuando todos mis pensamientos no oscilaran en torno a sus opiniones, cuando no pudiera buscarle en mi interior. Me avergüenzo de esta cosa en mí, me avergüenza que haya una resquebrajadura en mi construcción, algo incompleto que posibilita la entrada de una persona como Víctor. Y que esta resquebrajadura genere el deseo de Gordon. Extrañamente también me siento agradecida.

Tarde, muy tarde, oigo su llave en la cerradura, el gemido de nuestra puerta al abrirse, y veo la sombra de su cuerpo por el suelo de pino.

Quiero estar segura de que nada ha cambiado. Sé que, por supuesto, algo ha cambiado, pero sólo en el sentido de que alguna información ha subido a la superficie. Soy la misma persona que era antes de hacer el amor con Gordon, pero ya que lo he hecho, la persona que soy se hace más visible —como si me llamara la atención a mí misma. Ya no tengo que mantener la imagen de mí misma como un alma buena y martirizada —no lo soy. Me he abierto camino hacia una cosa que es más real para mí, hacia una zona gris, hacia un cenagal de ambigüedad, hacia una masa de emociones confusas que son mías de la manera en que al ser una amante fiel y buena para Víctor, éste nunca fue mío.

Víctor desliza su delgado cuerpo por el estrecho espacio de la puerta principal. Acalla los crujidos de las tablas del suelo y cierra suavemente. Lleva los zapatos en la mano. Entra en el cuarto de baño y cierra la puerta antes de encender la luz, dejando que corra tan sólo una gota de agua para limpiarse los dientes. Sabe ser silencioso. Sabe ser considerado.

Debe tener idea que ha ocurrido algo. No sabe lo de Gordon y yo, pero tiene una sospecha. Lo noto como si estuviera por todo el piso. Grandes letreros. La relación entre Gordon y yo anunciada como un estreno en Nueva York. Siento como si hubiera una atmósfera, como si nadáramos en ella. Grito mi confesión en cada suspiro, en mi sudor. Hay un código entre amantes, un lenguaje que se puede hablar pero para el que no hay gramática.

Víctor coloca su chaqueta sobre la silla del escritorio y deja caer sus pantalones hasta los tobillos. Al desabrocharse la camisa me mira. Se mete entre las mantas, con olor a *whisky* y nieve. Tengo esta curiosa sensación; quiero decírselo. Mis pensamientos están tan plenamente dedicados al fenómeno de mi engaño que creo que debo soltarlo sin más, que las palabras saldrán por su propia fuerza, como si conocieran su importancia y la afirmaran.

Hago sitio en la cama para Víctor.

Está muy oscuro y puedo oír el océano. El pecho de Víctor se hincha y se contrae junto al mío. Sabe que estoy despierta. Me besa y luego pone su cabeza junto a mi hombro.

—¿Te he desilusionado, Hils? —dice.

Vuelve a ocurrir, esa voz dentro de él, que sale, la voz dulce que escucho tan de vez en cuando, la voz de cuando hace el amor, de sus confesiones, la voz que emplea cuando se remonta en su memoria y cuenta una historia de su niñez, la voz que intento estimular y que no encuentro hasta que me es dada.

Estira el brazo, aparta mis cabellos hacia la almohada y abraza mis hombros.

—Debes creer que me *esfuerzo* por hacerte las cosas más difíciles. Que quiero agotarme, beber, salir con frío únicamente para hacerte daño.

Habla de nuestra riña en casa de Estelle. Para él no ha pasado nada desde que me vio la última vez. Para mí, las palabras que dije hace tantas horas están casi olvidadas. Las sustituyen imágenes del viaje a lo de Cappy, de mi jersey, que sale por encima de mi cabeza, de Gordon a mi lado, recobrando aliento, del incómodo regreso a casa. Tengo que exprimirme el cerebro para recordar la otra escena: el laberinto, Víctor en mangas de camisa, el intento de encontrarle, la sensación de humillación. Sí, lo recuerdo, pero me parece tan inocuo como saltarse un disco en rojo cuando no hay otros coches en la carretera.

—No lo hago para dejarte antes —dice Víctor—. No lo hago para ponerme más enfermo, para fastidiar tus esfuerzos, para burlarme de las píldoras de vitaminas, las comidas equilibradas, el reposo.

—Lo sé —digo.

—No quiero morir, Hilary —dice.

Le aprieto contra mí. Siento su respiración en mi cuello. Le mezo. Quiero esconderle en mis profundidades. Quiero que estemos escondidos los dos.

En la mitad de la noche, en un momento en que podría estar todavía soñando, oigo que Víctor dice:

—¿Qué te parece la filosofía de Estelle?

No abro los ojos. No me muevo. Permanezco casi dormida, dejo que la voz de Víctor penetre en mis pensamientos. Me pregunto cuánto tiempo llevo despierta, dando vueltas a las teorías de Estelle sobre las vidas anteriores, sus osadas afirmaciones del futuro que llevaremos con nosotros a la eternidad. Nos contó que había sido un granjero en Inglaterra y que cabalgaba por los límites de sus propiedades en un caballo bayo llamado Franklin. Nos contó que en otra vida había sido una hermosa mujer. Una «zorra», una Casanova femenina. Me preguntó, con entera seriedad, quién fui yo antes y qué podía recordar.

—No lo creo, Víctor —le dije, pero con ternura. Fuera, el viento ruge con tanta fuerza que parece hacer temblar las paredes de la casa.

—¿No crees haber tenido otras vidas?

—No.

—Bueno, adivínalo —dice Víctor. Pasa su brazo sobre mi pecho y se arrastra hacia mí—. ¿Qué crees *haber* sido?

—A lo mejor fui una mazorca de maíz —digo, y le beso sus cabellos. A lo mejor fui un planeta que no descubrió nadie.

Duermo mal, tengo pesadillas que no recuerdo más que en fragmentos, y despierto al oír el timbre de la puerta.

—Dios, hay alguien en la puerta —digo.

Víctor abre lentamente los ojos. Está tan blanco como la funda de la almohada. Me quedo atónita viéndole.

—¡Víctor!

—¿Qué? —dice sin mover la cabeza. Hasta sus pecas parecen haber palidecido, como si las hubieran blanqueado. Se le ven los huesos de las costillas por la espalda, y está totalmente quieto.

—Nada —digo. Se me abre la boca al ver sus ojos amarillentos, la piel de color ceniza en torno a sus sienes—. Iré a la puerta.

Me levanto. Me siento mareada. Miro a Víctor. Su rostro está hundido en la almohada. El único color que hay en él es el de sus cabellos cobrizos, que resplandecen con una especie de brillo macabro, como la sangre que brilla en el pecho blanco de un soldado.

He olvidado hasta que tenemos un timbre; tanto tiempo hace que lo oí la última vez. Encuentro un par de pantalones vaqueros y comienzo a ponérmelos, y después me doy cuenta de que son de Víctor. Sus vaqueros me están demasiado ajustados; es difícil de imaginar, pero es verdad. Casi no puedo abrocharlos. Cojo una camiseta y un jersey y me pongo los mocasines. Al salir por la puerta vuelvo a mirar a Víctor, que ha vuelto a cerrar los ojos.

Bajo las escaleras; la corriente que hay en la escalera es refrescante. El pasillo está inundado por la luz que entra por las ventanas. Mucha luz blanca.

Cuando abro la puerta aparece Gordon con mejillas sonrosadas por el invierno y un haz de leña bajo el brazo.

—¿Estás loco? —digo. El viento me abofetea con su frío.

—Pensé que a lo mejor necesitabais leña.

Nos quedamos allí, él en el porche y yo, tiritando en la puerta.

—Muy bien —digo—, entra.

Le conduzco por las escaleras. Miro cómo sus botas pisan los escalones uno tras otro. Admiro la anchura de sus hombros.

—Quería ver dónde vives —dice Gordon.

—Vivo con Víctor.

En el rellano digo:

—Un tramo más.

La puerta del apartamento está entreabierta. Digo:

—Es aquí. Espera. Voy a ver si Víctor se ha levantado.

—¿He venido demasiado temprano? —dice Gordon.

Está corto de resuello, el rostro congestionado; sus manos, que llevan la leña, parecen cargadas. Susurra:

—Tenía que *verte* —y arruga la frente.

Paso por la puerta y me encuentro a Víctor tumbado en la cama, tapándose los ojos con las manos.

—No debo volver a beber nunca —dice—. Nunca más, nunca más. Hilary ¿por qué me dejas beber? Sabes lo mal que me sienta.

—Puede que no sea el alcohol —digo.

Víctor quita las manos y me mira un tanto sorprendido.

—¿Quién estaba en la puerta? —pregunta.

—Gordon. Está en el pasillo con un haz de leña.

—¡Ah! —dice Víctor—. ¿Qué quiere?

—Traernos leña.

—¿Qué? ¿Un regalo? ¡Oh, oh!, entonces debo levantarme —dice Víctor.

Se apoya sobre un brazo y comienza a levantarse, pero el brazo cede. Se apoya en un codo y espera. Parece concentrarse. No se mueve.

—Hilary —dice, por fin, como si acabara de hacer un descubrimiento—. No me siento bien.

Una hora más tarde Víctor sigue en la cama. Pero lleva una camisa de franela y se ha incorporado. Gordon está al pie de la cama, con un plato de desayuno en su regazo. Cerca del fuego siento el calor de su llama tenebrosa. Es la primera vez que empleamos la chimenea desde que vivimos aquí. También es la primera vez que he hecho torrijas —una comida favorita de Víctor— desde hace muchas semanas. He utilizado pan especial, que compré en una panadería, y tengo que admitir que sabe muy bien. Víctor no puede comer. Todo le hace sentir náuseas esta mañana. Dice que hasta su pasta de dientes le recuerda demasiado a la comida.

—Vale —dice Víctor a Gordon—, déjame que adivine lo que hacías un cuatro de julio hace diez años. Vamos a ver, tú tienes ¿cuántos años? Tres años menos que yo. ¡Ah! ¡Un niño! Estabas..., déjame pensar... en la explanada, mirando los fuegos artificiales.

—*Por supuesto,* yo estaba en la explanada —dice Gordon—. Eso no es adivinar.

—Vale, estabas en la explanada *con alguien* —Víctor frunce el ceño al pensar—... con tu novia, que muchos meses después descubriste que quería que la llevaras a la cama esa noche, pero tú no lo hiciste.

—No, lo hice —dice Gordon. Se echa para atrás y levanta un dedo—. Lo hice y fue formidable.

—¿Te acuerdas de eso? ¡Hace tanto tiempo y lo recuerdas! —dice Víctor—. *Debió* de ser formidable.

Le doy a Víctor un vaso de zumo de naranja y lo mira como si fuera radiactivo.

—Hicimos el amor detrás del cobertizo de los botes de la universidad de Boston, en el paseo entablado que comunica un extremo del camino para bicicletas con el otro. Estaban lanzando los fuegos artificiales. En el cielo había un gran final.

—Puff —digo yo—. Y yo me excito si lo hacemos en otra habitación.

—No tenemos *otra* habitación —dice Víctor.

Me acerco a la chimenea y utilizo un trozo de leña menuda para dar vuelta al tronco. Luego me siento con las piernas cruzadas, soplo a la llama y siento su calor desigual. Pienso que todo el mundo da demasiada importancia al verano, y que no hay nada mejor que una casa olorosa de leña de roble por las mañanas.

—Te toca a ti —me dice Gordon—. ¿Qué hacías tú el cuatro de julio de hace diez años?

Pienso un momento, pero no recuerdo con exactitud lo que hacía.

—Fue el año antes de empezar en la universidad. Yo estaba en México, lo cual explica por qué no recuerdo tan bien el día cuatro. Quiero decir que el cuatro de julio es un día cualquiera en México.

—¿Y qué hacías tú en México? —pregunta Víctor.

—Es una larga historia. Mi madre y mi padre llevaban bastante tiempo separados y por fin habían pedido el divorcio. Mi madre, bueno, está chiflada, nos mandó a vivir con nuestro padre. Es mecánico, y le pidieron que trabajara en una carrera de automóviles en México, así que nos dejó con una mujer que estaba ciega y que tenía una casa de campo en la costa norte. Tenía un nombre muy largo. Sonaba como una operación, de modo que le llamábamos simplemente señora C. Venía del sur, y tenía una voz con sonsonete. Se burlaba de la manera en que hablábamos. Solía sentar a mi hermano pequeño en la cocina y le hacía repetir una y otra vez, «Tres tristes tigres», y «Del coro al caño, del caño al coro».

—¡Por Dios! —dice Víctor. Pero me doy cuenta que piensa que es muy gracioso—. Tres tristes tigres —imita.

—La hubiera matado —dice Gordon.

—¡Ah!, no podías hacerlo —digo—. Tenía casi setenta años, estaba ciega, y un ex marido que vivía en la planta superior de su casa. Supongo que cuando se divorciaron no hubo forma de echarle. Así que se quedó para siempre. La tal señora C necesitaba toda clase de aparatos para moverse. Tenía un bastón, un soporte. Tenía un animal de peluche, un hipopótamo Tu Tu, que colocaba en la mesita del café, y con el que hablaba. Su cadera se había roto, tenía una grapa mal puesta, después de que su ex marido la hubiera empujado..., al menos eso era lo que ella decía...

Gordon tosió al atragantarse con la corteza del pan.

—¿La empujó?

—Siempre estaban peleando. Ella quería cobrarle el alquiler.

Víctor dice:

—¿La empujó por las escaleras por el cheque del alquiler?

—¿Quién sabe? De todas maneras ella creía que él tenía que pagar el alquiler. Decía que, ¿por qué tiene que vivir gratis en la casa? Los tribunales habían declarado que la casa era *suya.* Al menos una vez al día ella subía las escaleras para golpearle con su bastón. Y él se vengaba; me caía bien. Cambiaba el sitio de la comida en los estantes de la nevera, quitaba el jabón y ponía una barra de cera; quitaba los botones del volumen del televisor, ese tipo de cosas.

—¡Eh, venga! —dice Gordon.

—Te lo estás inventando —dice Víctor—. Bueno ¿qué pasa? ¿Por qué fuiste a México?

—Bueno, porque sí. Un día se murió el señor C.

Tanto Víctor como Gordon lo encuentran muy gracioso. Víctor tiene los ojos abiertos de par en par. Se ríe a carcajadas y se vuelve a Gordon, que se ríe tapándose la boca con la manga.

—Y la señora C bajó las escaleras trastornada, y obligó a mi hermano a subir a comprobarlo. Él murió mientras dormía.

Gordon deja de reír. Su rostro tiene una expresión de desconcierto y su boca forma una línea delgada.

—¡Qué pena! —dice.

—Al menos ella tenía la casa para sí —dice Víctor. Aparta la mirada y mueve su mandíbula hacia otro lado, como si considerara los privilegios de la soledad.

—No —digo—. Ella dijo que no aguantaba allí más tiempo. Vendió la casa y tuvimos que marcharnos. ¡Oh!, podríamos habernos ido al piso de mi madre y quedarnos allí durante el verano. Pero mi padre estaba en México, mi hermano tenía catorce años y estaba chiflado por los coches, así que allí nos fuimos.

—Extraordinario —dice Víctor.

—¿Volviste a saber algo de la señora C? —pregunta Gordon.

—¿Encontrasteis a vuestro padre? —pregunta Víctor.

—Me enteré que la señora C se había ido a vivir a Montgomery, Alabama, y no, no vi a mi padre.

—¿Cómo dos chiquillos como vosotros pagasteis el viaje a México?

—Lo pagamos, y ya está.

Mi hermano era un jovencito rico. Vendía «chocolate» en los servicios de los colegios. Ahora lo vende en Arizona. Es rico y es una mierda. Tiene una mujer, que se llama Sarah, que monta a caballo y —eso es despreciable—, los drogan también.

—Debes hablar algo de español —dice Gordon, y yo asiento.

—No lo sabía —dice Víctor, desconcertado—. No me lo habías dicho.

Segunda tanda de torrijas y, por fin, Víctor tiene hambre.

—Yo también quiero una —pide.

Hemos pasado la mañana entera hablando. El rostro de Víctor tiene mucho más color, y parece... *feliz,* feliz de una manera que no había visto en él antes. Tiene pinta, no sé por qué, de estar *en casa.*

Sigo a Gordon hasta la cocina, fijándome con admiración en su paso largo y directo. Le enseño dónde están las cosas en la cocina. Es una cocina pequeña, con cuatro armarios combados, un hornillo de gas anticuado, una nevera gorda y blanca, con sus paredes interiores incrustadas de hielo, un abrelatas en desuso. Comparte una pared con la habitación, con nuestra mesa plegable, nuestro escritorio, nuestra ventana. Es estrecha como el zapato de una chica.

Gordon bate los huevos en la leche, y moja en ella una rebanada de pan. Luego la echa en la sartén y la deja chisporrotear en la mantequilla.

—¿Sigues lamentando que haya venido? —dice, al tiempo que mira con fijeza la sartén de hierro.

—¿Quién dice que lamente que hayas venido?

—¡Eh!, vamos, Hilary, yo lo sé —su voz suena baja, enérgica y correcta.

Le digo:

—Me alegro mucho que hayas venido. A Víctor *le gustas.*

—Le gusto. Y él me gusta a mí. Y tú me gustas a mí.

—¿Por qué has venido?

—Quería ver cómo vivías. Antes no me imaginaba cómo podías vivir con él. No dejaba de pensar: «¿Qué hace una mujer tan guapa en una casa vieja y deprimente, con un hombre así?»

—¿Qué piensas ahora?

—Creo que estamos en un buen lío.

Hay un chisporroteo en la sartén y Gordon le da rápidamente la vuelta al pan. El lado frito está moteado de marrón y de amarillo, perfecto.

Gordon dice:

—Sigo pensando en anoche...

—¡Chiss!

Susurra:

—Es como si tuviera un proyector de cine en mi cabeza. Sigo pensando en ti.

—Sigues pensando en una chica con quien pasaste una hora en el cobertizo de barcas en Boston.

—Me casé con aquella mujer —dice Gordon—. Sigo casado con ella.

Las cosas empiezan a aclararse. Por supuesto, está casado. ¿Por qué no iba a estar casado?

—¿Dónde está ella? —pregunto.

—Me dejó —dice Gordon.

Luego, Víctor entra en la cocina.

—Mira —dice, sonriendo—. Me he levantado.

Y allí está, un poco inestable, apoyado en el mostrador. Gordon acerca su brazo, pero Víctor no le hace caso. Está rígido por el esfuerzo.

Dice:

—Una resaca horrible. Miles de caballos, martillos neumáticos, Vietnam en mi cabeza.

En el sótano de Gordon hay una habitación pequeña con paneles oscuros y una única bombilla amarillenta. La llama «la habitación del mar». En sus estantes hay objetos marinos. Hay esquíes acuáticos, máscaras para bucear, aletas. Cinco cañas de pescar apoyadas en una pared. En la pared de enfrente hay dos salvavidas, un montón de chaquetas salvavidas de color naranja sucio, una caja de aparejos de pesca, un recipiente para mantener las cosas calientes, calientes y las frías, frías, diversos anzuelos con plumas y flotadores de colores vivos. Sobre la puerta hay un pez disecado, un atún que pescó Gordon el año pasado.

En casa, Víctor lee. Al marcharme hizo un ruido para decir adiós mientras volvía una página.

Cerca de Gordon me siento nerviosa, pero intrigada. Todo en la habitación del mar me fascina, como en un museo exótico. En un estuche de cedro, forrado de terciopelo, hay un reloj de buceador. El reloj tiene una correa gruesa y negra, una esfera que brilla y una campana de cristal grueso. Alrededor de la esfera hay señales con números que Gordon intenta enseñarme a leer.

—Todos esos números tienen un sentido específico —dice, dando vueltas al reloj en su mano.

Un traje protector de goma, de azul oscuro con una franja amarilla, está tirado en una esquina.

—Es como una concha —digo al tocar el traje de buzo. Al tocarlo me parece la piel de algo vagamente humano.

—No digas que es una concha —dice Gordon.

Me imagino a Gordon en su traje, cómo respira en el oxígeno almacenado, cómo lucha con las grandes curvas de las olas y luego se hunde en el frío océano y encuentra la paz en su verde oscuridad.

Vamos a la playa a recoger almejas. Son enormes, del tamaño de tu mano. Cuando la marea baja se encuentran por toda la playa. Las gaviotas no saben qué hacer, picotean las que están abiertas, las moribundas. Se remontan sobre las olas, dejándolas caer en las rocas, formando grandes montones de conchas rotas. Gordon y yo cogemos tan sólo las que tienen la concha totalmente cerrada. Las metemos en un cubo de plástico.

—Aquí hay una navaja —dice Gordon, enseñándome la concha estrecha y rectangular—. ¿Ves las charnelas? Nunca he comido una navaja. Oye, ¿sabías que las algas crecen con más rapidez que otras plantas?

Recogemos una almeja tras otra. El cubo pesa mucho; su mango de plástico se comba con el peso de diez almejas.

—Tengo unas conchas en casa —digo.

—¿Qué, una colección? ¿Qué clase de conchas?

—No es una colección. Son nada más que unas conchas.

Gordon se inclina y coge dos de la arena.

—Esto —dice, enseñándome una beis del tamaño de medio dólar— es una concha marina. Hace un tiempo que un caracol marino hizo este cono. Cada una de esas vueltas se llama espira.

—Tengo uno de éstos en casa —digo—. Pero no sabía su nombre.

—Hay otras especies que se parecen bastante a ésta. Está la concha marina inmaculada, que es más pequeña y de un blanco brillante. Existen también las conchas con manchas y las lobuladas.

—Tendré que ir a ver tu colección alguna vez.

—No tengo colección. Sólo unas cuantas.

—Sin duda las tuyas son las conchas más hermosas que se han encontrado en las costas de Hull —dice Gordon, tomándome el pelo.

Meto las conchas en mi bolsillo y Gordon me rodea con sus brazos. Caminamos contra el fuerte viento del océano, apenas a unos pasos de la rociada de las olas. Pasamos ante más conchas, y Gordon me explica que los caracoles marinos pueden alimentarse de otros moluscos perforando la concha de su presa con un diente especial llamado rádula.

Vemos las patas de las langostas, de los cangrejos. Un cangrejo casi muerto se arrastra humildemente con una pata.

—Esa pata de langosta probablemente pertenecía a una de cinco años —dice Gordon, enseñándome una garra del tamaño del pulgar.

—Una langosta que ya está muerta.

—O que tiene sólo una pata.

En su casa hacemos el amor, y esta vez sentimos el amor. En un barreño de agua dulce, nuestras almejas escupen su arena.

A las cuatro de la tarde la luz se ha desvanecido ya. Hervimos las almejas en una olla grande y las vemos al abrirse como capullos que florecen. Las sacamos de sus conchas y las picamos. Las aliñamos con especias y limón.

Más tarde, en la cama, comemos la sopa que hemos hecho.

Gordon y yo damos un paseo por la nieve crujiente. Dentro de mis botas he envuelto mis pies en bolsas de plástico para que no se me mojen. Gordon tiene las manos metidas profundamente en sus bolsillos, y lleva su gorra bajada hasta los ojos. Sus botas son altas, de manera que suben los pantalones, que se hinchan a la altura de las rodillas. Nuestros alientos salen en pequeños estallidos de niebla.

Cruzamos dos montículos del parque, dos colinas glaciares conectadas por una delgada franja de tierra en la bahía. Estamos rodeados de agua; vemos la estrecha península de Hull, y más allá, el océano. Hay pinos y robles y senderos de barro que cruzan por encima y alrededor de las colinas. Gordon lleva un largo bastón. Golpea con él la punta de su bota y a veces lo arrastra detrás de sí por la nieve. Me explica las diferentes clases de robles, la diferencia entre robles negros y blancos. Habla de un roble que puede producir bellotas cuando es muy joven. Habla de la vegetación singular de las zonas costeras, de las marismas que están tierra adentro, y de los efectos de los huracanes.

—Hull fue fundada en 1644, pero los indios estaban aquí aún antes. La llamaban Natascot —dice Gordon—. ¿No resulta raro pensar que antes había indios por aquí y que ahora ya no hay ninguno? Toda esta zona se llamaba Natascot, y ahora es Hull. No se me ocurriría llamarle de otra forma.

Imagino a Hull sin casas ni carreteras. Sólo el océano interminable, las pinoteas, una vasta extensión de arena blanca. Pienso en lo que Víctor me contó, que digan lo que digan sobre el efecto invernadero, las temperaturas del agua marina pueden estar bajando de nuevo y a lo mejor dentro de unos pocos siglos el planeta experimentará otra edad de hielo.

—Establezco una relación con el lugar donde vivo, y no hay manera de cambiarla —dice Gordon—. Mi esposa se sentía tan mal cuando nos separamos que ofreció darme la casa. Pero *tuve* que marcharme. No podía seguir viviendo allí. Cada rincón gritaba el nombre de ella; te digo que la olía hasta en la pintura.

—Comprendo —digo.

Pienso en lo extraño que parece que alguien haya vivido en el piso de Víctor y mío antes, o que alguien viva allí después que nos hayamos ido. Pienso en una edad de hielo, que existió hace quince mil años, y que lo que nosotros consideramos civilización tiene lugar en un período relativamente corto, entre glaciares.

—¿Viviste siempre en la misma casa cuando eras muchacha? —pregunta Gordon.

—No —digo—. Mis padres fueron a vivir a otro sitio cuando se separaron.

—Otro ejemplo de lo que te hablo —dice Gordon—. Si no te molesta que te lo pregunte, ¿por qué crees que se separaron? A veces me pregunto cómo las personas pueden romper después de tantos años, de tantas experiencias vitales juntos.

—Tuve una hermana —digo—. Murió cuando tenía cuatro años. Un problema de corazón. Yo era muy pequeña. No la conocí. Allí estaba yo chupando biberones cuando mis padres miraban cómo su primera hija dejaba de correr, de andar. Después de su muerte conservaron su dormitorio tal como era. Dejaron los juguetes, lo que había en los cajones, y no entraron allí durante tres años y medio. Cuando yo empecé a ir a la guardería la convirtieron en un lavadero.

—Eso es siniestro —dice Gordon.

—Ya —digo—. No me dio pena porque ni siquiera la conocí, pero estoy segura de que con el tiempo fue la causa del final del matrimonio de mis padres. O más o menos la manera en que llevaron el asunto consumió su matrimonio hasta que no quedó nada.

—Algo así, Hilary, es muy difícil...

La tierra se enfría cada vez más. Según Víctor, hacía más calor hace siete mil años que hoy.

—Ni siquiera volvieron a hacer la cama —le digo a Gordon.

—¿Cómo se llamaba tu hermana?

—Janice —digo—. Era la habitación de Janice.

VIII

Estuvimos en un sitio llamado The Tavern, que yo no conocía, en la sala de billar. Soy una tramposa. Dejo a Víctor y Gordon hacer apuestas para ver quién paga las copas, juegan un poco. Son equivalentes Gordon y Víctor. Gordon está de pie junto a la mesa, su cuerpo forma un ángulo de cuarenta y cinco grados con respecto a su cadera. Mantiene esa posición durante la tirada, pega duro y recibe muchos rebotes. Sostiene el taco de una manera peculiar, pero junta las bolas con eficacia. Tiene una geometría cuidadosa y baja la barbilla cuando hace la tacada. Les miró mientras termino una cerveza. Entonces digo:

—Muy bien, vamos a apostar de verdad.

Llevo falda en esa fría noche. Hace mucho frío. Nieva. La señora Birkle me dio un par de botas, anticuadas botas de bruja, que pasan un poco mi tobillo. Bajé las escaleras en un intento de regalarle mi televisor en blanco y negro. Pero se negó a aceptarlo. Lo rechazó con el dorso de la mano y se rió bajo el cuello de su vestido. Rechazó el televisor, pero se empeñó en que yo cogiera el par de botas. Para ella es simplemente ropa vieja. Para mí están de moda.

Las botas son demasiado bonitas para llevarlas yo.

He perdido kilos. No soy capaz de comer cuando Víctor pierde kilo tras kilo. Gordon dice que estoy muy bien. Dice que estoy más que delgada, que estoy esbelta. Estaba en la ducha ayer por la tarde y dijo:

—No hay nada como tú desnuda.

Cojo un palo del portatacos y hago como que me dispongo a hacer una tacada. Echo mucha tiza en el taco y provoco a Víctor tomándole el pelo y diciéndole que soy una gran jugadora.

—¿Quieres apostar dinero de verdad? —dice Víctor—. Apostaré.

Se acerca a donde está Gordon sentado y termina su cerveza.

—Hilary cree que es la reina de los billares —dice Víctor. Acumula tantos y yo fallo. Fallo todas las veces que puedo. Quiero que Víctor gane fácilmente. Me lleva siempre de ventaja por lo menos cinco bolas. Se jacta y lo hace cada vez de un modo más difícil, para que no pueda alcanzarle. Hace una tacada con el taco detrás de la espalda. Me dice que no debo beber y apostar.

—Ya has ganado —le digo finalmente cuando por fin la octava bola cae por una esquina.

Lanzo un profundo suspiro y digo:

—Vamos a subir la apuesta. Doblarla. Tengo dinero —me mira como si estuviera loca. Cuando pregunto si puedo tirar dice:

—Es dinero tuyo.

Víctor recoge las bolas y las divide. Arrastra el triángulo por el tapete verde y las sacude al colocarlas. Estira los brazos sobre la cabeza y cruje los nudillos.

—Creí que habías dicho que sabías jugar —afirma con aire burlón. Hago una gran tacada y envío dos dentro. Soy la de las rayas y puedo meter todas las bolas. Rozo otras bolas, pero consigo meter una por la esquina, enviando la pinta por la mesa, lo que provoca un par de tacadas directas a la esquina. Las bolas de Víctor van todas juntas y las mías se mueven con una delicada precisión hacia la esquina y las troneras. Coloco seis bolas antes de fallar. Luego Víctor falla. Después yo. Gordon bebe cerveza y mira con expresión de curiosidad. Le alegra cada tacada que hago. Sonríe ligeramente cuando Víctor apunta mal y roza el número trece, mi bola, enviándolo directamente a una tronera. Quiero ganar. Quiero demostrarle a Gordon que lo hago bien. Gano a Víctor dos partidas. Una carnicería. Una burla de mal gusto.

Subimos. Hay una orquesta *country* tocando una lenta melodía de Hank Williams. Víctor se vuelve hacia mí, los codos doblados, las palmas abiertas. Me apoyo en él y bailo con mi cabeza en su hombro, los ojos cerrados. Me aprieta con fuerza y balancea sus caderas. Bailamos cada vez más cerca de la orquesta, junto a los altavoces, así que la siento contra mi cuello. La música es tan fuerte que el suelo parece vibrar con ella. Víctor me besa en la oreja. Dice:

—Tú, listilla. Tu estratega.

Víctor encuentra unos juegos de vídeo y pregunta cuáles son los de Gordon. Gordon señala uno que se llama «Campeonato de lucha libre en el espacio», en el cual el jugador tiene que pelear con una versión alienígena de Hulk Hogan.

—Es un juego tonto —me dice Gordon—. No juegues.

Pero Víctor se empeña y se pasa cuarenta minutos metiendo monedas de veinticinco centavos.

Gordon está sentado en un taburete de la barra vaciando una cerveza en una jarra alta y congelada. Echa demasiada, de manera que se desborda. Corta la espuma con el dedo y lo lame para limpiarlo. Me dice:

—Baila conmigo.

La orquesta toca viejas canciones pero es ecléctica. Hay un tipo que rasguea melodías *country* y una chica que canta, debe tener unos diecinueve años, lleva un sugestivo vestido de tubo y sus ojos del tamaño de fichas de dominó imitan a Grace Slick y Marianne Faithfull. Canta muy alto *Conejo blanco* con una voz feroz y gruñona. Gordon y yo nos ponemos en medio de la pista, haciéndonos un sitio entre las numerosas parejas. Comenzamos a bailar con pasos torpes, sin saber la distancia que debemos mantener entre nosotros.

Dice:

—Si no te hubiera hecho el amor, si hubiéramos salido por primera vez y no existiera Víctor, ¿cómo bailaría ahora? ¿Estaría apartado así de ti, o de este otro modo? ¿Pondría mis manos sobre tus caderas o tus hombros?

—Sobre los hombros —digo.

—Ah, sí. Supongo que sí. —Gordon sonríe. Mueve las manos. Mira el techo y oscila exageradamente hacia la izquierda—. Tendría miedo de ofenderte. Me pondría nervioso por lo que pudieras pensar de mí. Estaría menos borracho, más cauto... deseoso de agradarte.

—No tienes por qué salir con nosotros si te molesta —le digo. Pero en secreto le estoy agradecida. Nunca, *nunca* he visto a Víctor tan feliz como en estos últimos días en los que Gordon ha participado en nuestras cosas. Anoche se quedaron jugando a las cartas. Víctor compró una caja de cigarros de una marca de la República Dominicana y llenaron la habitación con el olor húmedo de los cigarros. Gordon se había puesto una gorra de béisbol con la visera hacia atrás. Alrededor de las tres de la madrugada trasladaron la partida a la cocina para que yo pudiera dormir. Hacia el amanecer, cuando me levanté para ir al cuarto de baño, seguían jugando. La cafetera hervía en la cocina. Había un montón de fichas en el extremo de la mesa donde se sentaba Víctor.

—¿Quién va a sentirse molesto? —dice Gordon—. Lo único que te cuento son las cosas que hubiéramos hecho si fuera nuestra primera salida.

Me da la vuelta con fuerza y entierra su barbilla cerca de mi cuello.

—Por ejemplo, no te apretaría contra mí como lo hago ahora, ni trataría de toquetearte un pezón.

—¡Gordon! —levanto la vista hacia su rostro sonriente y astuto. Mira por encima de mi cabeza, sonriente.

—No te preocupes —dice Gordon—. Nos tapa la gente.

—No quiero bailar más —digo, y me aparto de él.

—Ah, Hils, perdóname... —empieza.

—No, no es eso.

Miro al fondo del salón donde Víctor se inclina sobre un juego de vídeo. El bar está decorado con gruesos paneles, con rojos cojines aterciopelados y alfombras. Hay tan poca iluminación que Víctor es sólo una sombra.

—Es que no me gusta la canción.

Le digo a Víctor que me voy a cortar el pelo. Se sienta en su silla con un libro sobre las rodillas y lee con expresión ceñuda. Lleva una camisa a rayas rosa y blanca, que se ahueca sobre su flaco estómago y resalta sus mejillas rojizas. Su fiebre le da buen color. Su enfermedad miente.

—¿Me oyes? —digo—. Me voy.

—¿Qué? —dice sin levantar la vista.

A veces creo que los libros son para Víctor lo que los chupetes para los bebés. Recuerdo hace meses, cuando él tenía más energía, que yo dormitaba después de que hiciéramos el amor, mientras él encendía la lamparilla para leer.

—Voy a cortarme el pelo.

Asiente.

—¿Quieres venir? —pregunto, pero Víctor menea la cabeza.

Dice:

—Ya que sales, puedes comprar unas cuantas cosas para mí. Zumo de zanahoria, píldoras de *kelp,* algas —mira el libro— e hígado.

Me siento en el suelo para poner los cordones en las botas después de meter el pantalón. La ropa interior larga debajo de mis vaqueros hace que mis piernas se sientan torpes y rígidas. Recogiendo mi pelo lo meto en el gorro de lana mientras deseo en silencio que llegue la primavera.

—Y también arroz integral —añade, levantando un dedo.

—¿Para qué quieres todo eso?

—Un nuevo régimen. Es uno de esos libros dedicados a alimentos naturales. Invento mi propia cura del cáncer. —Víctor parece un poco incómodo. Se vuelve hacia mí para explicarme. Dice que el índice es más alto en los enfermos de cuarenta años—. Voy a ser un ganador.

—Déjame ver eso —le digo.

Cojo el libro y leo el sumario. Capítulo uno: La comprensión de las células del cáncer. Capítulo dos: Las propiedades químicas de la reproducción celular. Capítulo tres: Crecimiento celular lento. Capítulo cuatro: El régimen. Capítulo cinco: Pensar en la salud. Capítulo seis: El control de su enfermedad. El título del libro es *Mentalizarse para vencer a la enfermedad terminal.* Sus autores son dos médicos. Manifiestan que su libro ha ayudado a millares de personas. La fotografía de la contraportada les muestra sonrientes y con sus batas de laboratorio, relucientes y optimistas, como dos personas en una boda. Como si los pacientes de cáncer y los muertos de cáncer no hubieran tocado nunca sus afortunadas vidas.

Los dos primeros meses que pasé con Víctor tuve que disolver grandes píldoras de vitamina en su sopa para que no se diera cuenta de que las tomaba. Ahora lee libros sobre la salud. Quiere algas.

—¿De dónde viene este libro? —pregunto.

—Me lo dio Gordon.

—*¿Gordon?*

—Sí. Llamó ayer y dijo que tenía un libro para mí, así que le dije: Tráemelo, y lo hizo.

—¿Cuánto tiempo estuvo aquí? —pregunto.

—No lo sé. Un par de minutos. No hizo más que dejar el libro.

—¿Y de qué hablasteis? ¿Del libro?

—No hablamos. Vino aprisa, echó un vistazo, me dio el libro y se marchó. Traía la perra consigo y no quería dejarla en el coche. Preguntó dónde estabas y le dije que habías llevado unas faldas a la tintorería, ¿no fuiste allí?

Mientras voy al pueblo pienso en Gordon que le ha dado ese libro a Víctor. Es difícil creer que Gordon pueda pensar que es creíble un libro semejante. Por supuesto, es propio de Gordon descubrir el optimismo hasta en las peores circunstancias. Pero que tenga fe en un libro así es todavía más raro. No creo que haya visto nunca a Víctor leer un libro reciente y mucho menos algo como *Mentalizarse para vencer a la enfermedad terminal.* Debe sentirse muy enfermo, no es más que eso.

Gordon dio a Víctor un libro. Ya son lo bastante amigos como para regalarse libros. Gordon ha arreglado el tejado de su casa. Todos los días oímos su martillo golpear si nos asomamos a la ventana. Víctor me dijo que siempre ha querido tener una casa, para aprender a repararla. Dice que le gusta oír el martilleo de Gordon. Es tan regular que suena como los latidos del corazón.

De la lista que me ha dado Víctor encuentro hígado, apio, zumo de zanahoria y una botella de pastillas de *kelp* en la farmacia. No encuentro algas. Entro en muchas tiendas, preguntando a cajeros y encargados dónde puedo comprarlas. Hull está rodeado de playas por tres lados, pero aquí no se pueden comprar algas marinas. Soy supersticiosa en cuanto a Víctor. Imagino que lo que hay en su nuevo libro de curas es totalmente inútil, salvo en un caso: las algas que no puedo encontrar. Me imagino que las algas son catalizadores que provocan la mezcla de productos químicos que combaten el cáncer, y que sin ellas las propiedades de lucha contra el cáncer del zumo de zanahoria, el hígado y el *kelp* permanecen dormidas e inútiles. Me siento preocupada, voy a más tiendas, pero estoy derrotada. El asiento trasero de mi coche se llena de bolsas de comida, ninguna de las cuales contiene algas. Los bolsillos de mi chaquetón están repletos de latas que he mangado: gambas pequeñas, caviar, arenques, champiñones en recipientes de cristal. No tenía por qué robarlos, salvo porque me quedaba poco dinero y no tenía tiempo para ir al banco. Compré tarta de queso para Víctor, nueces de cajú y manteca de cacahuete. Le compré Encare, un *delicioso batido de más de mil calorías* que viene en latas de color purpúreo. Le compré chocolate.

Voy a la peluquería de hombres. Es barata y hacen bien su trabajo. Me siento en el cojín ancho del sillón del barbero. El hombre de las tijeras es también propietario del lugar. Hace un comentario acerca de que no es habitual tener mujeres jóvenes como clientes. Coge mis cabellos en puñados y los deja caer contra mis hombros. Le dije que me los cortara diez centímetros por encima de los hombros, en el lugar donde mi columna vertebral se junta con mi cabeza. Escucho el rápido susurro de las tijeras tras mi cuello. Siento los gruesos pulgares del barbero detrás de mis orejas, en los ángulos de mi mandíbula, contra mi cuero cabelludo. Mis cabellos caen al suelo, manojos de miel marrón y rubia. Sobre las baldosas parecen extraños, como los cabellos de otra persona. Pienso que después los barrerán, un nido marrón en el recogedor. Pienso cómo se mezclan con los cabellos de otras personas. Imagino bolsos verdes de basura, hinchados como globos de pelo. Cabellos en el camión de basura, el olor del pelo al arder en el vertedero. Imagino mi cuero cabelludo: una cáscara de huevo lisa y perfecta.

El barbero rocía agua para conseguir un corte de pelo más igual. Toma las tijeras y las pasa con rapidez por mi cabeza. Sus tijeras son como colibríes, de tan rápidas como se mueven.

Me imagino montones de maniquíes sin pelo; los contornos de los cuerpos de las personas en las aceras, sus cabezas una línea blanca y lisa.

—No se mueva —me dice el barbero. Su acento es de otro lugar. Con esfuerzo me mantengo completamente quieta, manteniendo el equilibrio de mi cabeza exactamente entre mis hombros. Me sobresalta cada ruido de las tijeras. Las tijeras están sobre mis ojos. Me quedo inmóvil. Los dedos del barbero se aplastan contra mi frente. Está ceñudo de tanta concentración. Pone su pulgar bajo mi barbilla. Retira las tijeras y le da vueltas a mi cabeza para arriba, para atrás, de un lado para otro.

Por fin ha terminado conmigo.

Necesito a Gordon. Le necesito, así que voy a él. Conduzco mi automóvil por la ciudad, poniendo primera para subir por las colinas. Cuando estoy a varias manzanas, bajo la ventanilla para oír su martillo. Pero no hay martillo. Hoy hay una sierra. Hay un zumbido en el aire, que protesta como si estuviera apretado contra la madera. Canta por todo Hull. Le escucho, mi ventanilla está bajada y el aire enfría mi rostro, echando hacia atrás mis cabellos recién cortados. Mis cabellos huelen a perfume, cortados irregularmente, como el césped cortado a máquina. Libre del peso de su longitud de antes, los rizos forman ondulaciones.

Cuando llego al camino de coches, la sierra de Gordon lanza un largo lamento y se calla. Apoya su cuerpo metálico contra una pila de leña. Su sonrisa es una bendición.

¿Cuánto tiempo llevamos? Los días se desvanecen, marcados por visitas a Gordon. Hay Gordon y hay la ausencia de Gordon. El martes, no hay Gordon. El miércoles, Gordon viene a cenar, Víctor y él cada uno en un extremo del sofá, como dos muñecos. El jueves, Gordon bajo un edredón conmigo. Nos revolcamos juntos, haciendo lucha libre. Hacemos el almuerzo juntos. Hacemos el amor. Hoy, viernes, señala la segunda semana completa.

Las cosas son diferentes para nosotros. Ya hay un cambio. Gordon espera hasta que estamos dentro. Luego me besa. Se halla de pie frente a mí y me examina como si fuera su reflejo. Desabrocha los cuatro primeros botones de mi blusa y mete la mano dentro. Hace correr sus dedos por mis pechos, mi clavícula, mi cuello. Me tira del pelo. Ladea mi cabeza y levanta una ceja.

—Me lo corté —digo.

Me quita la blusa de un hombro, luego del otro. Da un paso atrás y me mira, su mirada me recorre. Mira mi estómago, mis pechos, mi rostro. Como si fuera un cuadro.

Desde la casa de Gordon no se puede ver el océano. Hay un poco de césped y luego una vasta manta de bosque. Siempre hay un vago susurro de hojas y ramas, de ramitas, de carámbanos. Vagamos por los senderos del bosque, por encima de agujas de pino y de nieve. Vamos cogidos de la mano. Las ramas de los pinos cubiertos de nieve se doblan bajo su peso. Avanzamos lentamente, con pasos pesados y con botas. Todo está quieto, helado, fijo.

Ya estoy dispuesta para oír lo de su mujer, su familia en Boston y los hijos que pueden existir. Quiero que me hable de ellos, imaginarles, incluso tenerles cariño. Realmente no soy una rival. ¿Cómo podría competir viviendo de forma tan anticooperativa? ¿Dedicándome a un hombre cuyas necesidades ni siquiera son suyas, sino que pertenecen a ese extraño en que se ha convertido su cuerpo?

Gordon lo sabe. Ya le he abierto mi vida. Como el bosque, está llena de interés y repetición. Mi vida, hibernando con Víctor.

Gordon me aprieta la mano. Me mira. Cada dos pasos me mira. Me contará todo sobre sí mismo. Hasta el último detalle está dispuesto a contármelo si se lo pido. Me permitirá mi hibernación. Será absorbido en mi vida sin daño. Será amigo de Víctor, si es necesario, y será mío.

Todo eso lo hemos pactado en silencio.

Víctor mira por la ventana y admira la nieve, que se ve resplandeciente y resbaladiza en el fuerte sol de la tarde. Dice que quiere salir con el tobogán y llama a Gordon, cuyo número de teléfono recuerda de memoria. Gordon se muestra de acuerdo y Víctor y yo nos ponemos encima capa tras capa de calcetines y ropa interior larga. Víctor se siente animado cuando vamos en coche a casa de Gordon. Enciende la radio y golpea el salpicadero al ritmo de música *soul.* Dice que se siente muy bien, que su sangre es más fuerte, casi normal. Sale del coche y me arrastra por el camino hasta la puerta de la casa de Gordon. Cuando pasamos por el montón de madera y la silenciosa sierra amarilla, casi me siento como si hubiera confesado, extrañamente aliviada y también medio enferma. Gordon abre la puerta, lleva la misma ropa que tenía puesta esta mañana.

—¡Excelente! ¡Vámonos!

Víctor, después yo, luego Gordon, uno tras otro y agarrados. El tobogán baja la colina como una balsa sobre una cascada. Reímos y gritamos. La nieve moja nuestros rostros.

—¡Cuidado! —grita Gordon. Víctor desvía el tobogán por una depresión en la nieve. Sin embargo, nos desequilibramos. Mi estómago se contrae al inclinarnos con el resbalón. Nuestros gritos crecen, la nieve se mueve bajo nosotros; se hincha como una ola al paso del tobogán. El brazo de Víctor me sujeta por las costillas. Me agarro con frenesí a Víctor. La nieve es abundante, cegadora, y vuela. Nos enderezamos de nuevo, ágiles y rápidos. Vamos hacia la derecha, por encima de una pequeña colina de cuya existencia no nos habíamos dado cuenta hasta que estuvimos encima.

Siento cómo mi voz sube dentro de mí mientras volamos sobre la colina. El tobogán parece descontrolado. Víctor gira a la izquierda, luego a la derecha. Mi rostro ha recibido una ducha de nieve.

—¡No te preocupes! —grita Víctor. El tobogán gana velocidad—. ¡Soy un genio del tobogán!

Luego empezamos, por fin, a ir más lentos. Todo se aquieta. Escucho el suave canturreo de la madera encerada sobre la nieve. Los pinos, los arbustos, el cerco de piedras que señala los campos, se ve todo.

En lo de Cappy nos sentamos en una mesa bajo un cuadro enmarcado de la costa oriental que muestra la profundidad de las aguas desde Florida a Maine. Estamos cerca de la chimenea y la llama ruge y chisporrotea mientras bebemos ponche de ron caliente. Bueno, Gordon y yo bebemos ponche de ron caliente. Víctor toma zumo de pomelo. Cuando nos sirvió, Cappy miró el zumo de Víctor y gruñó como si fuera aceite de hígado de bacalao antes de colocar el vaso sobre la mesa.

Víctor desata sus botas y las pone debajo de la mesa. Frota sus pies y se echa hacia atrás con los ojos cerrados.

—Lo hemos pasado muy bien —dice—. No recuerdo la última vez que fui en tobogán.

—Yo tampoco —digo.

—¿Te das cuenta que han debido de pasar veinte años desde la última vez que lo hice?

—¿Tanto tiempo, veinte años? —dice Gordon.

—No me lo puedo creer. Me lo he perdido durante veinte años. Todos los inviernos pensaba que me perdía algo, ¿sabes? Pero no sabía qué.

Seguimos hablando así durante un rato. Gordon nos cuenta cuando se perdió caminando por las Montañas Blancas en New Hampshire. Víctor dice que se llevó a una antigua novia a Nepal y caminaron durante varios días por la nieve. Describe las tabernas con sus pequeñas habitaciones que se alquilaban por cincuenta centavos la noche, con grandes platos de arroz humeante. Imita a una vieja india que cortó una mecha de los cabellos de él porque quería guardar su bonito color rojo en un bote de cristal, junto a la ventana.

Pedimos otra tanda de copas. Cappy las trae y se sienta con nosotros. Lleva pantalones azules, una camiseta blanca con cuello en forma de uve y un delantal con una mancha amarilla en el peto. Debía de estar cocinando. Su rostro está cubierto de sudor. El hombre es un horno. Me pregunto lo que hará Cappy en verano, cuando hace mucho calor. ¿Cómo sobrevive? Luego recuerdo que pasa el *pub* a su hijo durante el verano y se va a la playa. Le imagino tumbado de espaldas, con su barriga como un globo levantándose, amenazando con llevarle por toda la playa, por encima de las olas que chocan a su lado, llevándole hasta el cielo, hasta el sol. Cappy, como una nave espacial. Cappy, trazando órbitas en torno del planeta.

—¿Qué pasa, Vic? —dice Cappy—. Tienes un aspecto espantoso y no has bebido. ¿Estás enfermo?

—No —dice Víctor—. Me siento mejor. *Estaba* enfermo. Muy enfermo.

Víctor se ríe. Miro a Gordon, que mira a su vez a Víctor. Así que yo también miro a Víctor.

—¿Qué tenías? —dice Cappy.

—Ya te lo he dicho. Estaba enfermo —dice Víctor. Sorbe su zumo—. Tenía esa horrible enfermedad que me iba a matar. Estaba desahuciado.

—Bueno ¿y qué pasó? —dice Cappy—. ¿Qué te hizo mejorar?

—Fue esto —dice Víctor, y señala lo que hay en su vaso—. Ha sido el zumo el que me ha hecho mejorar. Le debo la vida al pomelo.

—Un tipo listo —dice Cappy—. ¿Oye, cuándo vamos a hablar otra vez de la guerra? He leído cosas sobre los nazis. He leído ese libro que dice que EEUU sabía dónde estaban los campos de la muerte y que se negó a bombardear las vías férreas.

—¿Es verdad? —pregunto.

—El libro lo dice —señala Cappy.

—Sí, es cierto —dice Víctor—. No quisimos salvar a los judíos. Bueno, eso no es así exactamente. Nuestros políticos no querían salvarles. Las autoridades mundiales no querían salvarles.

—Vamos —dice Gordon—. No lo creo.

—¿No lo crees? —dice Víctor con las cejas arqueadas—. ¿Qué es lo que no crees? ¿Que el gobierno sabía lo del genocidio, o que no le preocupaba?

—Lo segundo —dice Gordon.

—No me extraña que seas tan feliz —dice Víctor, y choca su copa con la de él—. No me extraña que sea tan divertido estar contigo.

Víctor pone a Bach y dice que se va a descansar. Le digo que es una buena idea; Gordon y yo hacemos la cena. Hago *fettuccini,* mientras Gordon prepara salteado de setas y fríe el brécol con jengibre. Hacemos como si fuéramos cocineros elegantes y hablamos con acento francés. Nos tomamos el pelo mutuamente y esquivamos manchas de aceite hirviendo. Anticipamos nuestra fiesta probándolo todo. Tenemos arándanos y chocolate. Tenemos velas para la mesa y vino. Llevo la pasta, un montón de blancura humeante. Gordon me sigue con las verduras y la salsa. Víctor está demasiado cansado para comer. Se tumba boca abajo en la cama, con la ropa puesta. Le llevo un plato, pero lo rechaza con un movimiento de cabeza. Devuelvo el plato de más a la cocina, donde espera y se enfría.

Digo:

—Víctor ¿quieres que haga algo?

Gruñe y dice:

—Vete a comer.

Gordon y yo nos sentamos a la mesa, delante de los platos con demasiada comida. Apago las velas y enciendo una lámpara pequeña. Intentamos comer, pero miramos a Víctor. Gordon se levanta de la mesa y va a quitarle los zapatos. Doy vueltas a la pasta con el tenedor y luego la dejo. Gordon me mira primero a mí y luego a Víctor. Nos levantamos y vamos a la cama. Me arrodillo en el colchón y suavemente le doy la vuelta a Víctor. Murmura algo; su mano roza mi hombro. Víctor está tan flaco que no hay que esforzarse para darle la vuelta. La manera en que sobresale su pelvis me hace pensar en una jovencita.

Miro a Gordon, y de repente me siento pornográfica.

Gordon endereza a Víctor y yo le quito el jersey, pasándoselo por encima de la cabeza. Desabrochamos la camisa de Víctor. Vacilo, sintiéndome azorada por el cuerpo desnudo de Víctor ante Gordon, como si estuviera desvistiéndome o hubiera una parte de mí que él nunca vio. Al cabo de unos momentos bajo la vista hacia Víctor y luego, rápidamente, como si de repente tuviera mucha prisa, desabrocho su cinturón. Gordon le quita el reloj. Bajo la cremallera de sus pantalones vaqueros. Gordon le quita los calcetines. Dejo caer sus pantalones en una silla. Gordon le levanta como a un niño mientras yo bajo las mantas.

Un día gris, un sábado. Suenan las campanas de la iglesia; notas profundas, prolongadas.

Víctor está en la cama; ni lee ni duerme.

—Alguien se casa —dice.

IX

El dormitorio de Gordon es una verdadera farmacia. Hay centenares de frascos de medicamentos, llenos a medias de tabletas pequeñas y cápsulas de colores claros, como amarillo, lima y rosa. Me invitó a su casa con el único propósito de que viera ese armario y los frascos con todas sus posibilidades. Es porque Víctor últimamente tiene muchos más dolores. Cada día, puñados de aspirinas.

Gordon me ayuda a decidir cuáles llevar. Utiliza el inodoro de asiento.

—¿Metolazone? —digo.

Mueve la cabeza para decir que no.

—Es para la presión sanguínea de mi madre —dice.

—¿Aldomet?

—Es para la presión sanguínea de mi padre.

—¿Hydrodiuril?

—También es para mi padre.

—¿Clonidine?

—Para la menopausia —dice—. Es de mi madre.

—¿Para qué son esas blancas que hay aquí? —digo, enseñándole un grueso frasco de pastillas como de tiza.

—Éstas son buenas —dice Gordon, moviendo la cabeza— para los dolores de espalda. Las esnifaba cuando era joven.

—¿Son muy fuertes?

—Me hacían sangrar la nariz —ríe—. Cuando mi madre se enteró de lo que hacía me amenazó con mandarme a un centro para rehabilitación de drogadictos.

Meto las pastillas en el bolsillo y le enseño otro frasco.

—¿Qué es esto?, Mellaril —digo, enseñándoselo.

—Está muy bien —dice Gordon—. Es el antidepresivo de mi mujer. Llévate los dos frascos.

Despierto en posición fetal, rodeada de una cama vacía. Víctor no está. Me incorporo como una flecha, haciendo volar las sábanas. La ventana está abierta, el aire helado. Los dos calentadores están a pleno rendimiento, pero sin que se note.

Golpeo mi dedo meñique del pie contra una mesa. Entro como una exhalación en la cocina a la busca de Víctor. Abro con tanta fuerza la puerta del baño, que choca con las baldosas de la pared. Abro la puerta principal y miro por la escalera vacía. Al entrar de nuevo en el apartamento me acerco a la ventana con miedo y expectación. Me asusta el pensamiento, pero me obligo a mirar hacia abajo. El viento hace llorar a mis ojos. Dos perros, los dos negros, corren por la playa, deteniéndose de vez en cuando para hacer pis sobre el *kelp*. Oigo un ruido detrás de mí y meto la cabeza hacia dentro.

Víctor cierra la puerta y tira de los dedos de sus guantes. Tiene un periódico bajo el brazo.

—Maldito seas —le digo—. a Víctor. El viento pasa sobre mis cabellos, sacudiéndolos contra mi cuello. Víctor se acerca adonde estoy y cierra la ventana.

—He quemado el pan —dice.

Ordeno mis conchas de mar en el borde de la pila. Me pregunto si las conchas envejecen y se hacen quebradizas. Me pregunto si cambian de color o adelgazan con el tiempo. Tomo una lupa y miro de cerca una venera de color gris. Víctor entra, hurga con la mano bajo la pila y saca un trozo de fieltro y una especie de líquido para limpiar.

—Saco brillo a la escopeta —dice Víctor.

—¿Eso significa que vas a disparar? —digo, al tiempo que miro con los ojos entrecerrados a través del cristal. La concha es multicolor. Los bordes son oscuros como una cola de pez, y el centro es de un gris lila con una nube de nácar—. Porque si vas a disparar voy a hacerle un favor a mis oídos e irme a otro sitio.

—No, únicamente a limpiarla y engrasarla —dice Víctor.

Muevo la lupa por la línea de conchas que hay en el mostrador. Por la parte lateral de la lupa veo una hormiga, pequeña y roja, muerta y de espaldas, con las patas tiesas y combadas en el aire. Bajo la lupa, su boca con pinzas tiene un aspecto peligroso y grande.

—¿Qué miras? —pregunta Víctor.

Me alejo de la hormiga.

—Nada —digo—. Recojo mis conchas y las meto en la caja de *kleenex,* donde las guardo.

—Cariño, no te pongas así —dice Víctor y toca mi mano. Aprieta contra su pecho el largo cañón de la escopeta—. No hice más que preguntarte.

Me lleva a la otra habitación y se sienta en el sofá. Me hace sentarme y me besa en la boca. Coge mi barbilla con sus manos y nos besamos largamente.

—Has de saber que la edad dorada de la escopeta se ha acabado —dice Víctor al cabo de un rato—. A finales del siglo diecinueve y principios del veinte las cosas iban mejor. La temporada de caza era más larga, podías cobrar más piezas. Pero ahora no tiene mucho sentido una vieja escopeta de dos cañones como la mía.

—¿Qué dices?

—Que debo deshacerme de la escopeta.

—¿Qué vas a hacer? —digo—. ¿Dormirla?

—Pensé que podríamos cavar donde las ratas han hecho su repugnante nido y enterrarla. Como si fuera una ceremonia privada. Tú, yo y los roedores —dice Víctor. Mira sus manos. El corte de hace unas semanas se ha curado, pero ha dejado una cicatriz grande en forma de media luna.

—¿Las balas también? —pregunto, y Víctor asiente.

Afuera, el sol de la mañana deslumbra al reflejarse en la nieve. Víctor cava la tierra con el borde de una pala oxidada. Yo golpeo con un azadón, arrancando terrones oscuros y desenterrando piedras. La nieve ha ablandado el martillo, pero al cabo de picar unos centímetros la labor se hace más dura. Además, el viento sopla a tal velocidad que agradezco mi plumífero y mis calzones.

—¡Hace un frío que pela! —grito contra el viento. En los inviernos de Hull siempre hace mucho viento, lo he aprendido. Durante unos meses la península está o en una calma total o con fuertes vientos. Y se puede pasar de arrancar las ramas de los árboles a un aire tranquilo y neblinoso en unas horas.

—Tú crees que *esto* es frío —dice Víctor—. Los científicos, en el Antártico, trabajan a temperaturas de cincuenta grados bajo cero. El aire que aspiran por la boca les puede cristalizar los pulmones. Se debe evitar a toda costa reír. Así que la próxima vez que te quejes del frío piensa en cómo se sentirá la gente del Antártico.

Miro a Víctor. Esconde una ligera sonrisa tras la seriedad de su boca. Coloca el arma en la trinchera que hemos abierto y la cubre con tierra.

—¿Vale mucho la escopeta? —pregunto.

—Es de coleccionista —dice Víctor.

—A lo mejor no debíamos de enterrarla, ¿no?

—La escopeta te pone nerviosa, ¿no es verdad? —dice.

Miro la larga línea de tierra y pienso que si alguien encuentra la vieja Remington no entenderá cómo se la enterró en el patio trasero de una casa destartalada. Asiento y digo a Víctor que sí me molesta algo.

—Entonces, no más escopeta —dice Víctor, dando una patada con la punta del zapato a la «tumba».

Estudio la expresión de Víctor, sus ojos redondos, su media sonrisa. Lleva una bufanda alrededor del cuello, y calado un gorro de cazador de ciervos. Se me acerca lentamente, rodea mis hombros con sus brazos, pone sus labios contra mi frente. Se oye únicamente el aullido del viento y el suave aliento de Víctor. Víctor me sujeta, tal vez sin pensar nada, o quizá preocupado porque yo pueda dejarle.

Llevo esperando en mi coche veinte minutos, y Gordon no ha llegado todavía. Miro al muelle, al agua verde de la bahía. Se ha helado cerca de la costa en bloques quebradizos de agua salada. Una grúa descansa junto a una fila de barcas que han sido varadas en la playa. Sus mandíbulas cerradas son como las de un animal dormido.

Escucho un programa de entrevistas por la radio en el que la gente llama para dar sus opiniones sobre platillos volantes. Un hombre dice que ha visto un platillo volante, el mismo, varias veces. Una mujer llama para afirmar que ha oído a alienígenas en su cerebro. Algún gracioso llama y dice que es el alienígena en cuestión y que le gustaría que lo sacaran del cerebro de la mujer. Otro tipo llama y dice que si no limpiamos el aire tendremos que construir una cúpula sobre la tierra, y ningún alienígena podrá aterrizar. La mujer con el alienígena en el cerebro dice que eso estaría bien. Apago la radio y me siento en silencio, mirando de vez en cuando por el espejo retrovisor para ver si llega el coche de Gordon.

Por fin le veo a lo lejos, tomando las curvas por la ladera de la colina y entrando en el estacionamiento de grava del muelle. Me da mil excusas cuando entro en su coche. Le digo que no me ha molestado esperarle. Le cuento lo del programa de radio y lo del tipo que se burlaba de la mujer que tenía un alienígena en el cerebro. Le digo que de vez en cuando lo único que quiero hacer es mirar los remolinos de hielo en la bahía o las altas olas oscuras del mar invernal. Lo único que quiero es sentarme a solas durante un rato.

Gordon me besa y pone una cinta en el casete.

—Primero demos de comer al bicho. Luego tomaremos por la carretera —dice, cuando el agudo gemido de un violín llena el coche.

Tosh es una perra lista. Sabe que hablamos de ella. Oigo el ruido de su rabo que pega contra el cojín del asiento. Paso por encima del asiento y me pongo en la parte de atrás para hablarle, frotándole el suave pelo de debajo de su mandíbula.

—Bueno ¿cómo estamos hoy, señorita Tosh? —y ella pone sus patas delanteras en mi regazo y se estira para lamerme la cara.

Vamos a la casa de Gordon y admiro su trabajo al poner las baldosas en la cocina. Las baldosas, de una especie de color beis crema, han sido perfectamente encajadas sobre el mostrador. Me impresiona el trabajo. Exige esa clase de paciencia y precisión de la que yo soy incapaz. Gordon explica que tiene que vidriar las baldosas para que brillen y sea más fácil limpiarlas. También dice que se pregunta por qué pasa tanto tiempo arreglando una casa que no es la suya, sino de sus padres, que nunca pensó que estuviera mal el antiguo mostrador, ni la cerradura de la puerta principal, ni la pila del cuarto de baño de abajo, todo lo cual ha cambiado. Los padres se enfadaron cuando se enteraron de que había podado la larga barba de hiedra que sube hacia el cielo desde la base de la chimenea. Pero Gordon dice que no le preocupa. Sabe qué mejoras necesita la casa. Probablemente sus padres ni siquiera se darán cuenta de la diferencia cuando vuelvan del verano.

En la sala de estar, sobre la mesita de café, está el televisor en color de la señora Birkle. Le dije a Gordon que lo sacara del pasillo de su casa y ha prometido intentar arreglarlo.

Gordon me llama a la cocina. En un cuenco gris mete la comida de perro con una cuchara. Sonríe y señala con la cabeza los grandes ventanales que dan al bosque. Afuera, dos gallos se persiguen mutuamente.

—Vaya follón —dice Gordon.

Le damos de comer a Tosh, que lo agradece, pero que nos dirige una mirada de decepción al marcharnos. Veo el mirador de la sala de estar y la cabeza de Tosh entre las cortinas cuando salimos del camino particular.

Es un largo camino por la costa sur; vamos a comprar un árbol de Navidad. Deshago los cordones de mis zapatos y pongo mis pies bajo el radiador. Luego me acomodo en mi asiento y miro a Gordon, cuya alta cabeza casi roza el techo del coche. Los cabellos de Gordon, que están un poco largos, van hacia atrás desde un remolino en la frente y caen a un lado de modo informal y tremendo.

El vivero de árboles de Navidad es el mismo del que me habló Cappy hace un mes. Cappy tiene que estar allí hoy para recoger una maquinaria para su *pub* y quedamos en encontrarnos. Me llevará el árbol en su camión.

Gordon dijo que quería ir. Dijo que debería esperarle cerca del muelle, lo cual significa que no quería que viniera Víctor; no es que haya habido problemas. Pero creo que Gordon quería una excusa para pasar un día conmigo a solas, lejos de Víctor, que normalmente es el miembro más prominente y hablador del trío.

Sospecho que Gordon quiere decirme algo, lo cual resulta cierto. Apaga la grabadora. Comienza dando un suspiro.

—Vale, Freddie es una artista. Una escultora. La conocí en una exposición.

Imagino a su esposa, Freddie. En mi mente lleva puesto un gabán de color marfil que le llega por debajo de las rodillas. Lleva un prendedor de rubí y la última novedad en bisutería étnica: un largo collar mexicano, hecho con garras de iguana.

—Trabaja con arcilla. Hace esas *cosas* pequeñas de arcilla —dice Gordon—. Mide unos treinta centímetros menos que yo. Nunca le gustó que nos cogiéramos de la mano al caminar porque le hacía sentirse todavía más pequeña.

Imagino esculturas blancas de arcilla con formas redondas y embriónicas, y Freddie por encima de ellas. Freddie con huesos pequeños, caderas reducidas, con pies pulidos con piedra pómez, pintados y pequeños. Veo a Gordon y Freddie paseando con Tosh una noche de primavera.

—¿De qué color es su pelo? —digo.

—Supongo que dirías marrón, pero con algo de rojizo también —dice Gordon.

Veo un seto de caoba que florece. Veo un cuello delicado y gafas de sol con montura de concha de tortuga.

—Tuvimos una casa en Somerville. Estaba a un lado de una casa federal.

Imagino una sala de estar convertida en un enorme estudio. Dentro, Freddie tiene puesta una chaqueta de pijama de Gordon, un par de medias negras y calcetines que brillan. Está de rodillas ante una mesa de cristal, su obra ante ella. Sus manos están húmedas de arcilla.

Gordon admite, cuando le pincho, que tenía celos de las esculturas de Freddie.

Dice:

—Las tenía desparramadas por todo el suelo, secándose sobre papel de periódicos y bolsos de comida, abiertos sobre sábanas que aún estaban en buen estado. Sobre mis camisas, no sé por qué, pero esas cosas me molestaban.

Freddie tiene pecas y prometió casarse con ella un Día de la Independencia, mientras ella le quitaba astillas de las rodillas.

—Tengo una hija que se llama Raleigh. No es mía de verdad —me dice. Esquivamos una rama de árbol caída en la carretera. Lleva tanto tiempo ahí que la nieve la rodea, dejando el suelo desnudo.

Me imagino a Freddie modelando un elefante, un oso, una colección de patos y una alta jirafa de elegante cuello. Me la imagino pasando de puntillas junto a la cuna de su hija que duerme, y adornando una mesa con esas sus nuevas esculturas.

—Aquí hay una foto —dice Gordon, y me lanza su billetero. Debajo de un plástico escarchado, Raleigh me lanza una amplia sonrisa. Espesos cabellos negros, cejas oscuras muy arqueadas. Ya tiene sus dientes, papada y un vestido claro con mangas abullonadas.

—Volví una tarde a casa y allí estaba él. El padre de Raleigh. También es un artista. Les he visto en las exposiciones. Pinta cuadros enormes. Le dio uno a Freddie y yo no sospeché nada. Llevaba cinco meses colgado sobre la chimenea y yo no lo sabía. Así que allí estaba en mi sala de estar, y yo pregunté:

—¿Qué hace usted aquí? —me dice que viene a recoger unas esculturas de Freddie para una exposición; digo—: ¿Cómo tiene una llave de la casa? —y mira con sorpresa la palma de su mano, como si se la hubieran puesto allí las hadas. Luego entró Freddie con una botella de vino.

Me la imagino muy guapa, un arco iris de mujer con un vestido de color rosa, con olor a jabón de albaricoque, los cabellos que oscilan limpiamente a la altura de sus hombros. En el umbral, la botella de vino se le termina cayendo de las manos.

—¿Así que la dejaste?

—No. Hice mucho dinero con Alien Turf, me di de alta en un club de excursionistas, aprendí a cocinar al estilo sechuán, caminé para tener hambre.

—¿Las cosas iban bien? —digo.

—No lo sé. Teníamos todos los componentes de la vida normal. Freddie hacía esculturas como antes. Llevaba a la cría al parque a corretear. De repente me encontré con mucho dinero, de modo que me puse a hacer de papá. Pero no marchó. Tuve una amante. Ella tenía otro. Un tipo nuevo, un médico llamado Bert. Tuve otra amante. Ella se fue a vivir con Bert. Bert tiene la boca enorme —dice Gordon—. Parece un gran danés con esa boca. Cuando pregunto dice que lo que echa de menos es a su hija, a la que considera como tal a pesar de la biología.

Pasamos barrio tras barrio de grandes fincas con puertas de dos paneles y senderos de laja totalmente limpios de nieve. Me pregunto si la casa de Gordon en Somerville será como ésta, y le veo a él y a una niña de cabellos oscuros que forman la cabeza redonda de un hombre de nieve. En mi ensueño salta a las rodillas de Gordon pidiéndole que la coja; Gordon la levanta muy alto, balanceando el pecho de ella contra sus manos grandes y lisas. Raleigh está por encima de él, se ríe, sus ojos oscuros centellean. Pero entonces una fuerza invisible se la quita, una ley de la naturaleza tira de ella. Y ella flota hacia atrás, entre las copas de los árboles, hacia un horizonte de color de lavándula, gritando sin ruido y los brazos extendidos hacia Gordon, que sigue desesperadamente en tierra, junto al helado muñeco de nieve, y mira el rostro agonizante de su hija.

—Una imitación de Bert —le digo a Gordon. Estoy recostada contra la portezuela y con mis pies desnudos en el regazo de Gordon. Estiro las comisuras de mi boca con los dedos.

Pasamos un puesto de venta de sidra, una caballeriza y una planta de tratamiento de agua.

En el centro de la ciudad conducimos bajo cintas de luces navideñas. En el escaparate de una farmacia, unos bastones de caramelo se mecen al ritmo de un metrónomo. De un farol cuelga un Santa Claus de adorno, oscila en el viento.

Desde la nada, Gordon dice:

—Te apuesto que no querrías tanto a Víctor si estuviera sano.

—Y no creo que tú te mostrarías tan amistoso con él si estuviera sano —me defiendo.

—¡No *tendría* que mostrarme tan estúpidamente amistoso!

—Ah, déjalo —digo, apartando la vista. El sol lanza sus últimas fuerzas contra un cielo de color arenque.

—Lo siento —dice Gordon al cabo de un rato. Se arrima a la orilla de la carretera y pone el freno de mano. Se vuelve hacia mí, gesticula enloquecidamente sus manos junto a su rostro—. De verdad, me cae bien ese tipo, ¿sabes? Quiero hablar sinceramente con él, consolarle, ayudarle a pasar lo que debe ser una tortura para él. Pero cuando comienzo a conversar con Víctor no puedo hacer otra cosa más que hacer chistes y esquivar sus preguntas hablando de otra cosa.

Gordon pone sus brazos y su cabeza contra el volante. Revuelvo sus cabellos con mis dedos. Enciendo las luces intermitentes y espero. Me agarra y tira de mí hacia él, su mano aprieta con fuerza mi espalda.

—¿Es que ya no soy humano o existe alguna razón para pensar que lo que hacemos está bien? —Gordon susurra en mi cuello.

Estoy desconcertada y de pronto a punto de llorar. Quiero llorar por nuestras vidas desdichadas y complicadas, lo inaguantable que es tener una edad en la que todos los horrores, la muerte incluida, pueden ser aplacados con lo sexual. Quiero traer a Raleigh del cielo y ponerla en los brazos de Gordon para que la vea y la sujete. Quiero decir que no, que no hacemos nada malo. ¿Cómo podemos saber cómo actuar con todo lo que corre a nuestro lado como aceite derramado, que hace que cada uno de nuestros frenéticos pasos sea una repetición inútil? Durante semanas ni siquiera me he sentido humana, sino como un fantasma. Los tres somos fantasmas, que vamos de una casa a otra, haciéndonos un lugar para nosotros, pero viviendo a contrapelo de un mundo que ha vuelto fantásticas nuestras vidas.

Cuando nos salimos de la carretera principal el camino se hace peor. Pasamos a varios camiones rurales que dividen una porción de la carretera con luces intermitentes. Han limpiado algunas ramas de árboles y un banco de hielo que ha caído. Una milla más adelante hay un cartel de madera que dice: «Breathstone Farm». Pegado a la madera hay un cuadradito de cartón que pone: «Árboles vivos», escrito con Magic Marker. El camino de grava está lleno de baches y rodadas muy profundas. Ha estado lloviendo y la nieve se ha derretido, formando un barro sucio. El coche de Gordon traquetea por el largo camino.

Estacionamos ante un montón grande de nieve, estiércol y paja, que mezclados toman el aspecto de una enorme cucharada de helado con trozos de chocolate. El estacionamiento —si se puede llamar así— está resbaladizo de barro y lleno de charcos. Hay unos cuantos camiones y un Mercedes dorado con una corona sujeta a la rejilla delantera. Los neumáticos del Mercedes parecen salpicados de barro en forma de círculos. Al lado del Mercedes está el camión de Cappy con una explosión de barro seco en su portezuela.

Hay un camino limpio de nieve que sale del estacionamiento. Nos dirigimos hacia una tienda de campaña con rayas rojas y blancas y con una cuerda de lucecitas blancas que acota un terreno cuadrado con árboles. El campo está iluminado por reflectores. La nieve resplandece de un modo especialmente fuerte contra el verde contrastante. Más allá hay colinas llenas de pinos. El aire tiene un fuerte olor a Navidad.

El camino es resbaladizo, el suelo se ha ablandado bajo el peso de tantos clientes. Las botas de Gordon son adecuadas para esta clase de terreno, pero yo me siento bastante tonta por llevar playeras. A cada paso se hunden y casi se me salen. Tengo que marchar hacia adelante deslizándome, como un chico que llevara patines para el hielo por primera vez, y me siento aliviada al llegar por fin a la tienda.

La tienda es tan espaciosa como un garaje y dentro un hombre grande y barbudo está sentado en una mesa plegable y muerde el extremo de su pipa. El hombre saluda militarmente y dice:

—¿Han venido a comprar un árbol?

—Sí —digo—. Hemos quedado con una persona.

—¿Cappy? —pregunta. Sus manos, de un marrón de corteza de árbol, con muchas cicatrices. Tiene una mancha de púrpura sobre la uña del pulgar—. Está en el establo. Tenemos un caballo cojo y él está examinándolo. Soy Walt.

Walt nos invita a sentarnos con él en la mesa. Hay un calentador enchufado en un generador y me caliento los pies.

—Cappy dice que usted es veterinaria. ¿Es verdad? —pregunta Walt. Su rostro largo y arrugado parece el de un peregrino. Tiene cabellos de color de acero, largos por detrás, y labios apretados de peregrino.

—Trabajé con un veterinario durante años. Pero no, no soy veterinaria —digo—. Siento el familiar impulso de mentirle, de decir que soy veterinaria. Es algo que he querido ser desde hace mucho tiempo. Desde siempre. Pero no sé nada de medicina animal. Sólo sé seguir las instrucciones de quien sepa.

—¿Quiere echarle un vistazo a mi caballo? Lo compré hace tres meses. Está cojo desde entonces.

Al salir del campo de árboles que brillan hay una pequeña familia, sin duda los dueños del Mercedes, que no parece tanto una familia como una familia de anuncio. El padre lleva un abeto blanco sobre los hombros, mientras que sus hijas tocan las ramas oscilantes y buscan piñas por el suelo. Una hermosa mujer, con ojos suaves y enormes, admira el árbol que lleva su marido. Unos cuantos metros detrás está un chiquillo de unos trece años, que tiene un hacha en la mano y guantes de trabajo en los bolsillos. Equilibra el hacha contra el extremo corto de la mesa y busca cambio para la familia Mercedes en un fajo de billetes.

—¿Tienes cambio de cinco? —pregunta a Walt. Walt comprueba en su billetero y cuenta cuatro billetes nuevos de un dólar. Luego presenta una palma llena de brillantes monedas de plata y el chiquillo coge cuatro monedas de veinticinco—. Gracias, papá —dice el muchacho, y se acerca a la familia Mercedes; el padre se vuelve y se despide de Walt con la mano, que mueve la cabeza y dice: «Hasta luego.» Walt les mira marcharse, dando largas chupadas a su pipa.

—Ese hombre lleva tres años viniendo aquí a comprar un árbol. Cada vez trae una mujer nueva. No sé por qué viene aquí. Nuestros árboles están vivos, le digo. Pero él siempre quiere que le cortemos uno —Walt sacude la cabeza y lanza una bocanada de humo al aire—. ¿Va a ir a ver a mi caballo?

—Realmente no creo que pueda hacer nada por su caballo —le digo.

—¿No? —dice Walt, y se recuesta. Un poco de tabaco se le queda en la barba y sacude las hojas pardas de la barbilla con el dorso de dos dedos.

El sendero que lleva al establo está mojado y es muy desigual, en especial donde las uñas del caballo se han hundido en el barro. Escruto el terreno, alejándome del barro más profundo, y me abro camino hacia el establo.

—¿Qué pasa? —dice Walt—. ¿Se ha olvidado de sus botas?

Tengo muchos zapatos y botas de vestir que me ha regalado la señora Birkle, pero no un par de botas de labor. No debería importar, pero por las razones que sean mis pies inadecuadamente calzados contribuyen a que me sienta todavía más ridícula por haber pensado que podría ayudar a descubrir qué le pasa a la pata de su caballo. Gordon da sus acostumbradas zancadas y Walt anda a un paso decente mientras yo me hundo y mis pies se hunden, rezuman, y curvo mis dedos para que no salgan de las ligeras playeras. Después veo a Cappy, que hace equilibrio sobre el barro.

—Oye, oye —dice Walt cuando Cappy se acerca.

—¿Qué haces aquí? —le dice Cappy a Gordon. Lleva una cerveza en el bolsillo de su abrigo.

—He traído a Hilary —dice Gordon.

—Por lo que sé de ella, es capaz de conducir —dice Cappy. Mira a Gordon y echa un trago de cerveza.

—Sé que sabe conducir —dice con tono helado Gordon.

—Ah, ya supongo que sí —dice Cappy. Se vuelve hacia mí y pregunta—: ¿Dónde está Víctor?

—En casa.

—Han cortado demasiado las pezuñas de tu caballo cuando le pusieron las herraduras —dice Cappy a Walt—. En vez de herrero tienes a un carnicero. Le he quitado las herraduras. Deja al viejo que esté un rato en el barro y se pondrá bien. Ése es el tipo de consejo que un veterinario puede dar unas veces y otras no. La clase de opinión fundada que únicamente se da al cabo de años de experiencia. Cappy, el dueño de un *pub,* me lleva siglos de experiencia.

Al volver a la tienda Cappy apoya una mano pesada en mi hombro y se acerca a mi oído:

—Estelle me ha contado una cosa esta mañana sobre Víctor. Dime que no es verdad.

Chapoteo en el barro. Tiro de un tobillo metido en el barro detrás de mí. Le confirmo la noticia sobre Víctor y miro cómo el rostro de Cappy se agria. Clavo mis ojos en la tierra mientras sacude su triste cabeza.

Uso el baño de la casa de Walt y vuelvo por el camino de grava con una linterna. El cielo es de zafiro. Debajo de un haz de luz veo a Cappy, Walt y Gordon en el camión. Mi nuevo árbol de Navidad está tirado de costado como la víctima de un accidente. En la base del tronco hay una venda de tela blanca. El árbol es tan grande que tienen que cambiar de sitio las cosas en el camión. Gordon está de pie en la caja del camión y empuja con el hombro un barril de aluminio que le llega a la cintura y que apenas se mueve.

—¡Empújalo para atrás! —le grita Cappy a Gordon.

El barril se empieza a mover, escucho el sonido del metal al arañar.

Baja Gordon. Walt, échame una mano con esto —oigo que dice Cappy.

Walt coge un par de guantes de su bolsillo y toma impulso para entrar en el camión.

—Sal de ahí, Gordon —dice Cappy.

—Está bien. Lo puedo hacer.

—¿Por qué no bajas de una vez?

—He dicho que está bien.

—Apuesto a que Víctor no sabe dónde está ella. Ya sabes, tu amigo Vic —dice Cappy.

—Vete a la mierda —dice Gordon, y salta apoyando la mano en el camión.

Cuando entro en el círculo iluminado por los faros, Cappy hace como que no me ve ni a mí ni a Gordon.

Gordon pone las luces de carretera y sale serpenteando del camino. Su rostro tiene una expresión displicente y él está hundido en el asiento del coche. Me siento a su lado y apoyo mi mejilla en su brazo.

Dice:

—Cappy fue la primera persona a la que le dije que me iba a casar. Mis padres estaban en su casa de verano y llamamos, pero no había nadie. De modo que llamé al *pub* y contestó Cappy. Se lo contamos a él y luego a mis padres.

—¿Cappy conoce a Freddie?

—Claro. Por supuesto. Aquí todos se conocen. Quiero parar y tomar una copa. ¿Te molesta si paramos en algún sitio?

Quiero decir que no. Quiero decir que llevo demasiado tiempo lejos de Víctor y ya es hora de volver a casa. Pero no me sale. Pero después de cómo trató Cappy a Gordon, no puedo. Así que digo:

—Sí, vamos a tomar una copa.

Tomamos carreteras oscuras durante unos kilómetros y luego vemos las luces del centro de la ciudad. Es Navidad, desde luego, todas las fachadas de las tiendas tienen festones de colores. En una zona verde, junto a una plaza de tiendecillas, hay un Santa Claus de tamaño natural y doce renos marrones. El enfoque de los haces de luz hace que las sombras se profundicen en el rostro de Santa Claus y me acuerdo de Walt, de su rostro arrugado y de su hijo jovencito y guapo. Me pregunto cuál será la vida personal de Walt, si tendrá mujer, y si es así, si serán felices. Ya no sé distinguir eso en la gente. La familia Mercedes parecía perfecta, pero no es el caso. No, con tres mujeres en tres años. Walt parece bastante feliz, pero de nuevo puedo equivocarme. Si me viera a mí misma y a Gordon bajando de su coche, dos jóvenes cogidos de la mano a la luz navideña, ¿no pensaría que eran felices?

X

Cuando vuelvo al piso es tarde. La luna está alta y subo pesadamente las escaleras, me siento cansada. Luego me detengo y escucho. Hay ruidos dentro de nuestro apartamento. Mientras subo oigo cómo empujan algo por el suelo, el *porrazo* de libros que caen y el crujido de los cajones de madera al abrirse del todo.

Al principio pienso: bueno, alguien ha entrado en nuestro piso. Hay un ladrón adentro y será mejor que me dé la vuelta ahora mismo. Debo llamar a la policía. Luego pienso que el ladrón, probablemente, tendrá a Víctor allá arriba y a lo mejor le ha disparado o lo tiene atado a una silla. No puedo dejarle, le puede ocurrir cualquier cosa. Víctor pertenece a ese tipo de personas que forcejearía con un ladrón. O *ladrones*. Sería capaz de mofarse con comentarios sarcásticos o sentarse ante ellos con una expresión colérica y poderosa. No se sentiría intimidado por sus armas. Diría: «Eh, soy un agonizante. ¿Creéis que vais a asustarme?»

Oigo un estampido y subo los escalones de tres en tres. Luego me detengo y bajo un tramo de escalera. Pienso, si realmente hay ladrones en el apartamento, ¿qué voy a poder hacer yo por Víctor? Luego continúo subiendo. Miro a nuestra puerta, con su coronita verde que acabo de colgar ayer. La cerradura no está rota. Sin embargo, abro la puerta con la sospecha de que haya tres hombres con cueros negros ahí dentro. Está solo Víctor, en pie, con las manos en sus frágiles caderas.

En el centro de la habitación, al pie de la cama, están nuestras propiedades. Hay un montón de cachivaches: un paraguas, cajas de leche, un cable de extensión, pila tras pila de libros, un secador de pelo, una maleta abierta, periódicos. Ha vaciado el contenido del cajón de su armario en un cubo de plástico para basura y hay un talego lleno de ropa.

—¿Qué *ocurre?* —digo, pero estoy a punto de echarme a llorar. Es evidente lo que ocurre. Víctor se va, nos vamos los dos. Casi no quiero escuchar su respuesta. No quiero tener que escuchar sus palabras, su voz, que me cuenta que sabe dónde he estado y que tengo un ligue... *un ligue ahora...* ¿Bueno, cómo es posible? Se pasea por la habitación. Sus vaqueros le caen demasiado grandes y tiembla. Procuro mirarle. Le miro de cerca, de la misma manera que un artista del trapecio sigue con cuidado los movimientos de su compañero. Le miro con tanta intensidad que apenas respiro.

—Me lo tienes que decir —le digo, aunque en mi mente hay una voz que grita: no, Hilary, no dejes que hable. No le dejes que empiece.

Víctor no me responde. En lugar de ello, se mete como una flecha en el cuarto de baño. La luz está apagada, y cuando yo le sigo rápidamente casi me caigo encima de él. Está doblado sobre la taza del inodoro, dando arcadas. Su camisa tiene una mancha de sudor ancha que va desde el cuello hasta la mitad del pecho, y con cada arcada veo cómo sus costillas se levantan angularmente y parece que van a atravesar la piel. Permanezco allí, con las palmas sobre la espalda mojada de Víctor; siento que su cuerpo se pone rígido. Pierde fuerzas y se arrodilla en el suelo, una mano todavía agarrada a la pila. Comienza a hablar, pero las palabras se le atragantan. Dice... nada. Echa una mano para atrás y me agarra por el tobillo. La habitación entera huele como el pozo de cemento más profundo del metro. Me inclino sobre Víctor, mi rostro está junto a su pelo. Cuando me acerco lo suficiente siento el olor habitual, el olor de Víctor, debajo del vómito y el sudor.

—Nada... ya no... sale —dice. Pone sus brazos sobre el asiento del inodoro y hace descansar su cabeza. Paso mis dedos por sus cabellos mojados. Cerca de donde comienza su pelo, los rizos están pegados a su frente. Una gota de sudor corre por un costado de su nariz.

—¿Cuánto llevas así? —le pregunto. Pongo una toalla en su boca y dejo que tosa en ella.

—Horas.

Me imagino a Víctor solo y enfermo toda la tarde. Siento como si me hubieran vaciado las entrañas, dejando un espacio hueco, como un edificio en construcción que tiene únicamente su estructura esquelética. Me siento como una delincuente; como si fuera uno de los tres tipos que desvalijaba el apartamento; he atado a Víctor a una silla, su boca sangra donde le han pegado con una pistola.

Luego veo que la boca de Víctor *sangra*. Coloco la toalla de forma que la luz de la otra habitación destaque su color. Son manchas de color orín. Me asustan. Son pavorosas y temibles como el embudo perfecto de un tornado en el horizonte. Me pregunto si debo decírselo a Víctor. ¿Debe saber que en su vómito hay sangre? Luego pienso en lo abierto que es Víctor con respecto a su enfermedad, cómo su enfoque racional de ésta es en realidad el aspecto más triste y cínico de todo. Además, no tengo que decirle que hay sangre. Lo sabe. Debe sentir su sabor. Probablemente se estará preguntando si debería decírmelo.

—Maldita sea, Hilary —dice Víctor. Me coge del pelo, acercándome a su rostro—. Se supone que debes estar aquí por mí.

Estoy ansiosa por responder. Quiero decirle todo, llenarle de palabras de consuelo y sosiego. Quiero abrirme ante él, dejarle ver mi interior, todo lo que tengo para él, las palabras que no puedo ofrecerle.

—Tu obligación es cuidarme —habla lentamente, con esfuerzo, deliberadamente. Asiento y me aprieto contra él. Pasan muchos minutos antes de que tenga fuerzas para levantarse.

Cuando por fin está en la cama, con la ropa de cama sobre el pecho, cierra los ojos y me siento un rato, sosteniendo un trapo sobre su frente. Ahora está tranquilo, su rostro se ha distendido. Pienso en lo hermoso que era en la noche en que nos besamos por primera vez, de pie junto al muelle en Long Wharf. Habían lanzado un barco de juguete, una goleta, y la mirábamos mientras se enfrentaba con cada ola larga. Pienso en nuestras promesas, tanto las habladas como las no habladas, y qué pudo haber sido. Me pregunto, por ejemplo, si hubiéramos tenido hijos. Y luego me siento extrañamente perversa, porque la verdad es que me alegro de que no tengamos hijos. Me alegro de no conocer a sus padres ni a sus amigos, de que no habrá nadie a quien tenga que consolar cuando se muera. Porque no creo que pueda consolar a una persona más. Ahora no. Después de eso, no.

Cuando Víctor se ha dormido entro sin hacer ruido en la cocina. Tengo mucha hambre, pero lo único preparado que hay en la nevera es una especie de complicada ensalada de arroz y remolacha que forma parte de la nueva dieta de Víctor. Otras verduras, también; cosas exóticas y raras, como el ruibarbo. Hay medio palo de regaliz negro todavía en su envoltura. Una cebolla pelada, una rosquilla, un huevo duro en un platito para flan. Busco algo muy sencillo, como manteca de cacahuete. Encuentro un bote detrás de las vitaminas en el armario y me cuesta abrir su ancha tapa. Me sirvo un vaso de leche, lo bebo de un trago y vuelvo a llenar el vaso. Unto el pan tostado de manteca de cacahuete y lo como rápidamente, de pie junto a la pila. Como si me lo fueran a quitar o si estuviera haciendo algo malo.

El cuarto de baño apesta, así que lo limpio. Sin ruido. Utilizo únicamente un poco de agua para llenar la pila. Luego añado amoníaco. Froto los accesorios con un cepillo que encuentro en el armario. Utilizo mis uñas. Todo es muy viejo en este apartamento. El inodoro tiene una telaraña de pequeñas grietas en su base. Están arracimadas e intrincadas en el pie, como hojas secas de coral. Lo froto con fuerza, en un intento de limpiar la negrura de esas grietas. Froto cada vez con más fuerza contra la porcelana. Me quedo sin aliento sobre la taza del inodoro. El amoníaco es fuerte. El cepillo se me cae de los dedos y me dejo caer de golpe en el suelo. Miro las burbujas de jabón que se deslizan por el asiento del inodoro.

Me seco las manos en los pantalones y calculo los daños que Víctor ha hecho en el piso. El cuarto de baño está desmantelado; no queda nada, a excepción de la desnuda porcelana blanca. Hasta han desaparecido los cepillos de dientes. Pero cuando miro el montón de nuestras pertenencias tirado en el suelo pienso: ah, bueno, un trabajo para mañana. También que me gustaría tirarlo todo. Hay una extraña corrupción en mi naturaleza que me hace sentir una suave satisfacción cada vez que pierdo algo. Por ejemplo, una línea de aviación perdió mis maletas en Newark. Bueno, debería haberme vuelto loca. Pero la verdad es que lo que pensé fue en lo libre que me sentía, sólo con un mochila y un billetero. Ninguna propiedad, nada más que yo. Luego encontraron mis cosas y me las trajo un camión, lo cual también estuvo muy bien.

Hay muchas cosas mías en el montón que hizo Víctor. Una camisa polo y una sudadera con el cuello arrancado. Una novela de Henry James que nunca leo. Algunos Magic Markers. No tengo muchas cosas. Cuando te trasladas tantas veces como yo terminas perdiendo lo que tienes.

Voy al montón y saco un televisor portátil en blanco y negro —el que intenté que usara la señora Birkle y no quiso— y lo pongo sobre una caja de leche para poder verlo desde la cama. Quiero sentarme con Víctor, que duerme. Puedo sentarme con él y mirar la tele; es un buen plan. Pero no sé lo que quiero mirar en la tele. En realidad, no sé qué cosas ponen. Lo que quiero mirar son series que ya no existen, programas que vi cuando era niña. Cosas sencillas. El «Show de Dick Van Dyke» sería bueno. A lo mejor hay un documental sobre la vida natural o una película. Pero cuando lo pongo son las noticias y están presentando un programa de escenas invernales por todo Estados Unidos. Hay una tempestad de nieve cerca de Chicago. Muestran una calle salpicada de coches abandonados. Muestran una nevada tranquila y perfecta en las zonas rurales de Maryland, con sus casas de campo acogedoras. Y, por supuesto, el contraste son tomas de la costa de Florida, donde las frescas olas del océano son saludadas por centenares de bañistas como una liberación del calor de la tarde.

Ahora se ve una información sobre un paracaidista en el sur de California. Se enganchó una cámara para rodar su descenso desde diez mil pies. El comentarista explica con su voz sólida y mecánica que cuando el paracaidista saltó desde el avión se había olvidado de sujetar adecuadamente su paracaídas. El paracaídas se le salió a unos cien metros y el hombre cayó miles de metros sujetando todavía la cámara.

Mientras miro el reportaje, mi estómago da un vuelco. Lo peor es que ponen la película, la película de la cámara que el paracaidista sostuvo en su caída. Se puede ver un comienzo perfecto, hermosas tomas del lago Elsinore desde la perspectiva de un paracaidista, tomas de otros paracaidistas en caída libre desde el avión, flotando en el espacio bajo el halo de un paracaídas. Percibes una sensación de amor reverencial al flotar en la atmósfera, un sentido diferente del espacio, de la visión. La cámara gira en una panorámica del suelo, de la tierra. Luego hay un tirón repentino cuando el hombre se da cuenta que no lleva paracaídas. Sus manos oscilan ante la cámara; se dobla en un ángulo enfocando a la gente, que grita y señala el agujero negro de la puerta abierta del avión. Entonces mira a sus pies. A la tierra, que se mueve perezosamente allá abajo. Luego, misericordiosamente, el canal de noticias vuelve al comentarista.

Víctor se mueve en sueños y luego masculla algo. Apago el televisor y me tumbo a su lado en la cama. Su olor es fuerte. Me alegro de que se esté despertando, aunque sé que es bueno que descanse. La película me ha asustado. Estoy trémula y nerviosa. Me aprieto contra Víctor y su brazo cae sobre mí.

—Creo que debo tomar alguna decisión —me dice al oído—. Supongo que lo que ha pasado ha sido cierto.

—A lo mejor es que tienes la gripe —digo—. Como cualquiera.

Víctor gruñe.

—No es la primera vez que ocurre. Pero no tan fuerte.

Tengo la película del paracaidista en mi mente y la paso una y otra vez. Veo sus manos desesperadas que se mueven, el azul repentino, todo el mundo es cielo.

—Pudo ser algo que hayas comido —digo. Le hablo alto en el oído—. No lo *sabes.*

Rodeo con mis dedos su brazo y lo aprieto fuerte. Lo suficiente para que le duela. Le beso en el cuello y dejo mis dientes contra su piel un largo rato. Me esfuerzo por decirle algo más. De repente le quiero ahí, sentado. Quiero ver su rostro y sentir su fuerza. Deseo que me ponga debajo de él y me haga el amor. Quiero que grite, que se mueva mucho, que me coja del pelo como en el cuarto de baño. Cualquier cosa. Pero está inmóvil. Ya ha vuelto a dormirse; su brazo fláccido, sobre mi estómago.

He aquí el problema: no estoy cansada en absoluto. Estoy muy despierta, llena de fuerza, casi embriagada de energía. A lo mejor se debe al amoníaco. No puedo dormir y sé que si doy vueltas por el piso lo único que voy a hacer es molestar a Víctor. Pienso en cosas que puedo hacer aquí que no sean ruidosas.

Voy a la cocina y me quedo de pie junto al mostrador con un Magic Marker. Pinto un margen naranja en un cuaderno para mensajes telefónicos que no usamos nunca. Encuentro los cigarrillos de Víctor y fumo un montón, intentando meter unos anillos de humo en otros. Arranco una página de anuncios de una revista y hago pedazos el rostro sonriente de una mujer Maybelline. Luego intento juntarla, a lo rompecabezas. Me limpio del barro de las playeras y seco sus suelas de goma con una toalla de papel. Oigo el fuerte rugido de los reactores y voy a la ventana. Les miro pasar haciendo ruido, sus luces forman dos diamantes que se van desvaneciendo al alejarse.

Decido dar un paseo. Iré a la playa, hará un frío increíble y caminaré por la fría arena con una linterna, mirando filamentos de *kelp* seco, conchas rotas, rocas que parecen al principio cangrejos. Respiraré el aire helado y eso me agotará.

Me pongo rápidamente el abrigo, quito el cable del televisor de la pared y me deslizo fuera del apartamento, con el aparato bajo el brazo. Bajo corriendo tres tramos de escalera hasta la puerta de la señora Birkle, y luego, repentinamente cohibida, me da miedo llamar. Encuentro un trozo de lapicero en el bolsillo de mi abrigo y escribo una nota en el dorso de una factura de comida. Escribo: «Señora Birkle, Víctor y yo hemos comprado un televisor nuevo y no queremos tener dos ocupando espacio en el apartamento. ¿Podría encontrarle uso a éste? Se lo agradeceríamos mucho.»

Coloco el televisor junto a la puerta y salgo. Hace frío, un frío asesino. La luz del dormitorio de la señora Birkle está encendida y tengo un presentimiento; ¿por qué una persona tan vieja no está acostada a esta hora? A lo mejor está enferma o le ha ocurrido algo malo. No he hablado con ella en más de una semana.

Siento una oleada de culpabilidad y también la necesidad de asegurarme de que la señora Birkle está viva.

Decido echar un vistazo dentro, me meto por debajo del pasamanos del porche y me quedo entre la casa y los arbustos. Bordeo el muro de la casa, hago demasiado ruido, intento apartar las ramitas que arañan mi rostro. Me apoyo con las manos en el borde y golpeo con mis pies la casa, levantándome hacia la ventana. Su dormitorio es una caja verde con una cama alta y estrecha y varias cajas redondas de sombreros apiladas en un rincón, junto a una cómoda. Hay unos manteles blancos y bordados que cubren las mesas, el escritorio y el tocador. La señora Birkle, que lleva una bata de color azafrán con flores estampadas en hilo azul, está sentada en una esquina de la cama, con las manos juntas, la espalda muy recta, y mira con fijeza una secuencia de fotografías que forman una especie de dibujo en la pared. Su delgado cuello se estira hacia adelante y las gafas de cerca que lleva le resbalan por la nariz. Sus cabellos descienden en mechones grises y negros. Para que no caigan sobre su rostro, los tiene sujetos con horquillas. Durante el tiempo que soy capaz de aguantar mirando, ella está totalmente quieta.

El mar hace mucho ruido. Camino un poco hacia afuera, por donde el agua bate la arena, distante pero a la escucha. Miro la playa abandonada y soy capaz, por muy brevemente que sea, de creer de nuevo en la leyenda de un planeta de hace muchos años, un insospechado mundo sin gente. A lo lejos y a la izquierda hay un montículo oscuro, y pienso durante un momento que hay una persona muerta en la arena. Resulta que no es una persona, sino una foca, con la cola despedazada por las mandíbulas de un tiburón. Lo que queda de su cuerpo oscuro está hinchado y putrefacto. Lo rodeo a una cierta distancia. El mar siempre arroja en la playa cosas muertas, especialmente en los inviernos, cuando los temporales son malos. He olido peces que llevaban días muertos y medio enterrados en la arena. He cogido lo que yo creía que era una concha y resultó ser el pico de una gaviota. Se pensaría que es agradable vivir junto a una playa, sosegador. Y supongo que lo es. Pero la playa está llena de peces que han perdido aletas cruciales, botellas de cerveza, la parte de plástico de las compresas que han flotado durante muchas millas hasta llegar a las playas de Hull. Paso las tablas astilladas de unas nasas, ganchos de redes y un pedazo pequeño de cuerda.

Sin embargo, por la noche es muy hermoso. Me fascina todo, cada chispa de los luceros, la espuma blanca del mar que corre sobre la arena, los oscuros rizos de las olas. Las sombras de las gaviotas bajan en picado desde el cielo.

La luna está alta y marmórea. Hemos enviado hombres hasta allí y les hemos visto volver a casa, cayendo en el mar junto a la bahía de Nassau cuando el mundo estaba inmóvil. Una vez mi cumpleaños quedó oscurecido por ese acontecimiento, cuando mi familia se apiñó en torno a la televisión para ver la nave espacial Apolo II. Crecí con la promesa de esas aventuras en un mundo de satélites y ordenadores. Parece interesante que ahora, cuando llegamos a la parte final del siglo XX sólo el despegue de un cohete parece llamar la atención. Y esto, sospecho cínicamente, atrae por la posibilidad de un desastre cuando la gran explosión envía oleadas de nubes de fuego en la base del cohete.

Pero en 1969 hurgaba en las cajas de cereales para encontrar el premio: pegatinas que brillan en la oscuridad de una serie educativa sobre el espacio. En el poste de mi cama había casi una colección completa: El Saturno V, el Eagle Lunar Excursion Module, y el satélite Explorer. Miraba cómo iluminaban la oscuridad como luciérnagas. Miraba la esfera iridiscente de mi despertador y me preguntaba dónde estarían los hombres del espacio en su aventura orbital a ciento seis mil millas náuticas de distancia, en un lugar donde no hay atmósfera, así que ni siquiera las estrellas brillan.

La tierra, al igual que un satélite o cohete, da sus lentos giros por la Vía Láctea. Yo debo aprender, recoger información como lo hacen los astronautas con las rocas de la luna. Debo construir algo, yendo hacia adelante. Pero en lugar de ello me concentro en Víctor, en su experiencia, en su muerte. No creo que estar con Víctor me haya ayudado a saber más sobre la muerte; sólo sobre Víctor, que se está muriendo.

Desde hace poco, apenas le puedo hablar. En medio de una frase, la amenaza de su muerte me hace callar. Siento como si me quitaran las palabras, como los astronautas que son arrancados de sus naves espaciales y dan vueltas penosamente por el espacio. Todo parece perdido y más grande que yo. Todo es extraño y antinatural, como el blanco yermo del suelo lunar.

Camino por el muelle e imagino a Gordon junto a su barco de vela, enrollando cable en un círculo ordenado. Ando hasta el malecón, escucho mis pasos huecos en las tablas grises. Imagino a los veraneantes, con sus miembros bronceados balanceándose a los lados, tirando conchas de mejillones a las medusas y riéndose con sus cucuruchos de helado. Camino hasta el final del malecón. Ya sé que es peligroso. El mar es todopoderoso. Podría barrerme de esa sólida alcántara y tirarme fuera como el cordel del pescador. Durante un largo rato miro el faro parpadeante e intento comprender el sentido de las ráfagas de luz. Busco el reflejo de la luna contra las numerosas planicies oceánicas. El océano es encantador, como un amigo que te pincha para que hagas una travesura. Estoy de pie en la esquina de mi vida.

Por fin dejo el océano y me voy hacia la tierra. Sigo las curvas de una calle soñolienta. Está malamente iluminada por pequeños faroles amarillos y el hielo, que hace brillar la superficie de la carretera como muchos espejos. Hay algo que atraviesa corriendo el pavimento. Pienso en un gato y luego veo el fino cable del rabo de una rata. Pienso en la escopeta para las ratas de Víctor —la antigüedad que ha tenido siempre— a la que engrasaba y sacaba brillo. Ahora yace en la tierra húmeda, oxidándose. Eso le pedí, a mi manera callada.

En un cruce rompí con el pie un charco helado y luego lo lamenté. Me mojé los pies y el hielo me hizo daño, de duro que estaba. La mayor parte de las casas aquí están abandonadas durante el invierno, con ventanas y puertas condenadas, y resisten la intemperie. La nieve de muchas semanas cubre con peso los tejados. ¿Qué habrá sido de nosotros cuando estas casas vuelvan a ser ocupadas? Cuando quiten las tablas que ciegan las ventanas para dejar que la brisa salada sople entre las cortinas y levante los papeles de los escritorios, ¿dónde estaremos los tres cuando el sol cueza la blanca arena de la playa y los bosques que hay detrás de la casa de Gordon estallen de verdor y las plantas obstruyan los senderos y capturen el aire húmedo entre las hojas mojadas?

Cuando era muy joven fui a un parque a última hora de la tarde con mi mejor amiga. Esperamos junto a un arroyo, arrancando el barro de las orillas y capturando salamandras con las manos. Amontonamos piedras y barro para hacer trampas para peces. Intentamos hacer rebotar piedras en el agua. Luego oscureció. Nuestros rostros ya no se reflejaban en el agua. Los árboles familiares que bordeaban los senderos dejaron de ser familiares. Los ruidos del bosque se hicieron extraños. Nos quedamos en la orilla del arroyo y decidimos qué hacer. Decidimos que nos cogeríamos de la mano y atravesaríamos la oscuridad corriendo, sin pausa. No soltarnos. Recuerdo que luego pensé que eso era lo que significaba lealtad. Que la lealtad es algo profundo entre dos personas que sólo sale a la superficie cuando se lucha. Tal y como es ahora mi vida es como si corriera de nuevo por el bosque, esta vez con Víctor. Salvo que yo me he detenido. Tengo que soltar su mano y no estoy muy segura de mi decisión. Me doy cuenta que nunca entendí lo que quería de mí. Nunca entendí que yo también tenía que respetar su decisión de morir.

Ahora estoy ante la casa de Gordon, donde supongo que ha sido mi intención llegar en todo este tiempo. Aquí, dentro de esta caja de habitaciones, está la materia de mi deslealtad, mi amante dormido. Camino por el sendero de enfrente, hacia la luz que ilumina las tablas blancas de la entrada de la casa. Luego me salgo del sendero, mis zapatos crujen sobre la nieve compacta y miro por la ventana.

Una sala de estar. La cortina está corrida, pero veo la vaga figura de los muebles. Me voy poco a poco hacia el lado derecho de la casa e intento encontrar la ventana del dormitorio de Gordon. Me pongo sobre un enrollador de hierro donde se guarda la manguera del jardín para el verano. Veo dentro el cuarto de baño, con su luz nocturna que brilla como una cerilla en un rincón. Bajo del enrollador y voy hacia más abajo, apretándome contra las ramas puntiagudas. Hacen un ruido violento contra mi chaquetón, pero veo, sí, que es el dormitorio de Gordon. Miro con fijeza su reloj digital. Los números señalan las tres treinta y ocho. Vislumbro el largo cuerpo de Gordon bajo un edredón.

Gordon se mueve formando nuevas sombras por encima de su ropa de cama. Levanta una rodilla y luego la baja de golpe. En su sueño debe caminar.

Voy a la parte trasera, donde la ventana de la cocina da a muchas hectáreas de bosque. El viento envuelve la casa y tengo las manos frías metidas en los bolsillos. No siento mi rostro. Es como si no tuviera cara, momificada, como si hubiera sido transformada en un espíritu que ahora encanta las casas.

Me pongo de puntillas, me estiro para mirar dentro de la cocina. Una luz fluorescente, bajo unos armarios, brilla a través de los botes de vidrio que están en la repisa de la ventana. El jabón para fregar los platos, en una botella de alegre color amarillo, me hace pensar en la primavera. La ventana no está cerrada; podría colarme dentro. Y de repente es lo que quiero hacer. Quiero estar en la casa donde vive Gordon. Quiero caminar dentro de ella.

Me encuentro en el silencio de la cocina de Gordon, leo las etiquetas de las especias que están sobre un estante. Aquí hay romero, pimienta blanca, clavo, semilla de mostaza. Luego oigo las garras de Tosh en el suelo del pasillo. Entra gruñendo como un dragón y lanza un ladrido bajo y hueco. Se detiene en el umbral, me reconoce y menea el rabo. Baja la cabeza y se acerca poco a poco, hunde su hocico en mis rodillas. Enciendo la linterna que escondí en mi bolsillo. Es pequeña, de usar y tirar, pero puedo ver con ella en la despensa. Paso el haz de luz sobre las filas de latas de sopas, las cajas de fideos, varias mezclas para salsas, latas de espárragos y corazones de palmera. En el estante de abajo hay detergente para la limpieza, todos con la palabra «resplandeciente» en sus etiquetas. Hay paquetes de esponjas azules, una fregona nueva que todavía está envuelta en el plástico. Todo es igual a como me imagino que deben ser las casas, tan ordenado, me siento dentro de un anuncio.

También me siento como cuando robo cosas, aunque a Gordon no le robaría ni siquiera un lápiz. Es algo que tiene que ver con quebrantar las reglas, un desesperado llamamiento interior que domina mi comportamiento. Es pasar furtivamente por la sala de estar, escuchando la vibración metálica de las mesas de cristal al pasarlas, viendo la sala de estar tal como es, no *mi* sala de estar y por el momento no de nadie. Tan sólo un lugar que se parece a éste.

Encuentro el armario de la ropa de cama en el pasillo. Hay almohadas, mantas extra y montones de sábanas limpias. Están dobladas rectangularmente y ordenadas de acuerdo con su color. Busco un indicio de Gordon que no haya borrado la máquina de lavar. Voy al cuarto de baño y abro suavemente el armario. Miro con fascinación las pequeñas filas de desodorante, pasta de dientes, cuchillas de afeitar y botes de aspirina. Miro los medicamentos para la presión sanguínea de los padres de Gordon, la nitroglicerina, que pertenecía a su ahora difunta abuela. Y luego me quedo junto al dormitorio de Gordon. Escucho su respiración, escruto la oscuridad para ver las formas de Gordon bajo la ropa de cama. Miro por su ventana e imagino cómo debía de parecer allá fuera mi rostro aplastado contra el cristal. *Sé* que es una locura, pero es como cuando me estacioné para mirar a Gordon salir de su casa por la mañana. Únicamente una forma de ponerme a ras de tierra, una manera de ver cómo viven los demás.

Este tipo de transgresión es siempre mi única escapatoria. Vivir con la muerte de Víctor significa responder continuamente a ella. Su muerte, siempre tan inminente, tan disponible, nos exige a los dos desafiarla y complacerla. El temor de la muerte entra en nosotros como un espíritu, y transforma cada experiencia. Nos enfrentamos con ella una y otra vez, a la hora de comer o cuando subimos las escaleras. Y ahora me pregunto si Víctor está soñando con ella, hasta si la desea. Un agorafobo no miraría por la ventana de un edificio alto. Hasta pasar en coche un puente tiene su terror especial. Pero cuando se encuentra con una ventana abierta y un paisaje se coloca nervioso en el borde, suda y masculla, sintiendo el tirón del horizonte, y su cuerpo se inclina hacia afuera, arriesgándolo todo.

Camino hacia Gordon con los pasos lunares y silenciosos de un astronauta. De alguna forma siento a Víctor y mi piso demasiado lejos, en un sitio al que no puedo volver. Pasa un coche, envía momentáneamente su luz por la ropa de cama, lanzando bloques de luz contra la pared.

—¿Hilary? —dice Gordon. Se apoya en un codo—. Hilary, ¿eres tú?

—Chiss —digo, y doy un paso atrás con timidez. Tosh aparece en la puerta del dormitorio y gimotea. Luego se va con indolencia.

—¿Ha pasado algo? —pregunta. Enciende la lámpara de lectura y me mira con los ojos entrecerrados. Hay marcas en su rostro de las sábanas. Sus cabellos caen sobre sus ojos.

—Víctor estaba enfermo —digo.

—¿Hay algo más?

—Estaba más enfermo de lo habitual. Vomitó sangre.

Gordon se sienta. Las mantas caen en su regazo. Coloca una almohada detrás y se recuesta. Así parece muy joven, con su pecho desnudo, levantándose de un nido de mantas.

—¿Puedo hacer algo?

Muevo la cabeza.

—¿Quieres meterte en la cama conmigo?

—No.

—Hilary, ¿por qué has venido?

No tengo ninguna respuesta, me encojo de hombros, me siento tonta, deseo escabullirme.

—Me preocupas —dice Gordon, inclinándose hacia mí. Pone su mano sobre mi muñeca y tira de mí—. Métete en la cama conmigo...

—No, Gordon... —respondo.

—¿Entonces, qué vas a hacer? —dice como un desafío—. Mira, pasas por esto cada dos por tres. Simplemente reconoce que estás enamorada de dos hombres y métete en la cama. Son las cuatro de la madrugada. No has venido aquí para charlar.

—Me voy a la casa del padre de Víctor —digo, recuerdo las señas donde envié mi breve carta—. Sé las señas. Está en Commonwealth Avenue. Le voy a decir que venga a buscar a Víctor y que le lleve a un hospital.

Gordon me suelta la muñeca y se recuesta contra la almohada.

—A Víctor no le va a gustar eso —dice con suavidad—. Es exactamente lo que Víctor intenta evitar.

—Bueno, alguien tiene que hacer *algo* —digo. Tiemblo. Mis palabras salen a borbotones y entre tartamudeos—. Hasta ha dejado de pesarse. No me deja que le tome la temperatura. Hace las recetas según el libro que le regalaste y no puede comer. Suda y tiembla por la noche. Le encontré hurgando entre los medicamentos y buscaba la morfina.

—Chiss —dice Gordon, y me atrae hacia la cama. Bajo la cremallera de mi chaquetón y de pronto descubro que tengo calor. Mucho calor. Mi boca está seca. Me quita el chaquetón, luego mi jersey y oigo mis zapatos al caer al suelo. Gordon me tapa. Me acuna debajo de sí y me habla. Susurra:

—Está bien, vete a ver a su padre, si crees que puede arreglar algo.

Obligo a Gordon a prometerme todo. Le obligo a prometerme que no le dirá nada a Víctor sobre nosotros, que no le dirá a Víctor dónde voy a ir esta noche. Le hago prometer que velará mientras yo duermo, que me despertará dentro de una hora, que irá al apartamento por la mañana para asegurarse de que Víctor está bien y comprobar que toma su zumo con sal. Lo último que recuerdo haber dicho es algo acerca de los peligros de la deshidratación, algo extraño sobre la postración del calor, y algo sobre escalar montañas y astronautas que echan agua en un glóbulo amorfo que flota sin peso dentro de su nave espacial.

Me duermo enseguida, al tiempo que lucho contra ello. Sueño que estoy despierta de nuevo, repentinamente dotada de una conciencia de lo que debo hacer. En mi sueño me levanto, me pongo la ropa y salgo corriendo para decirle a Víctor lo que sé.

XI

Gordon hace que me ponga un jersey grueso y me da una taza de café caliente. Se sienta a la mesa del desayuno, lleva una bata blanca de tela de toalla. Tiene puestas zapatillas forradas de lana y necesita un afeitado. Gordon está guapo así. Adorable y accesible, parece más un niño grande que un adulto.

Me lee el periódico de Hull, el *Times* de Hull-Nantasket. El periódico da informes policíacos todas las semanas: el agente Braveman informa acerca de correo no abierto con las señas de un residente encontrado en un sobre en la basura. Hay una noticia sobre hombres en una barca que cazan patos cerca de Point Allerton. Una mujer de Hull habla de problemas caseros; un residente de la calle C habla de un gato abandonado en el sótano. Gordon me los lee mientras me pongo el abrigo y los guantes. Lee «Los residentes en Oceanspray han denunciado que les rompen tiestos de plantas; el agente Braveman ha interrogado a jóvenes vistos cerca de la esquina de la calle, encuentran partes de los tiestos en sus bolsillos. Los jóvenes han prometido que comprarán tiestos nuevos...»

—¿No te sientes segura al pensar que hasta las plantas caseras están protegidas?

—¿Qué hago si su padre no está en casa? —pregunto y Gordon se encoge de hombros.

—Sabes que si fueras mía podríamos desayunar juntos todas las mañanas —dice Gordon—. Te leería el periódico. Te haría cosmopolita —se ríe.

El *Times* de Hull-Nantasket es un periódico delgado, con letras grandes. Los dirigentes mundiales chocan sobre importantes cuestiones internacionales sin aparecer nunca en sus páginas.

—Mira —dice Gordon—. Nos dicen que hay más muertes por accidentes de automóvil que por cualquier otra cosa, excepto las enfermedades coronarias y el cáncer.

—Últimamente he pensado que debo conducir más —digo.

—Oye, no hagas bromas —dice Gordon, dándome una bufanda.
—¿Quién está bromeando?

Voy a coger el de las seis y diez a Boston y no he perdido los nervios. Recuerdo un sueño que tuve mientras dormía, y esto me dio una motivación extra para ver al padre de Víctor. En realidad fue tan corto que pareció más un episodio en un sueño, pero no había nada antes ni nada después. En el sueño estaba de pie en nuestro apartamento. Todo había sido pintado de azul oscuro, y había crestas de luz que jugaban en las paredes, como las sombras de las olas. Estaba ordenando la ropa de Víctor, manejando su colección de pantalones vaqueros y camisas de franela. Puse su ropa en mi rostro; le pude oler perfectamente. Pero ya no estaba. Había desaparecido y me había dejado únicamente un apartamento vacío y montones de propiedades que llevaban su marca y su olor.

En el estacionamiento, Gordon apaga los faros y vuelve a preguntarme si quiero que me acompañe.

—No —le digo—. Quiero que te vayas a ver a Víctor.

¿Y qué le va a decir a Víctor acerca de dónde estoy yo?

—Dile que he ido a Boston, nada más. No le digas para qué. Simplemente, que me he ido.

Me doy cuenta que no es una respuesta. O más bien que a Gordon no le va a pasar nada por decir eso, pero que cuando yo vuelva será mejor que tenga una excusa para mi viaje.

Gordon me acompaña hasta el final del malecón y nos besamos en la escalera del embarcadero, y luego entro en el *ferry.* Voy a la cubierta de abajo, donde hay una cafetería y unas cuantas mesas. Es demasiado temprano para la gente que trabaja en Boston y apenas hay nadie a bordo. A lo mejor hay hasta treinta personas en esta sala grande; todos son de los que van a Boston a trabajar y leen el periódico. El agua está muy picada y muchos levantan la vista cuando el *ferry* da una bordada que resulta especialmente incómoda. Algunos doblan los periódicos y toman la escalera a la cubierta de abajo, donde el viaje será menos accidentado.

La cafetería no está aún abierta. Es una lástima, porque mi estómago ruge de hambre. Me siento, tengo demasiado calor con el chaquetón y el jersey grueso, de pescador, de Gordon, y me quito unas cuantas prendas. Meto los guantes en los bolsillos, junto a un gorro que me prestó Gordon. Pongo encima el jersey. Busco en mis pantalones vaqueros el dinero, y saco un billete de cinco dólares para tener a mano cuando abra la cafetería. Luego apoyo mi cabeza en el montón de ropa que hay sobre la mesa, y me quedo dormida casi instantáneamente.

Me despierto con un rostro ante mí, un rostro brutal y rubicundo, con mofletes picados, labios desiguales y nariz vigorosa y plana. Es una visión horrible, propia de lugares públicos.

Dondequiera que vayas, un rostro semejante se te aparece en la multitud, como una mancha y un recuerdo de la gente que podías haber sido y que, gracias a Dios, no eres. No quiero ser poco caritativa, pero me escupe algo, algún aviso. Estoy sentada, me echo hacia atrás, alejándome de él, y me coge por el cuello y me arrastra como se arrastra a un perro.

Pienso: «Qué manera tan estúpida de asaltar. Qué criminal más incompetente»

El dinero para comprar mi rosquilla aún sigue en mi puño. Le acerco los cinco dólares, pero no hace caso y sigue tirando del cuello de mi blusa. Después me levanta del asiento. La sala está vacía. Los pasajeros se han ido, dejándome con ese criminal de ojos acuosos que habla con dificultad. Siento un extraño balanceo, como si el *ferry* no fuera hacia adelante, sino que se inclinara. Aunque es difícil de saber, porque estoy en plena lucha con el delincuente, pegándole en el pecho y dándole con los puños en su cuello, fuerte y arrugado. Me agarra por la cabeza y me saca de la sala a rastras mientras pataleo. Me sigue diciendo algo, pero no le oigo. Grito. Pido socorro. Este tipo es fuerte y me hace daño, por la manera con que me ha metido la cabeza bajo el hombro. Luego que bajo, su otro brazo lleva mi chaquetón y jersey, dejo de gritar e imaginar por qué se lleva mis cosas. Luego se me ocurre que no intenta robarme, ni siquiera hacerme daño. Dejo de dar patadas y él afloja su apretón. Me suelta lo suficiente como para que pueda poner los pies en el suelo.

—¡Señorita! —dice sin aliento. Comienza un largo rosario de tartamudeos, intentando pronunciar la palabra «este».

—E...s...te barco se ee...stá hun...

Se detiene, se da un golpe en la boca, castigándose, y después lo vuelve a intentar:

—E...ste... bar...co... está... hund...

—¿Hundiéndose? —digo—. ¿Se está hundiendo el barco?

—Ya —dice aliviado.

Es gigantesco, tal vez mida más de dos metros. Y es diestro, por la manera con que abre la puerta, empujándola, y sostiene el cuello de mi jersey para que yo pueda entrar rápido. Extiende un guante para que yo pueda deslizar mi mano dentro. Me meto el gorro hasta las cejas y salimos de la sala hacia la cubierta. Camina por fuera de la cubierta, permitiendo así que yo pueda estar en una posición más segura con respecto al mar chapoteante. Fuera está el sonido de las gaviotas y el océano; transmisores de radio y hombres con voces severas que dan órdenes por megáfonos.

—Lla...lla... maron para que to... to... todos sa... salieran, pe... pe... pero usted no oyó.

Hay mucho ruido delante del *ferry;* voces animadas de los pasajeros, una cuerda que tiran. Una luz intermitente se refleja por la superficie del agua y, mientras caminamos, el barco de la Guardia Costera se ha acercado hasta el costado del *ferry,* y un tablón ancho sirve de puente entre los dos. A lo lejos hay un barco idéntico de la Guardia Costera, lleno de pasajeros que llevan salvavidas de color amarillento sobre sus abrigos invernales. Hay una chica en pantalones vaqueros que lucha con su salvavidas, que al parecer le queda demasiado grande. Sus cabellos vuelan formando una oscura mata, y ella se los quita de los ojos. El barco gira hacia el este, vuelve hacia Hull y se hace más pequeño, mientras el sol sube astutamente por el mar.

El hombre que creí que era un ladrón me mira mientras caminamos como si yo fuera una especie de paquete especial que tiene que entregar y que debe cuidar mucho. Pienso: ¿por qué este tipo vino a buscarme? No es de la Guardia Costera. No tiene uniforme. Lleva una sudadera con capucha bajo un poncho de color naranja. Tiene un racimo de lunares bajo la ventana de la nariz. También camina extrañamente. A cada paso se inclina a un lado y otro. De repente me doy cuenta que el tipo tiene algo *raro* —no es un retrasado, pero le pasa algo—. Me pongo rígida al comprenderlo y de repente me siento avergonzada. Llegamos a la proa del barco y un oficial nos da salvavidas y nos dice, con una competente voz náutica, que tengamos cuidado al subir al pequeño puente.

Apenas necesito el puente, directamente paso al *Rescue Vehicle* de la Guardia Costera (es el nombre que se lee en las cajas de suministros y en el borde inferior de mi chaqueta salvavidas) y encuentro un lugar para sentarme. Levanto la vista, a la espera del tipo que me sacó del *ferry.* Quiero darle las gracias y preguntarle su nombre. Quiero disculparme por las patadas y por el jaleo que armé. Pero otro barco de la Guardia Costera llega al costado del *ferry* y comienza a embarcar pasajeros. El barco donde estoy se desengancha del *ferry* y se va varios metros hacia atrás. Corro a la proa pero uno de los oficiales me dice que me siente. Saludo con la mano a mi delincuente, pero no me ve. Entonces nos vamos.

Volvemos a Hull, tenemos un frío horroroso y nos llevan hasta la estación de la Guardia Costera. Nos piden que nos sentemos y nos dan

—adivinen qué— cacao instantáneo en tazas de papel de forma cónica con asa de plástico. Cacao, como si estuviéramos en el grado elemental y hubiéramos vuelto de patinar sobre el hielo.

La estación de la Guardia Costera está pintada de un color pardo de hojas muertas, y tiene archivadores de aspecto muy oficial y grandes bloques de estantes de nogal contra las paredes. Hay varias puertas cerradas, probablemente las oficinas de los mandamases y un larga fila de bancos tapizados con una tela áspera y de color parduzco. Para decorar han colocado varias sillas de capitán. En las paredes hay dibujos de colores de diversas clases de barcos de la Guardia Costera. Explican el origen de la Guardia Costera en Hull, los muchos y heroicos esfuerzos para salvar vidas que llevó a cabo en los orígenes de Hull, cuando los comerciantes y pescadores viajaban todos los días a Boston para comprar y vender mercancías. Hablan del primer bote salvavidas, llamado *Nantasket,* que se puede ver en el Museo de Salvavidas de la ciudad. Un sextante antiguo está bajo un cristal junto a las ventanas de la oficina. La oficina principal, una habitación diminuta separada de la sala de espera por una serie de ventanillas, parece demasiado pequeña para albergar el enorme aparato de radio, que ocupa más de una tercera parte del espacio.

Hay policía. Estaban aquí cuando llegamos, radiantes en sus almidonados uniformes azules, con *walkie-talkies* parloteando como cotorras y colgados de sus caderas. La policía siempre me asusta mucho. De pequeña me aterrorizaba. Siempre me preocupaba que me fueran a llevar a la cárcel. Que me encarcelaran por alguna equivocación, algún error fortuito. Y que, debido a una serie de similares errores logísticos, tuviera que permanecer en la cárcel durante meses, incluso años, hasta que la celda se convirtiera en un hogar de la triste forma en que cualquier sitio se convierte en tu hogar si te quedas en él bastante tiempo.

Hay un hombre barbudo, que lleva un impermeable, que se apoya, recto como un palo, contra la pared. Por un momento me parece que es un exhibicionista. Pero *estos días* no exhibe eso, mas hubo un momento en su pasado... Aquí, en la estación de la Guardia Costera, rodeado de hombres uniformados, se preocupa como yo, por sus delitos anteriores. Todos mis robos, mis objetos robados con los que he llenado los bolsillos de mi abrigo, pasan por mi mente en un ansioso desfile. Una mujer, tal vez de mi edad, lleva un elegante abrigo de lana y juega con los dedos con su collar de abalorios. Mira el reloj, piensa..., ¿piensa en qué? ¿Sobre el día de trabajo que pierde por el hundimiento del *ferry?* La mujer me mira también, y durante unos desconcertantes momentos nuestros ojos se clavan los unos en los otros y me pregunto —Dios, cómo me gustaría saberlo— ¿qué es lo que ve cuando me ve a mí?

Nos dicen que debemos rellenar un informe sobre el accidente, pero no hay plumas suficientes para todos ni dónde escribir. Espero mi turno para utilizar la pluma y luego intento rellenar el formulario apoyándome en mi rodilla. Me escondo en un rincón para evitar a los polis y me acurruco sobre mi formulario, señalando los casilleros apropiados del sexo, estatura y estado civil. El formulario está hecho a mano en una letra increíblemente minúscula. Una fotocopia de una fotocopia. Es bastante difícil leerlo y mucho más encontrar espacio suficiente en los pequeños casilleros para la información que quieren. Estoy pensando en la manera de escaparme, cuando la policía, como si leyera en mi mente, nos dice que nadie puede salir hasta que no hayamos terminado los informes. Quiere también que vayamos todos al hospital —no sé por qué—. Y oigo las sirenas de las ambulancias a lo lejos, así que me doy cuenta de que van en serio.

No recuerdo mi código postal y estoy esforzándome para conseguirlo cuando levanto la vista y allí está mi ladrón, con un formulario sobre su ancho regazo. Tiene la pluma metida en la boca y aspecto de sentirse tan confuso como yo. Así que me deslizo por el largo banco hasta donde él está sentado, y me mira con esa especie de expresión de bienvenida con que miras a un antiguo compañero de clase. Por encima de su hombro lanzo un vistazo a su formulario. No ha llenado ni un solo casillero.

—Es estúpido, ¿eh? —digo—. ¿Cómo se llama?

—David —me dice; le digo mi nombre y lo repite sonriente, sin tartamudear, un Hilary perfecto.

Se llama David Alexander Kennedy, un nombre impresionante. Una de las cosas de las que me entero al rellenar el formulario es que reside en Hull, que es soltero, tiene veintiséis años, lo cual es triste, porque parece mucho mayor. Su pariente más próximo es su madre, Sybil, cuyo número de teléfono en la oficina tiene un 800. No ha sufrido herida alguna y no sabe su número de la Seguridad Social.

—Yo tampoco sé mi número de la Seguridad Social —miento. Decido que el rostro de David no es tan feo, al menos no es tan horrible cuando sonríe.

La gente hace cola junto a la señal de salida, la policía recoge los formularios y luego envía a los pasajeros a unos enfermeros que llegan con las ambulancias.

—No pienso meterme en una de esas ambulancias —le digo a David.

Me mira con pesar, como si debiera decir: «Me siento bien.» Le digo: «Me ha salvado.»

Voy hasta la ventana y cuento siete ambulancias, grandes, del tamaño de furgonetas. Meten a la gente con rapidez. Luego un muchacho cierra las puertas y las ambulancias se van de una en una, con la luz intermitente puesta, pero sin sonido. No hay ningún herido. Pero afuera hay cierto movimiento. Hay un pequeño grupo y un equipo de televisión que espera, con sus cámaras amontonadas.

David me da un golpecito en el hombro y señala la cola de gente que está a la espera para entregar sus formularios. Asiento y le digo que volveré junto a él en un segundo.

No voy a ir al hospital. Ni siquiera sé dónde está el hospital. Hay una señal de salida al otro lado de la ventana de la oficina y camino hacia allí como quien no quiere la cosa, simulando que leo todavía mi formulario sobre el accidente. Me doy golpecitos con la pluma en la mejilla para demostrar a todo el mundo lo concentrada que estoy. Frunzo el ceño. Llego a la puerta y apoyo la espalda en ella, como si no supiera que es la salida. Un muchacho joven que está detrás de la ventana de la oficina me sonríe, le devuelvo la sonrisa y luego clavo los ojos en mi formulario. Aunque me sigue mirando. Cuando miro hacia arriba aparta la vista bruscamente. Tiene el pelo cortado al cepillo y una nariz pequeñísima, como un ordenado paquetito. Lleva gafas con cristales de culo de vaso. No debe tener más allá de veinte años.

Afortunadamente para mí un oficial mayor le manda buscar algo en un archivador, de modo que va a hurgar a uno de los cajones metálicos que se alinean contra la pared. Sin ruido, giro el picaporte y luego salgo de espaldas, avergonzada de mí misma, sintiendo mala conciencia por mi incapacidad de aguantar las cosas como la mayor parte de la gente. Cierro la puerta con la mayor suavidad posible, encajando silenciosamente el picaporte en su sitio. Soy una fugitiva. Una delincuente. Malvada, sinvergüenza, insecto, gusano.

Estoy en una escalera de cemento que tiene un olor húmedo, de bodega, y barandillas de hierro con ocho escalones en cada dirección, que luego tuercen y hay ocho más. Bajo volando los escalones, equilibrándome con la barandilla, dejando que mis pies hagan magia por las escaleras. Por fin me detengo ante la puerta metálica pintada de un extraño color azulado. Tiene una alarma sobre un asa con un signo que dice: «Al abrir la puerta sonará la alarma.» Acerco la cara, intento imaginarme el mecanismo exacto que hace sonar la alarma. Creo que a lo mejor puedo quitarlo de alguna manera, como hacen en *Misión imposible,* pero no soy capaz de maquinar un plan eficaz. Creo que a lo mejor debo ir al hospital. Verían que no me pasa nada y podría salir de nuevo hacia Boston, para hablar con el padre de Víctor. El único problema es que habría malgastado unas horas, con Víctor en casa todo el día enfermo.

De mala gana vuelvo a subir los escalones hacia la oficina de la Guardia Costera. Me siento derrotada. Los acontecimientos de anoche me obsesionan: Víctor vomitando, nuestras pertenencias como un montón de basura, la señora Birkle en su dormitorio, el paracaidista. Luego pienso en los últimos meses, meses históricos, antes de que Víctor se pusiera tan claramente enfermo. Me veo a mí misma y a Víctor debajo de un arce, las hojas de otoño, cayendo sobre nosotros y crujiendo bajo nuestros zapatos. Le veo subir a rastras hasta nuestro apartamento una caja de libros, la mañana en que nos trasladamos ahí. Le veo en la lavandería, doblando mi ropa interior en ordenados montones.

Luego me doy la vuelta, bajo los escalones de tres en tres y paso como un rayo la puerta azulada.

Casi me ensordece el agudo aullido de la alarma. Pensé que la puerta se abriría a la calle, pero en lugar de ello lleva a un estrecho pasillo de suelo de cemento, apenas iluminado por un tubo luminoso. El sonido de la alarma me persigue por el pasillo y luego corro por otro pasillo que gira a la derecha. Hay puertas cada tres o cuatro metros. Pruebo, torciendo con fuerza los picaportes de un lado a otro, pero están cerradas. Pienso: oh, mierda, mierda, mierda.

Luego, por fin, veo una escalera y un fragmento de luz en uno de los escalones grises. Lleva al exterior. Abro la puerta empujando y siento una fría ráfaga de aire en mis pulmones al salir rápidamente por el lado de la bahía donde está la estación de la Guardia Costera. Asusto a una bandada de gaviotas, que emprenden el vuelo, graznan en una gran nube ruidosa.

Oigo personas en el otro lado del edificio, así que me dirijo hacia el muelle y me coloco en cuclillas al lado de uno de los barcos de la Guardia Costera. Por fin la alarma se calla. Todos los que estaban en la estación están ya en el aparcamiento y un camión de bomberos esquiva a las ambulancias al entrar en el camino. La policía sigue pidiendo los formularios del accidente. Las luces de una sirena se iluminan intermitentemente en rojo y azul sobre la nieve resplandeciente.

Un tipo de la televisión da órdenes a su equipo mientras colocan las cámaras en sus hombros intentando no perderse nada. La muchedumbre de mirones ha aumentado. Algunos han sacado sus rosquillas y sus cafés. Dejo mi lugar junto al barco y camino audazmente por la nieve. Me parece que todos me observan, como si fuera el primer soldado que llega a filas enemigas, pero nadie me presta la menor atención.

Me mezclo con un grupo de personas que miran la estación de la Guardia Costera como si fuera a hacerse polvo en cualquier momento. Pregunto qué ha pasado a una mujer que lleva un abrigo de piel falsa, y me dice que se ha hundido un barco en el canal y que llevan toda la mañana sacando gente del agua. El hombre que está a su lado, probablemente su marido, dice: «No, no han sacado a nadie del agua. Hubo un incendio a bordo y la gente se asfixiaba con el humo.» Un chico con una chaqueta de motorista dice: «No, ha sido una bomba.»

Nos quedamos así un rato. Insinúo que el motor a lo mejor dejó de funcionar o que chocaron con el borde de una escalera submarina, que es lo que ocurrió. Digo que a lo mejor el *ferry* sufrió unos daños menores, pero que de todas maneras enviaron a la Guardia Costera.

Eso no tiene éxito. La señora de las pieles hincha las mejillas y dice que no. Vale, digo, a lo mejor alguien ha secuestrado el barco y el capitán le tumbó en una pelea mientras la tripulación metía a los pasajeros a bordo de los barcos de rescate. El chico de la motocicleta muerde su labio inferior con dos dientes y se lo piensa.

Al cabo de unos minutos comienzo a pasear hacia casa.

Doy la vuelta a la esquina de nuestra calle y juego con las llaves del coche. Tardaré una buena hora y media en la hora punta para llegar a Boston. Posiblemente mucho más. Llevo cuarenta minutos andando, miro mi aliento, que forma nubes en el aire, y siento cómo se me hielan los dedos de los pies en las playeras. Mi coche está tan oxidado por un lado que parece de dos colores. Me acerco a él como si fuera de otra persona y descubro de nuevo lo feo que es. Un basurero andando. Una vergüenza en la que te puedes sentar. La rata sobre el neumático hace una mueca como si acabaran de envenenarla. La oxidación es tan fuerte en algunas partes, que las transparenta.

Entro cuando veo un movimiento entre los arbustos. Hay un mapache en el cubo de basura. Sus patas traseras se sujetan al cubo mientras su cabeza está hundida dentro. Su cola de franjas anulares sube y baja, y sus afiladas uñas de mapache producen un rasgueo metálico en el aluminio. Sé que debo asustarle para que salga, pero su redondo trasero y su gracioso rabo son tan patéticos, al balancearse en el borde del cubo de basura, que tengo que dominar un deseo de darle un empujón de broma.

Camino desde el coche y me acerco bastante al mapache para ver bien la textura de su pelaje de invierno. Al cabo de un momento vuelve la cabeza, con una cáscara de huevo que cruje entre las delgadas mandíbulas. Está encorvado; su hocico, medio escondido entre sus pelos negros. Al verme, de un salto baja del cubo, asustado por mi presencia, pero al tiempo vacila en cuanto a soltar su recompensa. Arrastra fuera del cubo un montón de basura y lo intenta una vez más con la caja de pizza antes de salir andando. Desaparece entre unos arbustos.

Recojo la basura que ha tirado al suelo —latas vacías de atún, *kleenex* tirados, un pedazo grasiento de papel de aluminio—. Hay huesos de pollo que comimos hace tres noches y un bote vacío de puré de manzanas. Luego, debajo de un trozo repugnante de queso lleno de moho, encuentro una bola de esparadrapo, del tamaño de un dólar de plata. Despego el esparadrapo, lo rompo y lleno mis dedos de pegamento. Debajo hay un racimo de agujas brillantes. Recojo una, la sostengo cuidadosamente entre dos dedos y miro dentro del ojo de su cabeza. Luego la rompo en dos trozos y la meto de nuevo en el esparadrapo. Son agujas de morfina. Víctor se pone él mismo sus inyecciones.

Entro corriendo en la casa.

—¡Víctor! —digo cuando irrumpo por la puerta.

Está sentado en la cama, con una taza de café en la mano, mirando las noticias de la mañana.

—La señora Birkle no quiere el televisor —dice—. Me ha pedido que te diga que vayas a verla.

En la televisión aparece una información desde el exterior de la estación de la Guardia Costera. La cámara sigue a la gente mientras sube a las ambulancias y luego se despiden con la mano antes de que se cierren las puertas. Me planto delante del televisor, con los puños cerrados, y grito a la cara sorprendida de Víctor:

—¡Víctor, no me has dicho nada de la morfina! ¡No me has dicho nada! ¡Eso no está bien! ¡Tengo derecho a saberlo!

Me mira sin expresión y luego aparta la vista, como si no me hubiera vista nunca. Toma un sorbo de café.

—¡Eres un hijo de puta! —digo—. Eres un verdadero hijo de puta que escondes las cosas. Cosas importantes. ¿Cómo puedes hacerlo? ¿Cómo has sido capaz de no decirme nada?

—Has ido a casa de mi padre —dice Víctor. Tiene las mandíbulas apretadas. Uno de los músculos de su rostro se contrae y luego se aquieta.

—No fui a ningún sitio —digo.

—Gordon está muy preocupado. Estaba frenético cuando vino aquí esta mañana. Llamamos a la estación de la Guardia Costera y al hospital. No tenían tu nombre.

—Eso prueba que no fui —digo yo.

—El motor de un barco de la Guardia Costera estalló. Pensé que te habías ahogado en el Atlántico —dice Víctor— cuando ibas a casa de mi padre.

—Pues no me ahogué.

—Ojalá lo hubieras hecho.

Le ataco. Le pego en el pecho y me pega con fuerza bajo la barbilla, de modo que me muerdo la lengua. Separo sus brazos. Luego me golpea en el pómulo con la taza de café y me quedo momentáneamente cegada por el café caliente. No quema, pero me hace ir corriendo al grifo de la cocina. Meto la cabeza en la pila, siento el sabor de la sangre de mi boca y lágrimas calientes que borra el agua. Cuando recobro el aliento, le insulto desde la comisura de mis labios.

Víctor entra en la cocina y posa la taza de café junto a la pila, a unos centímetros de mi nariz. Estiro el brazo y tiro la taza, que se rompe en pedazos en el suelo. Víctor se coloca detrás de mí y le pego una patada en el tobillo. Mete las manos bajo el abrigo y doy un tirón para alejarme de él. Me saca la blusa de los pantalones vaqueros y me abraza por mi cintura desnuda. Se inclina sobre mí, con su rostro sobre mi nuca. El agua sale ruidosamente del grifo y casi no oigo lo que me dice Víctor. Sigue repitiendo la misma frase; su cuerpo tiembla, se aprieta contra mí. Yo me enderezo y me vuelvo hacia él. Pero él me da la vuelta. Siento la humedad de sus lágrimas en mi nuca, pero inmóvil por la impresión. Dice:

—Cariño, estás a salvo una y otra vez.

XII

La señora Birkle ladea la jarra y sirve zumo en un vaso. Luego desaparece aún más lejos en la cocina y no la veo desde donde estoy sentada. Escucho el ruido de los armarios que se cierran, el rasgado de un paquete al abrirlo y un plato que se llena de pastas.

Ya me ha dicho exactamente por qué no quiso el televisor cuando se lo ofrecí. Sabía que yo estaba mintiendo y que no tenía otro. También me dijo que era una de esas mentiras que Dios perdona.

En la mesa, junto a un belén muy elaborado, está el televisor viejo de la señora Birkle. Lo trajo hoy Gordon con sus nuevos tubos para el color y los circuitos, tras limpiar cada una de las piezas, y el liso rostro de otra pantalla. Cuando lo trajo, la señora Birkle se echó a llorar.

Se abre la puerta de la nevera y ella se inclina, se nota su espina dorsal, sus piernas torpes bajo el dobladillo levantado de su vestido. Vuelve a meter dentro la jarra. Con pasos lentos y cuidadosos trae el vaso de zumo y las pastas al sofá donde estoy sentada.

Posa la bandeja en la mesa de café, se sienta y alisa su vestido sobre las rodillas. Dice:

—Toma, Mary.

Hoy es un día parecido a los días recientes que Víctor y yo hemos pasado juntos, sin salir del apartamento más que para comprar el periódico, coger el correo de una cesta que está junto a nuestro buzón o cambiar un cartón de leche agria.

Cuando estamos juntos, no hablamos. Nuestro tiempo en común no es lo que se podría llamar pleno. Víctor casi siempre se queda a un lado de nuestro montón de pertenencias que sigue ocupando una gran parte de la sala de estar, lee en su silla. Yo me quedo tumbada en la cama con la cabeza sobre el borde y unos periódicos y revistas en el suelo. Hojeo el periódico, corto artículos que me interesan y los guardo en una caja de zapatos con la inscripción: «Para leer.» Descifro anagramas de las páginas de pasatiempos, y con pegamento y anuncios de las revistas hago adornos navideños para nuestro árbol. Secándose sobre el mostrador de la cocina hay varios Santa Claus, velas, hombrecillos de nieve y trineos. De guirnaldas, caballitos de Shetland y ángeles.

Poco a poco el montón que hay en el suelo disminuye a medida que Víctor y yo guardamos más cosas. Cuando yo estaba ayer en la ducha Víctor trajo mi latita con peinetas y bisutería y la puso en la pila del lavabo. Colgó unas de mis blusas en el armario y ordenó una pila de pantalones vaqueros. Anoche aderezó la ensalada y yo extraje del estante de las especies cilantro para que pudiera añadirlo. Yo coloqué los libros en las estanterías, y en su silla una almohadilla. Las noches son difíciles y con frecuencia Víctor se despierta con escalofríos y sudores.

Cambiamos las sábanas por la mañana y las llevo a la lavandería con unos cuantos calcetines y un par de toallas. Las cosas han mejorado entre nosotros.

En tres días el teléfono ha sonado sólo una vez y ha contestado Víctor. Era Gordon, por supuesto. Hablaron brevemente y luego Víctor me preguntó si quería ir a su casa a ver una película. Hoy Víctor duerme la siesta cuando suena el teléfono. Sé que es Gordon. Abro el agua de la pila para que si Víctor despierta le resulte más difícil oír nuestra conversación.

Pego la boca al teléfono al hablar.

—No puedo verte ahora —le digo—. Es importante que me quede con Víctor durante unos días.

—Siempre estás con Víctor —dice Gordon—. ¿Cuándo no has estado con Víctor?

—Ya sabes lo que quiero decir —le indico.

Gordon susurra por teléfono.

—¿Sigues enfadada porque le dije que ibas a Boston a hablar con su padre? No es justo, Hilary.

—No —le digo—. Por supuesto no es eso.

—Estábamos asustadísimos de que te hubieras ahogado. Íbamos a llamar a su padre a ver si habías llegado allí de una forma u otra. No sabíamos lo que había ocurrido.

—Lo sé —digo—. Sé todo eso.

—Vamos a vernos en la lavandería mañana por la mañana —dice Gordon. Está haciendo un esfuerzo. Su voz tiene el tono triste de la falsa confianza—. Me sentaré contigo durante el centrifugado.

—¿Cómo sabes que voy a ir?

—Porque te he estado observando —dice—. Por favor, no te enfades, pero te seguí con mi coche.

Gordon vuelve a llamar a las seis, un poco borracho. Víctor está despierto en la cama, con un libro. Como las noches son tan malas para él, le hemos inyectado pequeñas cantidades de morfina por las tardes y eso le vuelve extrañamente distante y pacífico. Casi sonríe mientras lee, y tarda mucho en leer cada página.

—Mañana —le digo a Gordon—. Ahora estoy ocupada. Tengo algo que hacer.

—¿Qué es? —dice Gordon. Oigo los ruidos del *pub* al fondo, gente que habla y pide cerveza.

Le digo a Gordon que estoy haciendo la cena, lo cual no es verdad. No hago cena porque Víctor aún está con su copa de vino y el resto de su almuerzo. Estoy pegando cartulina en la parte trasera de las fotos de Navidad que corto de las revistas. El mostrador de la cocina está cubierto de pegamento, restos de papel satinado de revistas y ornamentos de papel que se secan. He metido cintas en los adornos que he terminado y los he colgado del árbol.

—¿Y si te dijera que hay algo urgente de lo que tenemos que hablar? —dice Gordon.

—Siempre tenemos algo urgente de lo que hablar —le digo. Hago un agujero en la parte superior de la foto de su osito de peluche y hago un lacito con cinta dorada.

—¿Y si dijera que el padre de Víctor ha estado aquí preguntando por él?

—¿Cuándo? —digo. Poso el oso y me saco el pegamento de las manos con un tenedor—. ¿Dónde estás? ¿En lo de Cappy?

—En The Tavern.

—¿Cómo sabes que era su padre?

—Lo sé, Hilary —dice Gordon—. Dijo que buscaba a Víctor y que sabía que se encontraba aquí.

Pienso en aquella nota que envié a su padre y recuerdo que, por supuesto, fue estampillada en la oficina de Correos de Hull y probablemente el nombre de la ciudad figuraba en el matasellos.

—Eso ha sido culpa mía —digo.

—Todo es siempre culpa de Hilary —dice Gordon, con respiración fuerte y borracho—. Si me acuesto temprano, ¿allanarás otra vez mi casa?

—Gordon...

—Si caigo del techo, ¿cuidarás de mí? Si me emborracho, me vuelvo loco y te pego una paliza, ¿me querrás a mí como quieres a Víctor? ¿Lo harás Hilary?

En plena noche suena el timbre dos veces. Estoy en el umbral, observando a Víctor. Se encoge de hombros y me mira desconcertado. Tiene uno de mis libros, un libro sobre viajes espaciales y platillos volantes, abierto, con las tapas para arriba, en la pierna.

—¿Crees que es Gordon? —dice.

—No, Víctor —le digo—. No; es tu padre. Estoy casi segura.

Me siento en el borde de la cama. En la mesilla de noche hay un vino, un bote de medicamentos, medio vaso de leche y un montón de bolitas de algodón usadas, hasta con huellas de la sangre de Víctor. Víctor me agarra de la mano y traza círculos entre mis nudillos.

—Quiero saber lo que te interesa, Hils. Ayer leí tu libro sobre el problema de la osamenta de los perros. Había cosas muy interesantes sobre los Grandes Daneses. El libro que trata del espacio es mucho más complicado —dice—. Y la morfina y el vino te impiden concentrarte. No veo nada bien. Hasta tu cara, Hilary, tiene un halo de luz a su alrededor, una especie de aura amarillenta. Estelle se sentiría de lo más orgullosa de mí por leer auras, ¿no crees?

El timbre de la puerta suena de nuevo.

—No. A veces hay azul.

El timbre vuelve a sonar y yo reculo.

—El hombre nace y en todas partes se encuentra encadenado —dice Víctor—. ¿Sabes quién dijo eso, Hilary?

Digo que no con un movimiento de cabeza.

—Rousseau, *El contrato social,* en mil setecientos sesenta y dos. Rousseau pensaba que el hombre ha nacido inocente y bueno, y que si una persona sigue sus sentimientos y sus impulsos naturales, sería justa y buena. ¿Tu qué opinas, Hilary? ¿Qué pasa cuando una persona sigue sus sentimientos naturales?

—¿Quieres que abra la puerta, Víctor?

—¿Sigue Gordon sus sentimientos naturales?

—Eso tendrás que preguntárselo a Gordon.

—¿Quién llamó a mi padre, tú o Gordon?

—Le he escrito una carta —digo.

—Otra pregunta, Hilary —dice Víctor. Me coge la cara entre las manos—. ¿Sería más fácil para ti si me marchara? Mi padre querrá que yo vuelva con él a casa o algún otro sitio. Tienes que decírmelo, Hilary, porque va a haber una riña aquí esta noche y quiero saber si vale la pena sostenerla.

El rostro de Víctor refleja toda una actitud. El tono de su voz le ofrece todo. Empiezo a responder, a sabiendas de que el tartamudeo de mi mensaje no puede ser comprendido. Las palabras deambulan por mi mente y escojo las aceptables. Afuera se oye un búho y me pregunto si será buena o mala suerte:

Le digo a Víctor que lo que quiero es estar con él.

—Todo aquí es muy hermoso para mí —susurra Víctor. Sonríe como un buda y me acerca a él. Escuchamos el sonido incesante del timbre. Luego Víctor se detiene y me suelta. Vuelve la cabeza, escuchando—. La habitación zumba —dice.

El señor Geddes está bajo la luz anaranjada de nuestro porche. Lleva un abrigo de lana y guantes pesados. Es un hombre de rasgos muy marcados, con rizos grises en su cabeza y, como en su hijo, hay una delgadez distinguida en él. Me fijo que tiene un elegante BMW aparcado en la calle. También una tos espantosa.

Sonríe cortésmente y envía una explosión de tos al guante. Dice:

—Busco a Víctor.

Conduzco al señor Geddes hasta nuestro piso y escucho su voz y sonido de sus zapatos contra la madera cansada de los escalones. Cuando llegamos al apartamento tiene la cara congestionada y está sin aliento. Doy un golpecito en la puerta antes de abrirla, para avisar a Víctor de que hemos llegado. Luego abro la puerta de par en par y echo un vistazo al piso, con su montón de pertenencias junto a la cama, un árbol de Navidad demasiado grande en un rincón, decorado a medias con extraños recortes de papel. Víctor ha dado la vuelta a su silla para que esté frente a la puerta. Tiene las piernas cruzadas de cualquier manera y un cigarrillo entre los labios. Se pone en pie, inhala para llenar el pulmón de humo y luego, como no hay ningún cenicero, aplasta el cigarrillo con el tacón del zapato, da cuatro zancadas por la habitación con la mano extendida. Su padre y él se dan un fuerte apretón de manos.

—¿Interrumpo? Es un mal momento para... —pregunta su padre suavemente.

—Soy Hilary —digo.

El señor Geddes me mira con fijeza. Abre la boca y me mira como si me acabara de ver.

—Me resulta conocida —dice—. Usted salía con Víctor antes... —se detiene abruptamente y desabrocha el botón de arriba de su abrigo. Se acerca con ansiedad a Víctor y después vacila—. ¿Cómo estás, hijo?

Me voy a la cocina y saco dos copas de vino del armario. El teléfono está descolgado sobre el mostrador. No me di cuenta pero lo dejé así después de la última llamada de Gordon. No hay línea. Cuando me lo pongo al oído escucho solamente una débil crepitación estática. Cuelgo el teléfono y siento un poco de remordimiento por Gordon. Luego lleno las copas de vino y le ofrezco una al señor Geddes, que se toma de un trago una tercera parte de la copa.

Víctor y su padre discuten como dos profesionales. Son de mente ágil. Desarrollan la conversación con frases rápidas y estratégicas, se juzgan continuamente el uno al otro para preparar su línea de defensa. Se esquivan las preguntas, tergiversan frases para someterlas a exigencias irracionales. Víctor impresiona por la manera con que ataja los reproches de su padre. Pero es difícil para él. Se libró del fuerte dominio de su padre, pero para encontrarse sujeto y arrastrado hacia los temas y el tono que elige su padre.

Pero Víctor es un jugador decente y por fin consigue la delantera. El señor Geddes intenta mostrarse serio para detener las respuestas de su hijo con descargas bien calculadas de rígido laconismo, pero una y otra vez se enfrenta con las risas de Víctor.

Víctor consigue evitar con bromas una directa contestación a la pregunta de qué piensa hacer con su enfermedad, y después de todo cambia, y sucumbe a las amenazas de las todavía no derramadas por su padre. Luego Víctor asume el control de nuevo, se hace el gracioso en silencio para obligar a callar a su padre. Va hasta el estante y coge un grueso volumen de poemas ingleses.

—¿Has oído hablar de J. B. S. Haldane, no, papá? —dice Víctor—. Porque escribió un poema llamado *El cáncer es una cosa divertida,* que me gustaría citar, si no te importa.

—No hay nada divertido en...

Víctor se pone en pie adelantando una pierna y recita del libro. Tose, levanta un dedo y prepara a su público: «Quisiera tener la voz de Homero / Para cantar a un carcinoma rectal...», comienza.

—Déjalo, Víctor —dice con acritud el señor Geddes—. Ni siquiera *tienes* un carcinoma rectal. Me gustaría que lo tuvieras.

—«... con tal de que uno se enfrente con el tumor / Con un suficiente sentido del humor / Sé que con frecuencia el cáncer mata / Pero también lo hacen los automóviles y las pastillas de dormir.»

El señor Geddes se acerca a Víctor, le saca el libro de la mano y comienzan de nuevo a atacarse: el señor Geddes dispara preguntas y Víctor las contesta con confianza. Por fin, Víctor detiene lo que lleva a un «interrogatorio», recuerda a su padre que ya lleva muchos años de adulto, y luego renuncia a su línea ofensiva cuando su padre se rinde y le ruega que sea sensato.

—¡Por favor! —dice el señor Geddes, con las manos levantadas y las palmas abiertas. Víctor se aparta.

—¿No puedes olvidar por un momento nuestra política familiar y hablarme como si tuviera una pizca de razonamiento objetivo? —dice Víctor, que recorre con los dedos la mesa de café en busca de cigarrillos. Su mano roza revistas, una taza de café, el cenicero, el billetero, llaves, antes de encontrar un paquete de *Marlboro.*

—Bien —dice el señor Geddes, que está frente a Víctor—. Vamos a hacerlo. Vamos a usar la razón en este asunto. Usa la razón para marchar hasta la tumba.

—Qué pesadez, papá —dice Víctor. Enciende un cigarrillo y lanza una bocanada de humo sobre la cabeza de su padre—. Todos esos tratamientos, toda esa náusea...

—Es una sociedad muy extraña, en la que la gente se mata de aburrimiento —dice el señor Geddes.

—Llevo quince años con esta enfermedad. Nunca has estado así de enfermo... no estás en posición de juzgar.

—Te estás matando —dice el señor Geddes, apuntándole con un dedo tembloroso.

—Estoy mucho más enfermo de lo que tú piensas. Además, llevo más de diez años muriéndome.

—No. Había esperanzas.

—Estoy cansado —manifiesta Víctor, inhalando profundamente su cigarrillo. Hay algo en su voz que no he oído antes. Un tono triste y desesperado que me hace recordar de nuevo que Víctor no tomó su decisión a la ligera y que ha pasado hora tras hora en cama, solo, escuchando los sonidos de cada día abriéndose y cerrándose a su alrededor. Se vuelve hacia su padre y dice con voz suave—: Estoy cansado de esa «esperanza» como tú la llamas.

—Maldito seas —dice el señor Geddes, y se dobla como si le hubieran dado una patada en el estómago—. ¡Maldito seas por estar cansado!

Casi baila ante Víctor, sacudiendo las greñas grises de su hermosa cabeza y apretando sus labios de una forma que me recuerda a Víctor. En su rostro veo la barbilla de Víctor y la frente ancha y arrugada de éste. Tiene la espalda cóncava, como la suave inclinación hacia el interior de una canoa, lo que hace que parezca de alguna manera hueca, pero también muy joven. Arremete contra su hijo, volviendo a emplear los mismos argumentos con que empezó.

Cojo la botella de vino y la dejo sobre la mesa de café. Luego vuelvo apresuradamente a la cocina y me siento en una banqueta; estoy nerviosa. Saco los cordones de mis playeras y los vuelvo a poner formando un extraño dibujo. Coloco en otra posición los imanes pegados a la nevera.

La voz de Víctor truena. Dice:

—¡No me digas que no quiero vivir! Claro que quiero vivir. Si pudiera vivir sin esta enfermedad, lo haría, ¿no? Si un suicida pudiera escapar a ciertos horrores sin matarse, ¿no crees que lo haría? El suicidio, y yo no creo que sea eso lo que hago, es la expresión de una especie de voluntad oculta de vivir.

—¿Quién te ha dicho eso?

—Arthur Schopenhauer. Un filósofo del siglo diecinueve.

—¿Qué sabía él? ¡Vivió antes de que tuviéramos quimioterapia!

Escucho un susurro e imagino a Víctor poniendo los ojos en blanco.

—Francamente, padre, me parece que estoy llevando esto de una manera muy civilizada —dice Víctor—. Posiblemente no lo sepas, pero la gente de otras culturas no consideraría extremista mi forma de actuar. Los esquimales iglulik, por ejemplo, creían que la muerte violenta era la única forma de entrar en el paraíso.

—¿Qué esquimales? No sé nada de esos esquimales.

—Esquimales *iglulik*. Los iglulik verían la muerte por causas naturales como una condenación a una nueva vida de eterna claustrofobia.

—No hay nada natural en morir joven —dice el padre.

Por fin hay una pausa en el griterío y asomo la cabeza. Veo a Víctor en su silla, las piernas estiradas, bebiendo de cualquier manera su copa de vino. La piel bajo sus ojos es azul como si en una pelea le hubieran dado puñetazos en ellos. El sudor se forma sobre sus labios y alisa el vello de su rostro. Tiene fiebre y probablemente siente náuseas. La pequeña dosis de morfina ha dejado de provocar efecto. Es un enorme esfuerzo para él defenderse de su padre, que tiene todo el brío de un muchacho cuando juega por primera vez al béisbol. El humo de los cigarrillos hace que el aire esté neblinoso y la ventana cubierta de vaho. El señor Geddes habla con rapidez, en voz baja. Explica lo fácil que sería en el hospital, lo contento que estaría Víctor por no haberse dado por vencido.

—Lo que necesitas son cuatro años de remisión para considerarte curado —dice.

—Papá —explica lentamente Víctor—. No he tenido ni siquiera dos años de remisión y no pienso ir; repito, *no* voy al condenado hospital.

El teléfono suena y Víctor va a la cocina a contestar.

—Señor Geddes —digo—, ¿quiere tomar algo?

Oigo la voz de Víctor en la cocina, que dice:

—Amigo, no tengo tiempo para hablar contigo. Mi padre está aquí armando una escena. Habla con Hilary.

—Perdóneme —digo, y entro en la cocina. Víctor está allí con el teléfono alejado de su oreja. Gordon grita algo; escucho cómo su voz sale con fuerza del auricular.

—Habla con Gordon —dice Víctor—. Está borracho. Y no le des *bourbon* a mi padre.

Víctor se queda en el umbral de la puerta de la cocina y se inclina hacia la sala de estar.

—¡Papá! —dice—. ¡No vas a seguir bebiendo aquí! El bar se ha cerrado después de la copa de vino.

—¿Tú me vas a decir que no beba? ¿Desde cuándo te preocupas tú tanto por la salud? ¡Mira dónde vives! Mira ese montón de basura en el suelo. ¡Supongo que no tienes ni un cuarto de baño decente!

—Está allí —dice Víctor, y estira el brazo para señalar nuestro cuarto de baño.

—Gordon —susurro por teléfono—. ¿Gordon, estás bien?

—No está bien lo que hacemos. No es bueno —dice Gordon. Habla tartajeando y el volumen de sus frases cambia constantemente. En un momento su voz trompetea en mi oído, en el siguiente suena lejos, como si la hubiera barrido el viento.

—Gordon, no te oigo. Pon el teléfono pegado a tu boca.

—Voy a decírselo a Víctor —dice—. Debo hacerlo. Es mi amigo. Me acaba de llamar «amigo» hace un momento. Intentaba contarle que tú y yo tenemos un... ¿oye, como se llama eso? Pero no habló conmigo.

—Gordon —le digo. Miro la sala de estar y veo a Víctor junto a la ventana, mirando hacia afuera. Susurro—. Gordon, no puedes hacerlo. No le puedes decir a Víctor...

—No he tenido un amigo desde...

—Gordon, ¿dónde estás?

—Estoy en lo de Cappy. Pero me va a echar. Ni siquiera sé por qué he venido aquí. Oye, ¿Hilary? ¿Hilary, sabes que mañana tenemos una cita?

—Voy ahora mismo, Gordon. Quédate en lo de Cappy, ¿eh?

—Tenemos una cita en la lavandería. Una cita apasionada para lavar ropa.

Hago que Gordon me prometa que se queda en lo de Cappy y cuelgo.

En la sala de estar, Víctor fuma un nuevo cigarrillo y da vueltas al vino antes de beberlo. Me mira con aire de conspiración, como si yo tuviera que estar tan irritada como él por los esfuerzos que hace su padre para convencerle. No me gusta todo este jaleo, pero espero que el señor Geddes haga un poco de magia con Víctor para que cambie de opinión y vaya al hospital, donde pueda recibir tratamiento, donde se pueda recuperar. Pero sé que eso es imposible. Me lo dice una mirada de Víctor. Víctor se me acerca y me atrae hacia él. Yo le rodeo con mis brazos. Cada vez es más pequeño, encoge con la enfermedad, ha adquirido la fragilidad de un viejo o de un niño diminuto y precioso.

El señor Geddes sale del cuarto de baño y se dirige a mí diciéndome:

—Oh, Hilary —como si se hubiera olvidado de mí, Víctor se sienta, me siento en el brazo del sillón de Víctor y le pongo la mano en el pelo.

Toco disimuladamente su frente caliente.

—Voy a salir —le digo a Víctor—. Quiero estar segura de que Gordon puede llegar a casa sin problemas.

—Vale —dice Víctor. Aprieta mi mano—. Padre, ¿quieres marcharte ahora? Porque si lo quieres hacer, sé que el último *ferry* sale dentro de media hora y tienes el tiempo justo para llegar.

—No me voy —dice el señor Geddes.

—Me voy a acostar, padre —dice Víctor—. Los moribundos necesitan un sueño.

—¡QUE DIOS TE CONFUNDA! —grita el señor Geddes—. Eres igual que tu madre; tienes el mismo irritante sentido del humor.

—Deja de hacer teatro, papá. Una vez le pregunté a mamá por qué se había casado contigo y me doy cuenta que fue porque eras un tipo inteligente, abierto y compasivo. Decía que no se podía encontrar otro hombre en el mundo más comprensivo.

—¿Eso dijo ella? —dice Richard. Casi sonríe.

—No —dice Víctor.

Eso provoca una nueva tanda de gritos. Cojo mi chaquetón y mi bufanda. He bajado tres tramos de escalera antes de que calle la voz del señor Geddes. Me detengo en la puerta de la calle y trato de oír a Víctor. Lo que esté diciendo lo hace con tranquilidad; la casa se halla en silencio.

El *pub* de Cappy está de bote en bote. Camino entre la gente en busca de Gordon. No le veo sentado en ninguna mesa ni hablando con los que están ante el mirador. No está ni en la barra ni afuera. Así que me siento en una banqueta y pido una cerveza a Robert, que trabaja las noches de los fines de semana.

Cappy juega a los dardos. Está en el centro de un semicírculo de hombres, la mayor parte de los cuales llevan gorros y emblemas de pesca. Giro la banqueta para mirar a Cappy y tiene suerte con un triple nueve. Va hasta la diana y quita los dardos del corcho.

Le digo:

—Muy bueno, Cappy.

—¡Hilary! —dice Cappy—. ¿El papá de Víctor lo ha encontrado?

—Ah, sí —digo—. Oye, busco a Gordon. ¿Es que no está aquí?

El rostro de Cappy se ensombrece.

—Está aquí. Al menos estaba; le dije que se fuera a casa.

Cappy coge un puñado de dardos y los tira uno por uno a la diana.

—Le dije que se fuera de una puñetera vez a casa.

Vuelvo a hacer girar mi banqueta en el momento en que el camarero coloca un vaso grande de cerveza en el mostrador. Le doy un par de dólares y deseo no haber venido. Por otro lado, no podía quedarme fácilmente en el piso, a la espera de que Gordon llamara otra vez a Víctor. Bebo con rapidez, intento decidir qué debo hacer.

Miro a una pareja que está en el otro extremo de la barra. Ella lleva el pelo oscuro a lo Cleopatra, y desde mi incómodo ángulo veo que tiene un hoyuelo en su mejilla izquierda, que su chico besa y acaricia con la lengua. Ella se ríe y le da un cachetito para que se aparte. Sus pendientes son de esos que cuelgan y brillan en filamentos. Cuando se aparta el pelo muestra una oreja tan bonita que su chico deja el hoyuelo y empieza a mordisquear por encima del pendiente. Ella se ríe, se inclina, me mira con una boca muy pintada que expresa sospecha antes de curvarse y formar una sonrisa. Luego apunta con el dedo y da unas palmadas, me doy cuenta de que es Annabel sin su uniforme gris de diario y de que lleva una deslumbrante blusa blanca con un escote profundo. Me llama con la mano y yo obedezco, hago equilibrios con la cerveza en una mano y la bufanda y el abrigo en otra. Me abraza al saludarme y siento la suavidad de su delgada espalda y el extraño amortiguador de sus pechos contra los míos. Huelo laca para los cabellos, perfume, el ligero olor de polvos faciales y la transpiración en la base de su cuello. Y yo me siento agradecida por ese abrazo.

—¡Éste es Lenny! —dice Annabel. Apunta a su chico, un tipo grande, de rostro cuadrado, con ojos verdes y rodeados de pestañas tan negras y espesas que parecen de muchacha—. Nos vamos a casar esta primavera y todo el mundo está invitado. Tú también.

—¿Casada? —digo, y le doy la mano a Lenny—. Ni siquiera sabía que estuvieras comprometida.

—No lo estábamos; quiero decir de modo formal. Pero Lenny ha conseguido un trabajo en Los Ángeles y quiere que vaya con él, así que nos vamos.

—Es estupendo. Hay muchas estrellas de cine en Los Ángeles —le digo.

Lenny se ríe, mostrando un hueco en el que debía haber un diente. El hueco le da un aspecto de rudeza que compensa sus bonitos ojos y por contraste los hace más hermosos. Él y Annabel juntos son adorables.

—Me despido de Estelle —dice Annabel—. Me va a dar una paga de Navidad. ¿Y sabes qué más? Me voy a su fiesta de Navidad mañana por la noche como *invitada*. Debes ir. Tú y Víctor.

—Claro —digo, recordando que la invitación era tan graciosa que la colgué en el árbol navideño con los demás adornos—. Oye, ¿has visto a Gordon?

—Va siempre a la fiesta de Navidad.

—¿Pero no sabes dónde está *esta noche*?

—Dijo que iba a la lavandería —contesta Lenny—. Le dije que era ridículo.

Lenny tiene un acento bostoniano tan marcado que me choca, de la misma manera que mi acento le debe chocar a Víctor. Pero me gusta la voz de Lenny. Me recuerda a los niños con los que me crié, y en cierto modo personifica a la ciudad. Lenny tiene el aspecto de jugador de hockey sobre hielo: manos grandes, como los guantes que se usan para jugarlo; y de alguna manera no puedo imaginármelo en Los Ángeles, donde no hay hockey sobre hielo, ni siquiera un invierno de verdad, y donde nadie identificará su acento, ni sabrá mucho de él.

Ha empezado a nevar. Todavía hay hielo en la carretera, y como hay más nieve está especialmente resbaladizo. Conduzco con precaución por las calles, con cuidado de no frenar con demasiada brusquedad. La lavandería está entre otras tiendas, todas cerradas. Están a oscuras, salvo la lucecita de sus sistema de alarma. El coche de Gordon es el único en el aparcamiento, recibe una polvareda de nieve. Aparco a su lado y le veo a través de la pared de cristal de la tienda. Está repantigado en uno de los bancos que se alinean en la parte de delante de la sala amarilla de la lavandería. Observo su cabeza rubia y el abrigo que llevó a casa de Estelle la tarde aquella en que nos encontramos para tomar el té.

Los dueños han colgado un cartel que dice «Felices Pascuas» en la puerta principal, junto con una correa de cuero trenzado con tres campanillas de trineos, que suenan ligeramente cuando entro. Gordon levanta la vista, abre la boca para decir algo y luego la cierra otra vez. Se levanta, pierde el equilibrio un momento y luego se endereza contra una de las lavadoras. Hay dos largas y blancas filas de lavadoras. Las secadoras están empotradas en dos paredes. Una de ellas gira con una carga de ropa multicolor. Da vuelta tras vuelta, mezclándose los colores como en un molinete.

—Me has encontrado —dice Gordon—. Estaba aquí sentado, esperando que me... no lo sé... rescataran.

—Annabel y Lenny me dijeron dónde te encontrabas.

—Cappy me echó del *pub* —dice Gordon.

Encoge los hombros y mete las manos en las profundidades de los bolsillos de su abrigo, como si tuviera frío. Luego estira su cuello hacia el techo y me dice que me siente, lo cual hago. Da vueltas en un reducido círculo ante mí, es evidente que está preocupado. Me mira como si estuviera a punto de decir algo, luego se refrena. Se enfurruña, frunce las cejas al concentrarse y se apoya con tal fuerza en los bolsillos de su abrigo que su espalda forma una chepa.

En el otro extremo de la lavandería Alien Turf genera absurdos sonidos sintéticos. Hace *boin-boin, bin-bin* y susurros electrónicos. Me da pena Gordon, que tiene que escuchar sus desagradables ruidos mientras busca las palabras. Hay el rasgueo metálico de una cremallera contra el interior de una secadora y el sonido de monedas que caen en cascada contra la pared. Pero Alien Turf regaña con más eficacia. Cada minuto surge el ruido de un despegue y una voz electrónica que dice: *Está usted en Alient Turf. Destruya o será destruido...*

Gordon hace muecas, casi cierra los ojos. Los músculos de su mandíbula se flexionan espasmódicamente y se da tirones en el pelo.

—¿Ves esas ropas? —dice por fin, apuntando a la secadora.

—Sí —digo.

—No sé de quién son. Entré y se estaban secando. Llevan más de una hora secándose. He seguido metiendo monedas de veinticinco centavos para que pueda dar vueltas.

—¿Por qué?

—No lo sé. Quería que siguiera girando. Me sentía mejor si ocurría algo mientras estaba aquí sentado. Me comporto de forma muy extraña últimamente. Freddie me ha enviado los documentos del divorcio. Al firmar con mi nombre puse «Hilary». Hoy he estado dando vueltas sin sentido con el coche. Luego hice las maletas y las puse en el coche. Fui al norte hasta la carretera de circunvalación en Quincy, donde está la salida para Boston. Pero no pude girar. Seguí dando vueltas y vueltas.

Miro sobre mi hombro derecho hacia afuera, sobre la nieve resplandeciente, hasta donde nuestros coches se hacen idénticos bajo la manta de blancos copos.

—¡Hilary, no te vuelvas! —dice Gordon. Me atrae hacia él, miro su rostro enrojecido y los tendones tensos de su cuello—. Mira, yo sé cómo debe ser, que debes poder dar el amor con libertad y sin ser posesivo. Puedes pensar que eso es primitivo, pero ni siquiera sé cómo amar a alguien sin... *tenerle.* ¿Por qué quieres tanto a Víctor? ¿Y conmigo, qué?

—Contigo no pasa nada, Gordon —digo.

—Bueno, tenemos que decírselo —dice Gordon—. Tiene derecho a saberlo.

—¿A saber qué? —digo. De repente, siento mis hombros demasiado pesados, como si me hubieran puesto una viga encima.

—Lo nuestro —dice Gordon—. Se pone en cuclillas ante mí, hace equilibrios sobre sus tobillos. Toma mis manos y las frota bajo las suyas como si estuviera lavándolas. Empieza un largo discurso acerca de por qué debemos contárselo a Víctor todo, de por qué debemos ir ahora mismo y hablar largamente con él—. Es lo justo... queremos hacerlo bien... —dice Gordon—. Tenemos que ser honrados... No debe morir sin saberlo... si somos sus amigos de verdad... Te puedo ofrecer un futuro que él no...

Su discurso es elocuente y lleno de esa clase de razonamientos en los que nos han educado. La decisión deber ser fácil: su lógica es muy clara. Gordon es un buen partido, supongo. Ha hecho con su vida lo que todos esperamos hacer: ha creado un negocio muy rentable, ha demostrado capacidad para amar totalmente a una mujer, ha dado a sus padres lo que puede dar un hijo. Es joven y maduro, y se ha convertido en el hombre que debo admirar.

Sin embargo, tengo mi lógica innombrable, algo dentro de mí me exige ser guardiana de mis decisiones.

Espera que le hable. Espera como siempre con paciencia, pero al tiempo con la ansiedad de quien confía en su capacidad de persuasión.

—No lo creo —digo por fin.

—¿Qué? —dice Gordon, abre los ojos.

—No creo que sea lo que debamos hacer, eso es todo —digo—. Te haría sentirte mejor quizá, pero no creo que Víctor estuviera contento de saber que tenemos un asunto.

—¡Un *asunto*! —dice Gordon, escupiendo casi la palabra. Se levanta y camina a lo largo de una fila de máquinas de lavar. La secadora da una vuelta más y después se para, hace que los ruidos del Alien Turf parezcan aún más fuertes. Las luces intermitentes llaman la atención de Gordon. Se pone ante la máquina de vídeo y coge una percha de madera de una cesta. Cuando se oye la voz computerizada de Alien Turf para decir: «... *Destruir o ser destruido...*», Gordon golpea el rostro de la pantalla en el momento en que la máquina hace *boin-boin.* Da golpe tras golpe con la percha en Alien Turf. Se inclina hacia adelante, parece un asesino con su hacha, estrellando la percha contra la pantalla del juego, envía cristales rotos por todo el suelo. La máquina protesta con zumbidos y sonidos cortos. Luego, tras unos cuantos golpes más, el semblante electrónico se ennegrece y se calla.

—Lo siento —dice Gordon y deja caer la percha al suelo. Deja caer sus brazos y su rostro muestra un desconcierto boquiabierto, luego se sosiega y queda sin expresión—. ¿Quieres venir a mi casa?

Gordon sigue bastante borracho, así que conduzco yo, sentada en el borde del asiento para intentar ver con claridad en medio de la nieve. La tempestad se hace tan fuerte que sólo veo unos metros de carretera ante mí. Cuando llego a casa de Gordon apago el motor y me recuesto en mi asiento. Casi espero que Gordon se incline sobre mí para abrazarme, pero sale del coche. Abre mi puerta y me saca tirando del codo. Se encoge sobre mí mientras corremos hacia la puerta del porche. Aún así, la nieve entra en mis ojos y casi me los cierra, me quito los húmedos copos con la mano. Cuando entramos en casa nuestros cabellos se han blanqueado con la nieve y nuestros rostros tienen un color rojizo fresco, como si nos hubieran abofeteado. La cocina está a oscuras, sin más luz que la escasa que sale por debajo de un armario. La radio está encendida, muy alta, y habla de cómo comprar juguetes seguros en Navidades. Sacudo los pies para quitarme los zapatos mojados y me quito el chaquetón de los hombros. Gordon deja caer su abrigo en una silla y se apoya contra la pared, los brazos cruzados ante el pecho.

—Pasa aquí la noche —dice.

Enciendo la cocina. La llama del gas arde en un círculo mientras lleno la tetera. El programa de radio habla de los diez juguetes más seguros del año, y luego otros cinco que provocaron al menos alguna herida en las Navidades pasadas.

—Pasa aquí toda la noche —dice Gordon—. Por una vez. Puedes decirle que estaba tan borracho que tuviste miedo de dejarme.

—No se va a creer que estabas tan borracho.

—De todas formas, díselo.

Pongo la tetera y saco dos tazas del armario.

—Díselo.

Gordon se separa de la pared y viene a ponerse detrás de mí. Miro cómo corren las gotas por el lado de la tetera y cómo se evaporan al acercarse a la llama. Gordon me da la vuelta y me toma por las muñecas. Me mira, me quita el jersey por encima de la cabeza y luego desabrocha los botones de sus pantalones vaqueros. Se agacha en el suelo, me mete debajo de él, mi vientre se apoya en el suelo. Baja mis pantalones y me sujeta los hombros. La radio habla de los peligros de las ropas de muñeca que pueden tragar las niñas. Gordon mete la mano por debajo de mí y me aprieta el pecho mientras alguien llamado doctor Beedelhan describe un desgraciado accidente de una niña con su horno de guiso fácil. Luego no sé qué pasa en la radio. Gordon me sujeta debajo de sí. Siento su respiración en mi oído, su brazo por debajo, su mano sobre mi pelvis, tira de mí hacia sus caderas. Luego nos revolcamos por el suelo, chocando contra las sólidas patas de la mesa de desayuno de su madre, contra el ancho aluminio de la nevera. Chocamos de nuevo contra la mesa del desayuno y se cae el azucarero; el cristal se rompe contra el suelo. Luego damos contra la mesa del teléfono y lo enviamos volando hasta la despensa. En determinado momento se oye la voz grabada de una telefonista que dice: *«No ha marcado el número lo suficiente para hacer una llamada...»* La tetera echa vapor y silba por encima de nosotros, la perra entra, ladra dando vueltas en torno a nosotros y luego vuelve corriendo a la sala de estar, asustada.

En circunstancias normales hubiera sido divertido.

En circunstancias normales no lucharía para ponerme sobre él. Aminoramos. Junto a su hombro izquierdo, manchando el suelo, hay un poco de sangre y un fino hilo rojo se forma bajo su brazo. Aparto de él cristales con la mano y veo que en mi palma hay algunas manchas rojas con resplandor de cristal.

Por fin nos quedamos quietos. Me levanto y apago la llama, termino con los gritos de la tetera. Gordon sigue tumbado en el suelo, mirándome, cuando cuelgo el teléfono y cierro la puerta de la cocina para que no entre la perra. Tiro mi jersey al suelo y me siento encima para no cortarme con los cristales. Aparto los cabellos de los ojos de Gordon y le miro. Le digo:

—¿Has pensado que a lo mejor Víctor ya lo sabe?

Al volver a casa procuro no pensar en las particularidades de mi relación con Gordon, pero a pesar de mí misma pienso en las cosas que hemos hecho juntos, de cómo nos hemos sentido. Me pregunto cómo los asuntos amorosos se hacen tan complicados. Me pregunto por qué siento una pena tan profunda. Si hubiera conocido a Gordon antes que a Víctor hubiera comprendido una simple dimensión de lo que constituye el amor e indudablemente me hubiera sentido feliz con ello: el amor que tiene sus raíces en la noción de su propia inmortalidad.

Pero Víctor ha renegociado los términos del amor para mí. Me ha hecho entender que el futuro de una relación no es tan importante como lo había imaginado antes. Amar a Víctor es no ahorrar nada para mañana. Con él, el territorio del amor se limita a las interacciones inmediatas dentro del reino en suspenso de las emociones. He aprendido a amarle por lo que me puede dar, y también por lo que no me puede dar, por el futuro que no puede proporcionarme.

Después de Víctor, Gordon parece un tremendo compromiso; porque la relación entre Gordon y yo es domesticada por una lógica que pertenece a la supervivencia y al sentido común. Es cierto que en el momento en que empecé con Gordon, fascinada por él, invertí mucho en esa cuestión de supervivencia y seguridad. Pero la supervivencia ha adquirido un nuevo sentido para mí. Si hay algo que se puede aprender del largo desfile de discursos de Estelle sobre cuestiones espirituales, es que el espíritu, para sobrevivir, debe pasar por alto nuestra acostumbrada lógica de la supervivencia, debe desafiar nuestra ordinaria percepción de lo que está bien. Si amo a Gordon no es con la clase de amor que él quiere. Y, en cualquier caso, está Víctor, mi frágil Víctor, cuya vida se ha fundido con la mía y con el que el amor simplemente *es*.

Bajo en el coche por Nantasket Avenue, paso la sala de juegos —cerrada porque es temporada de invierno—, la gran extensión de la playa, la isla de Hogg, el cementerio, la colina dominada por la antigua torre vigía. Me siento urgida por la necesidad de darle una explicación a Víctor por llegar tan tarde. Puedo decirle que pasé varias horas buscando a Gordon y que luego me encontré con Annabel y Lenny y nos fuimos por ahí. Puedo seguir con lo que me sugirió Gordon y decir que estaba tan mal que no me atreví a dejarle. Puedo decir que bebí demasiado y que tuve que esperar a que se me pasaran los efectos del alcohol.

O podría no decirle nada. Me parece que últimamente Víctor está dispuesto a creer casi todo lo que digo, que no quiere excusas, que para él la cuestión de la verdad ha adquirido un alcance mucho mayor que determinar si yo he dicho una mentira o no.

En el momento en que entro sé que no necesito excusas. Las luces se hallan encendidas, pero Víctor está dormido en la cama, tumbado sobre la ropa. Voy por la habitación apagando luces. Voy hasta la ventana para correr la cortina y siento un sobresalto al darme cuenta que está su padre, que está sentado de cualquier manera en el sillón de Víctor, babeando sobre un brazo. En el armario hay mantas del ejército y saco una. Huelen a naftalina y cedro. La manta cae como tiene que ser sobre Richard, pero casi le despierta al sentir el peso. Da un bufido y se mueve; luego se acomoda en el sillón.

Cuando me meto en la cama tengo mucho cuidado, como si fuera una pequeña herida que quiero proteger y mimar. Cuido mis movimientos para no molestarle. Me tranquiliza la lenta procesión de su respiración y mi lugar junto a él en esa pequeña habitación donde he aprendido todo lo que ahora me parece importante. A medida que me duermo siento el peso de una nueva sabiduría. Parece como si todos los secretos avanzaran hacia mí, desplegando sus respuestas.

XIII

Richard Geddes no se ha dado por vencido a pesar de las diversas razones de Víctor, a pesar de las amenazas de su hijo de que se irá a vivir a otro estado al menos que le deje en paz, a pesar incluso de los intentos de Estelle por apaciguarle. Llevamos seis horas de discusión acerca de lo que debe hacer Víctor con su enfermedad. Estamos en el *jeep* de color rojo cereza de Estelle, de esos de techo blando, sin asientos en la parte trasera. Me siento con las piernas cruzadas en el suelo, frente a Víctor, y noto cada bache de la carretera. Estelle conduce como loca hasta una subasta de antigüedades en Cohasset, un pueblo que según Víctor es más ofensivamente burgués que cualquier otro que se pueda encontrar.

—¿No vamos un poco rápido? —digo.

—Es la primera vez en años que voy tan lento —dice Estelle. El *jeep* levanta nieve, grava y barro detrás de sí.

—Víctor, sobre lo de tu hospital. Te darás cuenta de que no tienes argumentos —es Richard quien habla.

—¿Y tú qué sabes de todo eso? —dice Estelle—. Es su enfermedad, su vida, su elección. Es así de sencillo.

Estelle vira a la izquierda, toca el claxon a otro conductor y le dice a Víctor que se abroche el cinturón.

—¿Puedes *ver*? —pregunta Estelle.

—¿Ver? Claro que puedo ver. Veo demasiado.

—Después de esa subasta —dice Richard— volveremos al apartamento, recogeremos tus cosas e iremos directamente al hospital, ¿no es cierto, Víctor?

Víctor no responde. Pone una expresión de burla ante las palabras de su padre. Su nueva táctica consiste en frustrar los esfuerzos de su padre haciendo las cosas más absurdas posibles. Richard sigue mirando por encima de su hombro a Víctor, que mete sus pulgares dentro de los oídos y mueve las manos en dirección a su padre.

Al pasar a un Volkswagen amarillo, Estelle grita:

—¡Sal de la carretera si no sabes conducir!

—¡Deja de comportarte como un niño, Víctor! —dice Richard—. Quita las manos de ahí.

—Papá, no voy a ir al hospital. Has olvidado que existen ciertas limitaciones a tu papel de padre. A partir de determinada edad puedo hacer lo que quiero. Hasta la ley me apoya.

—¿Qué dices de la ley? —dice Estelle—. ¿Es que has visto a algún poli? En este coche no funciona nada, ni el detector de radar, ni el teléfono...

—Si quiero tirarme de este *jeep* puedo hacerlo —dice Víctor—. Estelle, pisa más el acelerador para que pueda tirar mi cuerpo a la carretera.

—...Ni tracción en las cuatro ruedas, ni sistema contra robo... —continúa Estelle.

Víctor se apoya en las rodillas ante la puerta trasera del *jeep,* que no es en realidad una puerta, sino una de ésas que tienen las camionetas. Quita uno de los cierres metálicos y comienza con el siguiente. Estoy segura de que lo hace en broma porque me ha hecho un guiño y sonríe. Pero de todas formas me molesta. Me molesta tanto que me gusta oír la resonante voz de Richard, que dice:

—¿Quieres estarte quieto, Víctor? Aléjate de esa puerta.

—No se te ocurra tirarte de mi coche —dice Estelle—. El hombre que me hace los seguros se volvería loco. Además tienes que ayudarme en la subasta. Me lo has prometido.

—¿Has pensado alguna vez cómo le afecta esto a tu novia? —dice Richard—. ¡Mírala! Pobre Hilary, está aterrorizada.

—Estoy bien.

—Está pálida como una muerta —dice Richard.

—Déjala en paz, papá.

—No digo nada. Simplemente miro su cara. Mírala, Víctor.

—¡Agarraos, amigos, ahora vamos a subir mi cuesta favorita! —dice Estelle.

Ruge el motor del *jeep* y subimos la cuesta volando. Mi estómago da un vuelco cuando bajamos por el otro lado. La parte trasera del *jeep* patina hacia la derecha y luego se endereza. Cuando aminoramos el paso hasta tomar una velocidad normal, Víctor vuelve a reenganchar los cierres en la parte trasera.

La subasta se celebra en la escuela de grado elemental en el centro de Cohasset, que parece un escenario de tarjeta postal. Hay nueve aulas llenas de muebles. Estelle tiene un catálogo que enumera las cosas que se van a subastar. Se lo queda. Víctor está pegado a ella, mirando por encima de su hombro las fotografías y descripciones de juegos de café, armarios de caoba español, cómodas con espejos construidos sobre complicadas patas de nogal, platinos Rockingham, mesas de ajedrez con incrustaciones de marquetería.

Víctor quiere coger el catálogo, pero Estelle no le deja.

—¡Estoy buscando un regalo de boda decente para Annabel y Lenny! —dice Estelle.

Víctor dice:

—Si quieres mi consejo, me tienes que dejar que vea eso.

Yo les sigo, rezagándome. Miro los tablones con dibujos. Cosas de niños: pinturas hechas con los dedos, *collages* sobre un papel acartonado con los temas de cada uno escritos con rotulador. Algunos son variaciones sobre la Navidad, «Qué es un hogar» o «Animales en un zoo». Alguien llamado Penny, de primer grado, ha titulado el suyo «Belleza» y ha llenado cuadros de pequeñas modelos mostrando ropa de moda para niñas. Craig, del tercer grado, ha colocado anuncios de revistas de botellas de alcohol en un orden perfecto, sin que se toquen. Ha dibujado márgenes para cada una de ellas. Me preocupa Craig.

Richard se detiene cada dos por tres para beber agua de las fuentes que hay en el pasillo. Las fuentes se ajustan a la altura de los escolares. Tiene que doblarse mucho; me sorprende que sea capaz de beber en ese ángulo. Limpia el agua de su boca y espero hasta que me alcanza. Avanza a un trote corto, luego se detiene y tose sobre sus manos.

Hay mucha gente en el pasillo, numerosas parejas bien vestidas que señalan con el dedo cosas en el catálogo y mueven sus cabezas, asintiendo; la gente entra y sale, inclinándose en las aulas atestadas de muebles. Hacen sitio para Richard, que tose durante un minuto largo y después me alcanza.

—Hilary, no te preocupes —dice Richard. Me pasa un brazo por la espalda—. Tendremos a Víctor de nuevo en tratamiento mañana.

En cada aula se exhiben distintos tipos de antigüedades. Estelle se asoma a la clase de cuarto grado de la señora Cushing, ve una habitación llena de mesas demasiado altas para sus largiruchas patas. Pregunta a Víctor:

—¿Se puede salvar el aparador?

Víctor echa un vistazo al aula. Empuja las gafas sobre la nariz y se vuelve a Estelle.

—Con un hacha —dice.

Todos los asistentes a las subasta llevan ropa superperas, perfumes superperas y relojes superperas. Algunos tienen perros. Debiluchos caniches y terriers de Yorkshire con broches que sujetan sus flequillos. Perritos mimados y artificiales que no se compran para su protección. Para eso tienen guardias armados en casa.

Paso a dos mujeres, las dos llevan idénticos collares de perlas y sus cabellos peinados con anchos rizos. Intentan decidir si van a comprar una cómoda.

—No hay forma de que Donald no se dé cuenta —dice una—. Antes compraba lo que quería y decía que me lo había comprado mi madre. Pero ahora ha muerto. Perdí muchas cosas cuando la perdí a ella.

Su compañera tiene los labios demasiado esmaltados, de un color burdeos fuerte. Sostiene un nervioso y diminuto caniche, recién salido de la peluquería, acicalado hasta en su pequeñas patitas y que se parece a un árbol esculpido.

Al pasarles me miran interrogativamente, como si fuera a pujar más que ellas por la cómoda o como si no fuera éste mi sitio, no estoy segura.

Me pongo nerviosa y robo. Robo de cada aula consecutivamente. Nada grande, nada que no se pueda esconder bajo mi abrigo. Salvo un hermoso plato con un dibujo ornamental. Salgo con eso.

El subastador es un hombre de expresión gruñona, con un tupé de cabellos amarillentos y blancos, labios secos y manchados de nicotina. Lleva su cuello demasiado apretado. Su nuez de Adán oscila encima del nudo de la corbata. Anuncia artículo tras artículo, azuzando a los que pujan.

Dice:

—Tenemos loza de William de Morgan. Una colección de jarras de gres, tenemos un jarrón Norrington en plata, una salsera de cobre, vasijas de gres inglesas, jarras de bronce para ordeñar de Holanda, jarrones en forma de «spaniel» de Staffordshire, moldes para mantequilla de madera de sicomoro...

Estelle no pierde de vista a Víctor. No le deja beber agua ni ir a hacer pis. Le coge por el brazo, mete el catálogo en su rostro y le dice:

—¿Qué te parece el sillón con forma de *bergère*?

—Feo y en malas condiciones —dice Víctor—. Lo tienen aparte, como si valiera algo. Es de un horrendo mal gusto.

—¿Cuándo aprendió tanto sobre antigüedades? —le pregunto a Richard.

—Su madre hablaba todo el día de antigüedades.

—Me las hacía tragar —dice Víctor.
—Atiende —exige Estelle—. Están empezando.
—Si vomito, ¿me dejáis marchar?
—Si vomitas te vas al hospital —dice Richard.
—¡Nazi! —dice Víctor.

Hay un descanso a mediodía. Al fondo de la cafetería de autoservicio, donde los escolares compran sus almuerzos, se pueden adquirir croissants, buen café negro, zumo y macedonia de frutas. Todo cuesta dos dólares. El croissant, el zumo, la macedonia y el café. No hay distinciones. Aritmética fácil.

—Quiero dos dólares de zumo, dos dólares de croissant y dos dólares de café... —dice Víctor.

—¿Algo más, señor? —dice la camarera. Lleva una cofia de restaurante que parece un gorro para la ducha.

—Cuadruplica ese pedido y divídelo por la mitad —dice Víctor.

—No le des la lata, Víctor —digo. Me inclino hacia la mujer y me pregunto si la cofia *es* un gorro para la ducha—. Dénos dos de cada cosa, por favor.

—La mujer entrega a Víctor una bandeja de papel color cáscara de huevo. Dice con letras en relieve, PAPEL RECICLADO.

—Víctor, ¿es para Estelle y tu padre, o es que tienes hambre de verdad?

—¿Bromeas? —dice Víctor—. Le da un golpecito al croissant con la yema del dedo.

—¿Dónde está Víctor? La subasta vuelve a empezar —dice Estelle—. Richard, busca a tu hijo. Se ha escapado.

—Probablemente está en el servicio —dice Richard. Se ha sentado en el asiento de Víctor y hojea el catálogo de la subasta, intentando aconsejar a Estelle. Dice—: Oye, de esto sé bastante. Te puedo ayudar.

—A lo mejor se siente mal —dice Estelle—. Por supuesto, tenía que ponerse así en *mi* subasta.

—¿Cómo demonios puedes decir esto? —pregunto. Cabreada, también. Busco pelea. Estelle se queda boquiabierta, Richard deja el catálogo y se vuelve para mirarme.

—Te aseguro, Hilary —dice Estelle—, soy la primera hincha de Víctor. No se va a morir. Simplemente juega con la muerte como hacen los hombres jóvenes. Richard debe comprarse una motocicleta, se curaría de espanto. Veinte curvas de horquilla a ciento cuarenta kilómetros por hora, su pierna rozando el suelo, los árboles delante de los ojos, eso le haría cambiar de idea.

—Tiene leucemia —digo.

—Oh, lleva años con eso —dice Estelle—. ¿No es cierto, Richard?

—Desde la universidad —dice Richard. Tiene metida la nariz en el catálogo.

—Tan pronto como vuelva a hacer el tratamiento se pondrá bien —dice Estelle—. Le permito toda esa palabrería sobre la muerte sólo porque sé que no le va a pasar nada serio. No me interpretes mal; realmente tengo mi filosofía sobre lo que hay después de la muerte. Pero sólo le dejo *fingir* que se va a dejar morir. Se aburrirá pronto. ¿No estás de acuerdo, Richard?

—Espero que sí.

—Y muchos días está perfectamente normal, ¿no? —dice Estelle—. Como si no tuviera más que un poco de gripe.

—Hoy, por ejemplo —dice Richard—. Pero no me fío.

—Tan pronto como sienta un dolor de verdad irá corriendo al hospital, ya lo verás —dice Estelle, dándome golpecitos en la mano.

—Le he visto gritar de dolor —le digo—. Le he visto golpear el colchón mientras yo intento ponerle una inyección.

Busco a Víctor, pero no está. Robo más cosas. La estatua de un águila, un broche de acero, un adorno navideño de alambre dorado. Llevo esas cosas adonde está aparcado el *jeep*. Detrás del asiento delantero tengo el resto de mi botín, metido en un bolso de Hefty.

Encuentro a Víctor tumbado horizontalmente en la parte trasera del *jeep* de Estelle. Los ojos abiertos, el codo doblado sobre la frente. Debe de haber sacado de alguna manera la llave de Estelle de su bolso, porque el motor está encendido. Suena Stravinski en una emisora de música clásica y la calefacción funciona a tope.

Le rodean las cosas que he robado: una pequeña tetera de cobre de mediados del siglo XIX, media docena de frascos de perfume de cristal y plata, una jarra de Staffordshire para sidra, dos candelabros de bronce y unos cuantos broches de plata. Descargo mis nuevos hallazgos y me acomodo en el *jeep*.

—Estás loca —dice Víctor. Coge la tetera y la columpia cogiéndola por el asa—. ¿Qué va a pasar cuando empiecen a subastar esas cosas? Van a decir, tres jarras de sidra de la década de 1860, y habrá dos solamente. ¿Por qué haces esto, Hilary? Algún día te va a dejar en evidencia. ¿Hilary? ¿Hilary? No te marches, cariño. Eh, vamos. Oye, me alegro de que lo hayas cogido. ¿Me escuchas? Me encanta.

Vuelvo a cerrar la puerta y me arrastro dentro. Víctor se ríe y dice:

—Devolví sobre un armario de Ernest Gimson. Juro ante Dios que no quería...

—Estelle y tu padre no tienen ni idea de lo enfermo que estás —le digo.

—¿Esto es una novedad para ti? Buen trabajo, Hils, choricear ese broche de plata. Es bonito y te va.

—No iba a llevarlo puesto —digo—. Me gustó.

—¿Sabes?, necesitas un propósito. Algo que hacer, algo legítimo que te haga sentirte mejor. Quizá debes buscar un trabajo —dice Víctor. Coloca el broche en mi pecho para ver cómo me queda.

—¿Estás tan enfermo como pienso?

—Aún más enfermo, cariño —dice—. Escucha, si quieres robar a alguien, roba a mi padre.

—No robo a la gente —digo—. Sólo tiendas. Y subastas, supongo.

Me tumbo con los pies descansando en la rueda de repuesto y jugueteo con el teléfono del coche de Estelle. Es un juguete estupendo. Marcas un número y lo envías fuera. Hace un ruido como si transmitiera, aunque está roto, como decía Estelle.

Víctor me lo coge e imita a un sargento de policía que da órdenes a un grupo de patrulleros. Aprieta unos cuantos números al azar, pulsa con fuerza el botón de «Enviar» y dice:

—Bien, Unidades 23, 10, 4, primero que se acerquen a las clases de chavales de segundo y tercero. Cubran la sala de música. Unidad 12. Quiero una cuidadosa vigilancia de los niños de preescolar. Abran sus bolsas de comida y sus cajas de lápices. Miren las carteras de los de sexto...

Nos acurrucamos y nos quedamos dormidos escuchando a Bach. No sé qué obra, pero las notas son tan ligeras que suenan naturales como los sonidos del océano, el ritmo fácil de los grillos nocturnos, tan constante como el tiempo.

Nos despertó el sonido del coche de al lado al arrancar.

—¿Dónde estamos? —dice Víctor. Luego añade—: Ah, sí.

En la radio anuncian a los Boston Pops. Apartamos con una patada el teléfono celular. Miro por las ventanas de plástico del *jeep* y veo a Richard y Estelle. Ella baja por un hueco de escalera, pasa junto a unos barrotes para trepar y columpios. Richard se tambalea detrás de ella llevando dos cajas de cartón, una sobre otra, un escabel con cojín bordado y el bolso de ella.

—¡Eres horrible! —anuncia Estelle cuando llega al automóvil—. ¡Me has abandonado sin más!

—Tuviste a mi maravilloso padre —dice Víctor—. Papá tiene un tremendo sentido de época.

—Pagué demasiado y lo odio todo —dice Estelle.

—Richard empuja las cajas de cartón en el *jeep*. Víctor se arrodilla frente a ellas, hurgando en lo que han comprado.

—Está bien en la cerámica, fatal en la porcelana oriental —dice Víctor—. El espejo es bueno.

—Todo es demasiado elaborado, ¿no? —Estelle frunce el ceño—. Estilos recargados, muertos. Pero no soy capaz de frenarme en una subasta. Hay esa gente que grita cantidades y no me gusta perder.

—No has tenido posibilidades. Hay media docena de anticuarios que acaparan lo bueno. Pero mira lo que ha conseguido Hilary —dice Víctor. Señala una de las antigüedades que he robado.

—¿Dónde has encontrado esa preciosa flanera? —dice Estelle, maravillada—. ¡Oh, Hilary, es soberbia!

La niebla entra, color gris ceniza, y se asienta en cuclillas sobre el océano. Estelle conduce lentamente hasta casa, compartiendo una petaca de plata con brandy con Richard. Son como dos jovencitos que se ríen al pasarse el licor. Conduce con demasiado cuidado como para estar borracha, y si así fuera no creo que me importara.

El océano está a 80 metros a un lado de la carretera. La tarde se va rápidamente. Únicamente hay niebla, farolas de luz mortecina, un cielo pesado. Una bandada de gaviotas levanta el vuelo y miro cómo se convierten en manchas negras en el horizonte. Víctor está encogido con los hombros balanceándose contra mi rodilla. Su mano ocupa el espacio entre su mejilla y la alfombra del *jeep*. Duerme durante todo el lío de tráfico y las conversaciones. Sigue dormido al franquear los baches y tomar las curvas cerradas.

—Víctor cree que debo buscar un trabajo —digo.

—Tu trabajo es cuidar a mi hijo —dice Richard.

—Ya sabes lo que quiero decir.

—¿Conoces el cuento del ratoncito de campo que creía que no era un buen ratón porque no sabía cosechar el maíz en el otoño, no sabía hacer un buen hogar de ratoncito de campo, ni sabía muy bien avisar a los otros si estaba cerca un gato o una serpiente? —pregunta Estelle—. Toma un trago de la petaca y me la da.

—No conozco ningún cuento de esos —digo—. El brandy envía fuego a mi estómago. Al otro lado de las ventanillas de plástico del *jeep* el océano Atlántico se abre y se cierra contra las rocas de la costa. A lo lejos un faro parpadea su mensaje en código.

—Cuando llegó el invierno —dice Estelle— y todos los ratoncitos estaban metidos en su casa ratonil y el maíz esperaba junto al horno, el ratón que se creía inútil les contaba cuentos junto a la chimenea. Les contaba cosas sobre los días de la cosecha y la construcción de la madriguera. Se los contaba con perfecta claridad a sus hermanos y hermanas ratones. Y ése era su trabajo.

XIV

Richard nos deja en el apartamento y va a buscar flores para llevarlas como regalo a la fiesta navideña de Estelle. Se siente mejor en casa cuando estamos solos Víctor y yo. Me gusta el desorden del piso, que es un orden en el que únicamente nosotros dos sabemos dónde tenemos guardadas las cosas y que vivimos con naturalidad en medio de todo ese lío.

Extiendo un trapo de cocina por el suelo y plancho una blusa.

Entre pasada y pasada saco Cheerios de su alta caja amarilla. La chimenea huele como casas quemadas y corteza de árbol.

Son sólo las seis de la tarde y hay un cielo de medianoche.

En la radio un coro infantil canta *Noche de paz.*

Víctor sale de la ducha, con una toalla atada a la cintura. Saca un cigarrillo de un paquete que hay en la repisa y se pone a mi lado, mirándome.

—¿Sabes lo que nos falta? —dice, tras un halo de humo—. Una sensación de plenitud.

Empezamos a vestirnos para la fiesta. Víctor va al armario y saca una pajarita que tiene estampados querubines que tocan la trompeta.

—No parecen querubines —le digo al espejo—. Parecen perritos.

Me pongo de un tirón unos pantys. Color: carne. Tamaño: mediano. Acabo de comprarlas, están limpias y sin carreras. Los llevo con cuidado hasta el final de mi muslo, admirando lo bien que le caen a mi pantorrilla. Me calzo zapatos de tacón y me pongo de pie sobre una silla para ver en el espejo del cuarto de baño cómo quedo con ellos.

Víctor roza con su mejilla la parte de atrás de mis rodillas.

—Espléndido —dice, adulándome.

Richard vuelve de la floristería con un puñado de lilas atadas en un lazo de color lavándula. Entra de golpe, preguntándonos si ya estamos listos. No lo estamos. Las medias, la pajarita, todo está en un montón junto a nuestra cama por hacer. Richard se va de nuevo, vertiendo disculpas y apagando la luz al cerrar la puerta. Le oímos bajar corriendo la escalera. Víctor me toca —con intensidad—. Intentamos hacer el amor pero no podemos, así que me da un masaje en el cuello. Sus dedos suben y bajan por mi espina dorsal. Me cuenta chistes para que me ría.

Conducimos entre las filas de sicomoros que llevan a la casa de Estelle. Los árboles han sido decorados con luces blancas y se yerguen muy altos por encima de nosotros, oscureciendo a la luna. Las luces añaden un toque fantástico, un pequeño recuerdo de las virtudes paradisíacas de la Navidad. Víctor se inclina sobre el asiento del coche, mirando la fila de árboles decorados que hay detrás de nosotros. En una mano sostiene un cigarrillo, en la otra se balancea una caja plateada con una cinta anacarada. Dentro hay seis picheles de cerveza, con asas en forma de látigos para caza. Richard los compró por su cuenta en el colegio. Pagó muy por encima de su precio y por esa razón no fueron subastados. Para sorprender a Estelle, a la que le gustaban.

El coche se llena de música navideña. Hay una ligera nevada.

—¿Sabes? —le digo a Víctor—. Tu padre anda detrás de Estelle.

—¿Por qué dices eso? ¿Porque ha ido tan pronto a la fiesta?

—Bueno, también por eso.

—Hils, probablemente le encantó que estuviéramos en la cama. Ha querido llegar a la fiesta antes que nosotros para poder beber en paz antes de que llegue yo.

—Jesús —digo—, *mi* padre es un alcohólico.

—Todos somos alcohólicos.

Hay tres coches en el camino circular de Estelle. Coches muy bonitos, gordos Mercedes y cuadrados Volvo que tienen esa especie de esnobismo utilitario y protestante. Coches de Hingham, Cohasset y Beacon Hill. Está el BMW de los Geddes, que necesita desesperadamente una limpieza, y el resto de coches normales.

—Ninguno tiene el brío de tu Oldsmobile —dice Víctor cuando aparcamos.

Digo:

—¿Cómo es que tu padre alcohólico?, mi padre alcohólico y se pone repugnante cuando bebe, en cambio el tuyo es... ¿estético?

—¿Quieres que responda a eso?

—Sí —exijo.
—¿Quieres que sea duro?
Asiento. Víctor saca el labio inferior y frota el pulgar contra el anular y el índice.
—Dinero —dice.

La casa de Estelle es hermosa con gente. No sé quiénes son, pero son tan vistosos como una escalera de color. Los vestidos van desde uno largo de resplandeciente dorado y carmesí hasta la sencilla falda de lana que llega al suelo y blusa de encaje. Las chaquetas de los hombres parecen más sobrias y ponen un elemento estabilizador en el caos de los vestidos de colores vivos y las luces navideñas. Víctor y yo no vamos tan bien vestidos. Mi falda es un poco más tolerable gracias a un cinturón de plata y jade por el que Estelle pujó, ganó y luego no pudo achicar lo suficiente como para llevarlo en torno a su delgada cintura. También el broche que robé y que Víctor insistió en que me pusiera. Víctor lleva una chaqueta y un elegante par de pantalones de pana de color mostaza. Pero eran de su padre y le quedan muy grandes.

Están encendidas velas blancas en las mesas y hay tres chimeneas que brillan con suaves llamas. También una orquesta que toca jazz dos salas más allá. Alguien toca un saxo denso. Tanto parloteo, tantos rostros sonrientes que por un momento me siento perdida, flotando por el salón, con la mano de Víctor que sujeta mi codo, que me guía a través de los grupos.

Nos sitian camareros con bandejas de plata con humeantes aperitivos. Me dan miedo. Vienen hacia nosotros con comida que no puedo identificar. Víctor no tiene problemas. Coge un palillo y pincha un trozo de corazón de alcachofa con cangrejo y salsa holandesa. Traga una ostra. Le encanta el salmón ahumado. Come una cosa marrón y frita, algo carnoso y rosa en forma de estrella, con puntas redondeadas, y una cosa que creo que era un bicho y que no debí de comer. Sabe los nombres de todos los quesos y le gustan los más olorosos y fuertes. Intenta convencerme de que coma, explicándome los misterios que cuelgan en los extremos de los palillos. Le aparto la mano y le ruego que se calle porque me está avergonzando.

Se ríe y dice: «¡Caracol!», y levanta una cosa que me hace cerrar los ojos.

Belinda McCann, que fue al colegio gemelo del preparatorio de Víctor, le mira. Se desliza entre nosotros, lleva un vestido bermellón, sin nada por delante, sacude el colgante de su collar para que desaparezca entre sus pechos y dice:

—No seas cursi, Víctor, y dime qué haces.

—No *hago* nada —dice Víctor. Coge un nuevo *gin-tonic* del camarero. Dentro hay una espada roja que atraviesa un trozo de lima.

—¿Vives del dinero de papá, no? —dice Belinda. Sonríe para quitar fuerza a sus palabras. Calcula su efecto sobre Víctor—. No, no es así. Ya veo que no. ¡Mientes! —chilla.

Víctor me mira. Cojo su copa y quito la espada roja de la lima.

Me pongo detrás de Belinda, que es bastante más baja que yo, y hago como si apuñalara su cabeza con la espada.

—Eres un bribón —le dice Belinda a Víctor—. ¡Habla!

—No puedo —dice Víctor, y se encoge de hombros—. Se me han agotado las palabras.

Hago con dos dedos el signo de la paz por encima de la cabeza de Belinda. También una mueca, y Víctor sonríe.

—¡Nunca! ¿Eres uno de esos cursis que tienen secretos? ¡*Te* lo he contado! Vendí nuestra casa de la costa oeste cuando me divorcié del jugador de polo. Estoy pensando, ¿sabes?, en un negocio propio. Algo así como modas o una compañía de cosméticos. Ya lo sabes todo. No hay derecho, Víctor, ¡llevo años sin verte!

—No quería confesarlo —dice Víctor, con burlona sinceridad—. Soy guerrillero. Actúo en América Central. También me dedico a la cría de plátanos.

—¡No me *hagas* eso, Vic! —aúlla Belinda. Lanza un insinuante pestañear de ojos.

—Vale, soy patólogo. ¿Quieres oler mis manos? —Víctor mira cómo se ensombrece el rostro de Belinda—. No hay nada que decir. En realidad, no hago nada.

—Baila conmigo —suspira Belinda.

Estelle ha adoptado a Richard como su acompañante. No, como su esclavo. Le da órdenes, diciendo: «Richard, ¡búscame vino! Richard, di a la orquesta que no haga tanto ruido... Richard, dile al cocinero que lo que hay en esta bandeja es completamente horrible y que uno de los camareros debe destruirlo.»

Él lleva a cabo muy bien su tarea, pero se emborracha por momentos.

Gordon me coge por detrás, deslizándose entre las espaldas de dos hombres mayores, y me abraza diciendo:

—Adivina quién soy.

—Hueles estupendamente —digo.

—Tienes un aspecto espléndido. Llevo mirándote desde que llegué.

Llevo veinte minutos acechándote. Muérdago —dice, apuntando hacia arriba—. Vamos a bailar.

Me arrastra hasta la pista de baile, me da una vuelta y me envía bajo su brazo para dar otra vuelta. Víctor y Belinda no están bastante apretados —al menos para Belinda—. Ella sigue tirando de la chaqueta de él y Víctor cede —se le nota— de mala gana.

Annabel y Lenny se hunden el uno en el otro, tan cerca de la orquesta que el saxo gime sobre sus cabezas. La música se acelera, pero la cabeza de Annabel permanece soñadoramente sobre el hombro de él.

Gordon y yo chocamos con varias parejas cuando me echa hacia adelante, me da la vuelta y me lleva hasta detrás de él. Mis zapatos no valen para esto y apenas puedo seguirle. Gordon lo hace tan bien que la gente le hace corro y nos mira. La orquesta le complace y comienza a tocar *swing* de verdad. Estelle da palmadas y convence a Richard para que le dé vueltas, cosa que él hace de manera torpe y graciosa. Durante unos segundos, mientras doy vueltas con la cabeza cerca del suelo, veo el rostro de Víctor que me sonríe. Capto los colores del vestido de Belinda.

—¡Ten cuidado, Hilary! —dice Víctor—. Permanece dentro de las leyes de la física.

Entre las órdenes que recibe de Estelle, Richard encuentra tiempo para acosar a Víctor hablándole de su enfermedad.

—¿No puedes dejarme en paz por esta noche siquiera, papá? —dice Víctor—. Me siento muy bien. Me siento perfecto.

—¿De verdad? —dice Richard, arqueando una ceja.

—Nunca he estado mejor.

—¿Tú que crees, Hilary? ¿Qué tal está mi chico? —me pregunta Richard.

—Encantador —digo—, y Víctor me aprieta la mano.

—Jesús, hijo —dice Richard y le da un golpecito en el hombro—, a lo mejor la has vencido.

Estelle ordena a Richard que baile con ella. Richard vuelve a dar otro golpecito en el hombro de Víctor, le lanza una amplia sonrisa, mostrando su dentadura manchada y muy junta.

Cuando se ha marchado, Víctor me dice:

—Tengo tantas drogas corriendo por mis venas que no podría sentirme mal aunque quisiera.

Yo frunzo el ceño, porque también tenía esperanzas.

Annabel arrastra a Lenny a través de la selva de vestidos navideños. Masculla «perdón» hasta que nos alcanza.

—Gracias a ella me van a detener —dice Lenny—. La señora del culo grande que lleva la falda minimísima dice que *yo quise* tocarla.

Víctor dice:

—Ya me he enterado de la noticia, Lenny. Enhorabuena.

—En mayo —dice Annabel—. En la mano lleva un diamante modesto, pero hermoso. —Vendrás a la boda, ¿no?

—No se me ocurriría faltar —dice Víctor, acercándose para besarla.

Cappy no quiere bailar con Estelle, pero ella va a obligarle. Coge el plato de él con su budín de Navidad, su pipa y su copa. Posa las cosas en el borde de la mesita de té y tira de la hebilla del cinturón de Cappy hasta la pista de baile.

—Es humillante —implora Cappy.

Estelle da palmadas en torno a Cappy, que brinca débilmente y luego manifiesta que está agotado. Le animamos para que siga. Gordon dice que parece un oso en un circo, y Víctor, que parece como si hubiera pasado por terapia de choque.

—¿Por qué no tú y yo otra vez? —dice Belinda a Víctor—. Ella está medio liada con un hombre alto, de cabellos espesos, con cara de guante de béisbol. Siempre está relativamente cerca de ella. Le ha traído copas un par de veces y la mira con fijeza.

—Belinda, quiero presentarte a Gordon —dice Víctor. Presenta a Gordon como si fuera un gran premio—. Te gustará Gordon. Te dirá cómo se gana la vida. Es muy humilde. Dice que fabrica videojuegos, pero no le creo. Gordon está a la espera de poder aumentar la velocidad de la luz y reducir así los retrasos en la transferencia de páginas de datos desde un ordenador grande a otro auxiliar en niveles extraterrestres y metadimensionales. ¿No es cierto, Gordon?

—Estoy enamorado de tu novia —dice Gordon.

—¿Tienes novia? —susurra Belinda.

—¿Qué te pasa? —digo en voz alta—. Nadie nos puede oír, lo sé, salvo los falsos ciervos, erizos y ardillas. Estamos helados fuera. El jardín de Estelle está cubierto de nieve.

—No entiendo por qué estás tan nerviosa —dice Gordon—. No me ha hecho el menor caso.

—Se lo has dicho —digo—. Eso basta.

—Creyó que era de broma.

—Qué gracioso —digo enfadada—. Tiemblo. Tengo frío y estoy furiosa.

—Víctor tendrá que enterarse tarde o temprano.

—¿Sí? ¿Cuándo? Tú se lo vas a decir —digo.

—No amenazo con nada —dice Gordon.

—Cómo que no.

Los copos de nieve, ya más espesos, caen en la copa de champán de Gordon. Está junto a la pendiente de un montículo. A su lado me siento infantil y bajita.

—Mira, sé que me quieres, pero esto es duro —dice Gordon, con la más dulce de las expresiones en su rostro—. Sus cabellos caen sobre los ojos y los echa para atrás. Cabellos espesos y brillantes. Sus manos son inmaculadas.

En la oscuridad, los animales de Estelle dan miedo de alguna forma.

—Me quieres, ¿no? —dice Gordon.

—No, si se lo dices a Víctor.

—Pero ahora me quieres, ¿verdad, Hilary? ¿No es así, Hilary? ¿Hilary?

Bailo con Lenny, bailo con Richard. Busco a Víctor para bailar, pero no le veo por ninguna parte. Voy al bar, pero no le encuentro. Pregunto a Belinda, que me mira fríamente y menea su estúpida y bonita cabeza. Me lanzo a través de un grupo de personas, parejas jóvenes. Una mujer de deslumbrantes ojos grises está frente a un tipo que parece que tiene barriga de embarazada, da explicaciones:

—Ella está bien, supongo, a mí me aburre. La gente es como los anuncios y yo espero la *película.*

—Ah sí, sé cómo es —dice el joven. Sus finos dedos de pianista secan una mancha de maquillaje en los ojos grises de la mujer—. Con mi hermano pasa lo mismo. Desde luego es un excéntrico, pero de la manera más cómoda.

Me encuentro a Annabel, le doy un golpecito en el hombro y le pregunto por Víctor. Pero no sabe. Y Estelle tampoco, ni Cappy. Miro en la cocina, pero no está. Subo las escaleras, abriendo tímidamente las puertas y cerrándolas decepcionada. Afuera no hay más que nieve.

Abajo de nuevo, veo que en el pasillo hay una cola para entrar en el cuarto de baño.

Una mujer con un vestido de seda y zapatos con piedras falsas mira con impaciencia la puerta del baño. Parece más que molesta. Como si tuviera un dolor.

—Hay otro cuarto de baño junto a la cocina —le digo.

Todas las de la cola van corriendo por el pasillo.

—¿Víctor? —digo llamando.

Abro de un empujón la puerta y ahí está, apoyado en la pared, con la cabeza para arriba y los ojos cerrados. El inodoro lleno de vómito. Su corbata y su camisa, muy sucias.

—¿Qué ha pasado? —digo.

—No lo sé. Lo hicieron cuatro tipos. Me llevaron todo. Mi billetero, mi reloj, los cordones de los zapatos, mi peine. ¡Hijos de puta! —dice—, me robaron hasta la pelusa del abrigo.

—Vámonos a casa, Víctor —digo. Siento una desdicha sin fondo—. Ya está bien de fiesta.

Hay una rociada de vómito por la parte de abajo del empapelado de la pared. Sangre de color de orín.

—No, todavía no —dice Víctor—. Nunca te he visto tan feliz.

—Ahora he dejado de ser feliz —digo—. Tienes un aspecto espantoso.

Víctor parece pálido y larguirucho, apoyado en la pared, sus ropas colgando holgadamente de su cuerpo. Por primera vez me parece viejo, no aparenta los treinta y tres, sino más bien sesenta y tres. Parece enfermo, viejo y como si pudiera morir.

La voz de Richard:

—¿Qué ha ocurrido?

Asoma su cabeza cuadrada por la puerta y se queda boquiabierto.

—¡Hostias! —dice—. ¿Eso es sangre? Bueno, ya está bien, Víctor. ¡Te vas a ir al maldito hospital! Maldita sea.

Entra en el pequeño cuarto de baño —donde no hay más que un inodoro y una pila. Me hace a un lado y pasa su pañuelo sobre Víctor.

—¡Oh, Madre de Dios! ¡Oh, mierda! —dice.

—Papá, déjalo, ¿vale? —dice Víctor, apartando a su padre.

—Vas a ir al hospital. Estoy harto de tanto absurdo —dice Richard.

Sé que está borracho, pero tiene lágrimas en los ojos. Tiembla.

—Si fuera tu madre quien te lo pidiera estarías ahora mismo en el hospital.

—Mi madre no me lo hubiera pedido —dice Víctor.

Mira a Richard, cuya desesperación desfigura su rostro, dándole un aspecto ridículo. Le hace parecer ineficaz y pequeño.

—Muy bien —dice Víctor. Se inclina sobre el lavabo y escupe una mancha marrón—. Vale, papá. Iré. Mañana por la mañana.

Salimos del cuarto de baño, partiendo en dos la cola que se ha formado afuera. Víctor me rodea con su brazo. Huele muy mal, lo sabe y está avergonzado, lo cual me duele mucho. Oímos la voz de un tipo:

—¡Qué asco!

Y Estelle que dice:

—Tengo media docena de cuartos de baño, querido... Richard, llama a una criada.

Víctor y yo subimos las escaleras. Encontramos dos habitaciones para huéspedes, bien amuebladas, con antigüedades. Hay un edredón sobre el sofá y una colcha de encaje, y junto a la ventana una silla recta con asiento trenzado. Al lado hay tres libros, uno está abierto en una página que muestra un mapamundi del siglo diecinueve. Se nota que nadie se sienta en la silla ni lee. La lámpara que hay junto a la silla da tan poca iluminación que nadie puede leer.

—Una cama con dosel —dice Víctor—. Un armario, Adam, muy bonito. ¡Oh!, qué equivocación. Estelle ha puesto una silla de salón en un dormitorio.

Entramos en el cuarto de baño y encontramos una bañera grande y redonda con accesorios de cobre y un platito en forma de trébol con un jabón perfumado.

—¿Te gustan estas antigüedades? —digo, dando vueltas al jabón en mi mano para que se forme espuma.

Víctor se apoya contra el espejo del cuarto de baño, y dice:

—Si tuviera una casa propia todos los muebles serían siniestros y no harían juego, como donde vivimos ahora. O no habría ninguno. Viviríamos en el suelo y con almohadas.

—Necesitarías un escritorio. ¿Cómo ibas a trabajar?

—No trabajaría —dice.

Se quita la corbata y la dobla en el toallero. Luego se desabrocha los botones de su camisa. De rodillas, se aprieta contra un lado de la bañera, mete la cabeza bajo el chorro del grifo. Me inclino sobre él y le enjabono los hombros, el cuello y el pecho. Traga agua del grifo y escupe. Mete aún más la cabeza para mojarse el pelo. Coge el jabón y se lava la cara. Se echa hacia atrás y pasa sus manos por los cabellos mojados. Le doy una toalla y se la pasa por la cabeza. Se seca la cara, se sienta en el borde de la bañera y hurga en los bolsillos a la busca de un cigarrillo. Sus pantalones están mojados. Tiene los huesos de un pájaro. Su piel es papelosa. Estira el brazo y pasa una mano por él, como si fuera de otro. Su cuerpo se ha convertido en extraño para él y para mí. Chupa profundamente el cigarrillo, lo ojos clavados en las losas desnudas. Cuando le pregunto qué pasa, cierra los ojos y se queda callado.

—Yo hubiera ido a casa con él —le digo a Gordon. Estamos bailando. La orquesta ha cambiado y hay cinco tipos haciendo *blues* del delta. El cantante principal, con una barriga típica de beber cerveza y una armónica desgarradora, arruga su frente, dando pasos adelante y atrás, al ritmo de la música.

—Le dije que era ridículo, pero contestó que no, que iría en taxi a casa. Insistió. No pude convencerle.

Gordon baila lentamente, muy apretado contra mí, utilizando los hombros.

—Te quiero —dice. Está pidiendo algo.

Estoy buscando mi abrigo cuando veo a Richard. Está en la biblioteca, solo, en una silla, sosteniendo una servilleta contra su boca. Sueña a través de las ventanas del mirador.

—¿Te veré más tarde esta noche? —le pregunto.

Dice que no con la cabeza, como si fuera triste quedarse allí con Estelle. O que su estado no le permitiera conducir ni siquiera a una corta distancia.

—¿Qué ves ahí fuera? —digo, y doy medio paso hacia dentro.

Aparta la servilleta y lanza un susurro largo y ruidoso.

—Nieve. Un laberinto. Uno de los reinos de Santa Claus —dice.

Me he despedido de todo el mundo, salvo de Gordon. Me doy cuenta que no puedo decirle adiós. Pero me ve junto a la puerta y tira de mí hacia él.

—Me parece que te estás yendo siempre.

—No es cierto —le digo.

—Cada vez que te veo pasar por una puerta me pregunto si volverás. No me abandones —dice Gordon. Sus cabellos rubios han formado rizos apartados de sus orejas, bucles flojos, delicados anillos de oro. Nunca me ha parecido más solemne ni sabio. Tiene un aspecto joven, triste e irreparablemente herido.

—Tengo que irme a casa —digo.

—Déjame volver a bailar contigo —dice, su mano en mi cintura—. Déjame...

Me atrae hacia sí. Me besa en la mandíbula.

—Intentas seducirme —digo sonriente.

—A lo mejor, pero no de la forma que tú crees —dice—. Quiero seducirte con el recuerdo de nosotros juntos, de habernos amado de esa forma. Quiero que te despiertes una noche solitaria con tus oídos llenos del sonido de la piel contra mi sábana, y que me desees.

Toco sus labios con mis dedos. Miro a este hombre que se ha consumido por mí, que ha sido mi mejor amigo. Estoy llena de disculpas calladas.

—Gordon... —digo, intentando mostrarme tierna. Pero algo resbala en mi voz. Busco las palabras, pero he visto que algo dentro de él se derrumba y se queda quieto. Aparta de mí su vista, mira sus zapatos. Suspira profundamente.

—Hay un lugar donde crees que debes estar —dice Gordon dejándome marchar.

Llegar a casa es difícil. Malas carreteras, mala visibilidad. La nieve se espesa en las partes donde no llega mi limpiaparabrisas. Éste se llena de vaho y tengo que limpiarlo con los papeles de bolsas de patatas fritas. Nueve millas parecen noventa, y estoy agotada, aunque no es más de medianoche. El baile me ha dejado exhausta. El tacón de mi zapato derecho se desprende en la alfombrilla del coche. Cuando apago el motor necesito de toda mi voluntad para salir a la acera. Estoy tan cansada que subo poco a poco al porche, aunque la nieve que toca mis piernas desnudas me las quema.

Subir las escaleras me fatiga. Estoy demasiado borracha. Meto mi llave en la cerradura tras tres intentos. Al principio me parece que tengo la culpa de que no gire. Llamo a la puerta y espero a Víctor, pero no pasa nada. Llamo unas cuantas veces más y después empiezo a golpear. Grito su nombre. Pongo mi cara en el espacio que hay entre la puerta y el suelo. Es lo que pienso. Gas. Chillo. Pataleo la puerta. Le doy con la rodilla y salta uno de mis zapatos por el pasillo. Apoyo mi cuerpo y empujo con tanta fuerza que no me sorprende oír el crujir de la madera que se agrieta o ver que la puerta cede en su dintel.

—¡No puedes hacer eso! —chillo—. ¡No puedes hacer *eso*!

Casi pierdo la voz llamándole. Por fin caigo contra la puerta, llorando, temblorosa, pateando con mis tacones, mordiéndome los dedos. Sigo repitiendo su nombre. Repito: «No...», como si alguien me escuchara.

Luego oigo algo dentro. Chillo como un mono.

Víctor abre la puerta lentamente. El olor a gas sale al pasillo como un veneno. Víctor está allí, el pecho desnudo, los pantalones de pana de su padre sujetos por un cinturón.

—¡Te voy a matar! —le grito y arremeto contra él. Se echa hacia atrás y aterrizamos en el suelo, yo encima, pegándole, tirándole de los pelos. Se defiende un poco y luego cede. Recibe un golpe en el estómago sin ponerse tenso. Me siento y cojo una copa de vino que hay en la mesita de café. Le doy dos golpes en el suelo. El primero hace añicos lo que es la copa, y el segundo deshace el pie en mil pequeñas dagas de cristal.

—Hemos roto muchas cosas —dice Víctor. Le abrazo y él me mece. Sus manos corren por mi espalda como si buscaran algo.

—Lo siento, Víctor, lo siento.

Toca su barriga en el sitio donde le di el puñetazo, donde antes, esta misma noche, se sintió tan enfermo. Beso su suave piel, las pecas que he memorizado, un lunar plano y oscuro. Por mi mente pasa un río de imágenes de Víctor, recuerdos de exactamente qué aspecto tenía cuando me miraba, mientras le amaba. Mil ángulos de Víctor giran en mi mente como un prisma. Rozo mi mejilla contra él, bajándola. Con mis brazos que abrazan con fuerza sus caderas estallo en un único momento de profundo dolor, en un largo aullido.

—Si nos quedamos dentro moriremos *los dos* —dice Víctor.

En las escaleras nos sentamos juntos, nuestras rodillas se tocan.

—Casi esperaba que te fueras con Gordon —dice Víctor.

No me mira. Está muy concentrado en algo en donde está él solo.

—¿Cuándo lo descubriste?

—¡Oh!, no lo sé. En realidad en ningún momento concreto. Pero una vez, en su casa, levanté la vista y estabas a su lado, no lo sé, haciendo un bocadillo en la cocina. Y le miraste con una expresión que conocía de mirarme a mí. Pensé: «¡Oh!, por supuesto, son amantes».

Hay una luz fluorescente que se sostiene en dos ganchos en la pared. Parpadea y zumba como una lámpara contra insectos. Tengo un puñado de monedas que tiro una por una a la luz, fallándolas.

—¿No estás enfadado? —pregunto.

—¿Enfadado?

Se vuelve hacia mí como si me hubieran salido agallas, y dice:

—Hils, ¿te das cuenta de lo que te he hecho? Después de todas las cosas que te han pasado ¿tengo que quererte, morir y romper nuestros corazones? —Aparta la vista—. ¿Tú quieres que esté enfadado contigo? Oh, Hils, no podría.

—Si sabías lo de Gordon, ¿por qué no me dijiste algo?

—Temía que lo fueras a dejar —dice Víctor, y luego, en voz más baja— o que me dejarías a mí. Tenía tanto miedo de una cosa como de la otra.

Le doy vueltas a las monedas en mi mano: monedas de cinco, uno y diez centavos. Las miro no como si fueran dinero, sino como si hubieran venido de algún lugar extranjero, de un lugar donde yo hubiera estado hace mucho tiempo y del que no me pudiera acordar.

—Podrías ir al hospital —digo.

—Cariño, no puedo. No puedo ir al hospital.

—Espera hasta Navidades, Víctor, ¿por qué no puedo pasar unas Navidades contigo?

—La leucemia —me explica— está en la médula de los huesos.

—Faltan nueve días para la Navidad.

—Pueden hacer trasplantes de médula, pero lo normal es que no funcionen. Y duele, Hilary —Víctor cierra los ojos. Da un respingo—. Ya me duele.

—Te he comprado un regalo. Lo guardé en el apartamento de la señora Birkle. No es nada. Es una primera edición de *Más allá del bien y del mal* —seco los ojos con la manga de su camisa. Digo:

—¿Médula de los huesos?

—Intentan quitar las células, tanto las normales como las leucémicas de la médula de los huesos. Meten una aguja en tu pelvis para sacar la médula —dice Víctor.

Me mira, arqueando una ceja.

—¿Me has comprado un libro de Nietzsche?

—¿Qué tenías pensado hacer? ¿Qué entrara más tarde y encontrara tu cadáver? ¡Maldito seas, Víctor! —mi voz se levanta. Gime. Suena como si saliera de detrás de mis dientes.

—¿Qué quieres que haga? ¿Entrar en el hospital para que me vacíen la médula de mis huesos y la sustituyan por otra que me mate? ¿Crees que es una buena idea? Una jodida gran idea —dice.

Tiro el puñado de monedas a la luz. Botan en la pared, quitando la pintura. Las que dan en la luz hacen un ruido agudo, y la lámpara parpadea espasmódicamente.

—¿Me dejaste una nota? —digo en voz baja.

—No llores —dice Víctor, llorando.

Llega la mañana y Víctor me ayuda a meter las cosas en el coche. Quiere darme todos sus libros. Entre las dos y las cuatro de la madrugada, una vez que el apartamento está bastante aireado, sacamos volumen tras volumen de los anaqueles. Me hace escribir mi nombre junto al suyo en la parte de cortesía de cada uno de ellos, para que yo sea de verdad la dueña.

Me cuenta los datos del suicidio. Los hermosos datos de Víctor. Me cuenta que el comportamiento más autodestructivo nace de la culpabilidad que se relaciona con la situación edípica, aunque para él ése no es el caso. Dice que en la Grecia clásica los magistrados guardaban cicuta para quién acudiera al Senado con una razón convincente para morir. También que los médicos utilizan el veneno con más frecuencia que el resto de la población, y que los psiquiatras se suicidan más a menudo que otro tipo de médicos. Dice que el gas no funcionaba. Le mareó tan sólo. Pero que tiene tranquilizantes y analgésicos. Mezclas letales y horas y horas antes de que alguien le encuentre.

—Escucha —dice, cuando yo protesto por todo, cuando me echo sobre él para implorarle—, hasta Pascal dice que es más fácil morir que tener que pensar en la muerte sin morir.

—No sé quien es Pascal —digo—. Ni siquiera sé por qué es famoso.

—Lo sabrás —dice Víctor sonriendo, prometiéndolo, sosteniendo un libro.

Hacemos un plan para mi futuro. No volveré a Boston; no iré al apartamento de mi madre ni trabajaré de ayudante. Voy a estudiar. Iré hoy mismo en coche a Pennsylvania, directo a la universidad para rellenar una solicitud de ingreso en la escuela de veterinaria y pedir una entrevista.

—Hablas muy bien —dice Víctor—. Eres brillante, lo único que debes hacer es tranquilizarte.

Ensayamos lo que tengo que decir. Me dice que no tenga miedo. Y por primera vez no lo tengo.

La mañana es un cuadro de invierno, nieve espesa con una corteza de hielo. Sombras de las ramas de los árboles y de los tejados de las casas. El cielo es muy azul.

Cuando me meto en el coche para marcharme me doy cuenta de que no puedo ver. Las lágrimas me salen a borbotones. No sollozo, pero siguen cayendo durante largo rato. Víctor se inclina hasta el nivel del asiento del coche, una rodilla en la nieve, y me abraza. Esperamos a que terminen las lágrimas y por fin se acaban.

—Tu padre te va a echar de menos —le digo—. Se le va a romper el corazón.

—Su corazón se ha roto muchas veces, Hils —dice Víctor—. Lo digo en serio.

Habla lentamente, como un médico que da su diagnóstico.

—¿Por lo de tu madre? —pregunto.

—Por ella, sí. Por todo. ¿Quieres saber lo que haría hoy mi madre? Si estuviera aquí ante mí, me cogería las manos y diría: «Hijo, no le digas nada a tu padre. Hazlo. Déjame a mí.» Después de que terminara, le hechizaría con magia. Se lo explicaría de la forma adecuada; haría que no se viniera abajo. A lo mejor hasta le sacaría una sonrisa, quién sabe. Y luego, más tarde, iría hacia el bosque como una gata moribunda y lloraría hasta que salieran las estrellas.

Digo:

—Sé sincero conmigo, Víctor, di cómo debí comportarme contigo. ¿Debí hacerlo de otra manera? ¿Más graciosa, más inteligente o más seria?

—Debías de haber vestido más azul —dice Víctor tomándome el pelo—. Resaltar más tus ojos. ¿Ves el color del cielo ahora? Ése es tu color.

Encima de nosotros hay un cielo azul y sin nubes, el azul de la estratosfera, el color del más allá.

Me besa docenas de veces en todo mi rostro. Me besa tanto que no puedo besarle a él. Me da la nota que me escribió anoche. Está doblada en cuatro y pegada en un extremo. La cojo y hago lo que puedo por no tocar su mano.

No conduzco yo, sino otra. No es a Víctor a quien veo en el espejo retrovisor saludándome con la mano. Es otro. Paso por Hull como una extraña o como alguien que conoce el sitio tan bien que le resulta rara la idea de abandonarlo. Pienso en Víctor, dando la vuelta hacia la puerta principal, pataleando en la nieve y subiendo cada tramo de escalera con tranquilidad. Le imagino al sacar un cigarrillo del bolsillo de su camisa, sentado fuera del apartamento, fumándolo en el rellano.

Pienso también en Gordon, que cierra el piso de sus padres, que vuelve a su vida en Boston. Le imagino poniendo tablones sobre cada una de las ventanas, cerrando el agua, colocando sábanas sobre los muebles de la sala de estar. Me pregunto si pasará en coche más tarde por mi casa y mirará al tejado en forma de espiral donde está nuestro apartamento, pensando que estoy allí con Víctor. Pensando que le gustaría verme, que ojalá baje. Y cuánto daría yo por estar con Víctor, por quedarme para siempre en nuestra casa, con sus suelos desiguales, las peculiares lámparas que dan tan sólo una luz débil, los techos inclinados a los que tanto he mirado mientras Víctor dormía a mi lado. Me pregunto si alguna volverá a conocer un hogar así; si sentiré tan acogedor otro sitio.

En mi mente veo a Víctor —que apaga su cigarrillo— con los ojos clavados en la puerta de roble de nuestro apartamento. Tiene una expresión que no le he visto antes, un rostro privado, vívido, nervioso, que no puede ser compartido. Tarda muchísimo tiempo en ponerse de pie y entrar, pero lo hace.